邪神の天秤

警視庁公安分析班

麻見和史

講談社ノベルス
KODANSHA NOVELS

カバー写真＝©Hidehiko Sakashita/Moment/getty images
カバーデザイン＝大岡喜直(next door design)
ブックデザイン＝熊谷博人・釜津典之
表紙デザイン＝welle design

目次

おもな登場人物

〈警視庁公安部〉

鷹野《たかの》秀昭《ひであき》……公安第五課　警部補
氷室《ひむろ》沙也香《さやか》……同　警部補
佐久間《さくま》一弘《かずひろ》……同　班長
能見《のうみ》義則《よしのり》……同　警部補
国枝《くにえだ》周造《しゅうぞう》……同　巡査長
溝口《みぞぐち》晴人《はると》……同　巡査

〈警視庁刑事部〉

早瀬《はやせ》泰之《やすゆき》……捜査第一課殺人犯捜査第十一係　係長

真藤《しんどう》健吾《けんご》……日本民誠党　幹事長
森川《もりかわ》聡《さとし》……真藤の私設秘書
郡司《ぐんじ》俊郎《としろう》……元日本国民解放軍メンバー
金子《かねこ》光照《みつてる》……郡司の協力者
池田《いけだ》勝巳《かつみ》……郡司の協力者

塚本《つかもと》寿志《ひさし》……東祥大学文学部　准教授

津村《つむら》……東祥大学大学院　院生

大柴《おおしば》……森川聡宅の近隣住民

小田桐《おだぎり》卓也《たくや》……学習塾　講師

森川　章二《しょうじ》……聡の父

森川泰子《やすこ》……聡の母

阿矢地《あやち》明星《めいせい》……世界新生教　教祖

北条《ほうじょう》　毅彦《たけひこ》……世界新生教　信者

北条　梓《あずさ》……毅彦の妻

北条大地《だいち》……毅彦の長男

笠原《かさはら》繁信《しげのぶ》……明慶大学医学部　教授

第一章　心臓

1

遠くから、かすかに雷の音が聞こえてくる。

廃屋となったビルの一階、廊下の突き当たりに備品室があった。

スチールラックが配置され、段ボール箱が乱雑に収められている。どれもこれも廃棄予定のがらくただろう。

俺は備品室の入り口近くに「荷物」を下ろし、ひとつ息をついた。雨のせいで、俺も荷物もずぶ濡《ぬ》れだ。

西側にある小さめの窓から、ぼんやりと街灯の光が射《さ》していた。磨《す》りガラスが嵌《は》め込まれていて、外の様子はよく見えない。

近づいて窓を開けてみた。途端に大粒の雨が吹き込んできた。

四月にしてはかなり強い風雨だ。ネットの天気予報によると、都内に暴風や大雨の警報が出ているらしい。

ついていない、と俺は思った。

いや、逆だろうか。この風雨のおかげで誰かに見《み》咎《とが》められることもなく、易々《やすやす》と廃ビルに侵入できたのだ。むしろ運がよかったと言うべきかもしれない。

窓の正面、三メートルほど先にあるのは隣のビルの外壁だった。向こうの壁には、窓はひとつもない。エアコンの室外機が並び、雨樋《あまどい》や換気用のダクトがはるか上まで走っている。左右をうかがったが、隣のビルからは人の気配は感じられなかった。

俺は息を止め、じっと耳を澄ました。遠くから誰かが騒ぐような声が聞こえてくる。だが雨と風のせいで、何を言っているかはわからなかった。

窓を閉めたあと、俺は東側の壁の前へ移動した。スチールラックの陰に回り込む。ここなら、明かりを使っても外に漏れることはない。

ポケットからLEDランタンを取り出し、点灯させる。スイッチを操作して輝度《きど》を弱めにした。ラックの中段にランタンを置き、腕時計を確認してみる。

午後八時を五分ほど過ぎたところだった。さて、と俺はつぶやいた。仕事に取りかからなければならない。

足下に転がっている荷物に目をやった。口にガムテープを貼《は》られ、ワイヤーで手首を縛られた男。仕立てのいいスーツを着ているが、全身雨で濡れてしまっている。顔や腹には贅肉《ぜいにく》が付いてしまって醜《みにく》いこと、この上ない。

その男はスタンガンの電撃を受けて、すっかり萎縮していた。怪我《けが》をさせるほどの効果はない。だが激しい痛みが、奴《やつ》の戦意を喪失させている。ここまで連れてこられる間も、男はかなりふらついていた。おかげで俺は、奴を支えながら歩く羽目になったのだ。俺にとっては、まさに荷物でしかなかった。

俺は倒れている男のそばにしゃがんで、口のガムテープを剝《は》がしてやった。痛みがあったのだろう、奴は顔をしかめた。

はあはあと荒い呼吸をしたあと、奴はかすれた声を出した。

「……助けてくれ。目的は金か？　だったら、いくらでも用意する」

「そんなものに興味はない」

「だったら何なんだ。誰かを紹介してほしいのか。うまい話に乗りたいのか」

うるさい男だ、と俺は思った。舌打ちをしてから言った。

「一応確認しておきたい。おまえの『業《ごう》』についてだ」

「業？　いったい何の……」

俺はポケットからバタフライナイフを取り出した。刃を振り出し、男の鼻先に突きつける。ランタンの光が鈍《にぶ》く反射した。

尋問が始まると思ったのだろう、男は慌てた様子で首を振った。

「わかった。話せというなら何でも話す。だからそのナイフを……」

そこまで言ったとき、男の表情が変わった。まず表れたのは驚きの色。次に、痛みと苦しさをこらえる色が浮かんだ。奴はワイヤーを巻かれた両手で、自分の腹を探った。

奴の腹には、俺のナイフが深々と突き刺さっていた。

「……どうして、そんな……」

呻《うめ》くような声で男は言う。信じられないという目で俺を凝視していた。

「どうしてって、結局おまえは死ぬんだよ。先に刺したって問題ないだろう」

「頼む、助けて。このナイフを……早く……」

「ああ、わかった」

俺は少し刃先を捻《ひね》りながらナイフを引き抜いた。

男はカエルがつぶされたような声を出した。うるさい男だ、と俺はまた思った。本当に不愉快だ。

身をよじらせている男に向かって、俺はもう一度ナイフを突き刺してやった。いい手応《てごた》えがあった。

「痛い……。やめてくれ。死ぬ。死んでしまう……」

「そうだよ。おまえは死ぬんだって、さっきから言ってるだろう」

腹に突き立てられたナイフを、男は自分で引き抜こうとしている。俺は奴の顔を殴りつけた。ひっ、と男は情けない声を出す。

そのとき、廊下で何か物音がした。俺は眉《まゆ》をひそめた。

ナイフを引き抜いてから立ち上がり、出入り口に近づいていく。三秒待ってから、そっとドアを開けた。廊下の様子をうかがうと、からん、と乾いた音がした。風に煽《あお》られて空き缶が転がっただけらしい。

ドアを元どおり閉めてから、俺は男のそばに戻っていった。

だが、ランタンの光に照らされた男を見たとき、妙な違和感を抱いた。

奴は座ったまま、壁に背をもたせかけている。腹部はナイフの傷で血だらけだ。それはいい。しかし、それ以外の何かがおかしいのだ。

観察するうち、違和感の原因に気がついた。

「おまえ、何をした?」俺は男の肩をつかんだ。

「俺が目を離した隙《すき》に何をしたんだ?」

男は答えようとしない。顔を強張《こわば》らせて俺を睨《にら》みつけている。

その表情が気に入らなかった。俺は靴の先で男の腹を蹴《け》った。奴は悲鳴を上げ、咳《せ》き込み始める。

「おまえ、俺を舐《な》めてるのか」

「助けて……くれ。今ならまだ、たぶん……」

「無理だな。間に合わない。何をしようと、おまえは絶対に助からない」

「そんなことをして……警察が……怖くないのか」

ふん、と俺は鼻を鳴らした。自然に笑いがこみ上げてくる。男の目を覗《のぞ》き込んで言った。

「日本の警察に何ができる? あいつらは無能だよ」

俺はナイフを握り直した。ランタンの明かりの中、血で汚れた刃先がぬらりと光る。

激しい落雷の音がした。その轟音《ごうおん》に合わせて、俺はナイフを振り下ろした。

2

窓ガラスを叩《たた》く雨粒の音が、少し弱まってきたようだ。

鷹野秀昭《たかのひであき》はトマトジュースを飲み終えて、大きく背伸びをした。椅子《いす》を回転させ、紙パックをごみ箱に投げ込む。スチール製のごみ箱には、すでに飲み物のパックがかなり溜《た》まっていた。

終日どこにも出かけずに内勤をしていれば、ごみも増えるというものだ。

腕時計に目をやった。四月五日、午後八時二十分。

一時、警報が出るほどの風雨になったため、帰宅するかどうか迷っていた。だがこれぐらいおさまってくれれば、そろそろ職場を出られるかもしれない。

部屋の中は静かだった。

机が寄せられていて、一見するとごく普通のオフィスのように思われる。だがここは警視庁本部の中だった。

現在、室内には数名の男性がいる。彼らは鷹野からだいぶ離れた席で、パソコンを使って何か作業をしていた。鷹野という存在にはまったく興味がないといった様子で、一度も目を合わせようとしない。食事をするときも、トイレに行くときも、彼らは鷹野に注意を払わなかった。

――前の部署とはずいぶん違う。

先週まで鷹野は刑事部の捜査第一課十一係にいた。殺人などの凶悪事件が発生すると特別捜査本部を設置し、何週間もかけて犯人を追う部署だった。

刑事部の捜査はチーム戦だ。事件の規模にもよるが、五十名、百名という単位で捜査員が集められる。多くの場合、所轄署に寝泊まりして集中的に捜査を行うから、刑事たちの間にも連帯感が生まれる。

だがここはどうだろう、と鷹野は思った。

四月になって、鷹野は公安部公安第五課に異動となったのだ。

刑事部と公安部ではやり方がまったく異なる、というのは事前に想像できていた。だが鷹野が考えていたのは捜査方法についてであって、職場の空気がここまで異なるとは予想していなかった。

なんというべきだろう。公安部の部屋には、こびりついた澱《おり》のようなものが感じられるのだ。

きびきびと動き、はっきり返事をして意思を明らかにするのが、警察官のあるべき姿だと思っていた。ところが公安部に来てみると、部屋の中がやけに静かなのだ。

捜査員たちはぼそぼそと小声で話し、それが終わると黙り込んでしまう。鷹野が挨拶《あいさつ》をしても「ああ」とか「うん」とか言ってうなずくばかりだ。

仕事である以上、仲良く進める必要などないのだが、それにしてもこの部屋は空気が重い。鷹野は今三十七歳だ。警視庁に入ってから十五年経つが、これほど緊張を強《し》いられる部署は初めてだった。

書類棚のそばにいた捜査員が、携帯電話で誰かと通話を始めた。刑事部の人間であればもっとはっきり話すところだが、彼は小声で喋《しゃべ》っている。同じ部署の同僚にさえ、できるだけ会話を聞かれたくない、ということだろうか。

公安部は秘密を重視する部署だ。

国内では右翼団体や左翼団体、新興宗教団体などを監視し、テロ事件などが起こらないよう注意を払う。一方で海外の動向にも目を配り、日本の国益を損なわないよう周到に手を打つ。基本的には情報収集を第一義とする。

刑事部は事件が起こってから活動を始めるが、公安部は逆だった。事件が発生しないよう、水面下で調査を進めるのだ。そのためにはスパイ的な活動も行う、と聞いている。

——はたして俺は、どんな仕事を担当するのか。

公安五課の課長には、着任の日に挨拶をした。課長は部下の女性に指示して、パソコンと捜査員用のパスワード、備品などを用意してくれた。しばらく待機するように、と彼は言った。その指示に従って鷹野は椅子に腰掛け、時を待った。

だが、あれからもう五日も経過している。いまだに鷹野への明確な命令はない。

仕方なく、パソコンを使って情報を集めることにした。

パスワードを与えられているため、公安部の保有するデータにもアクセスできる。もちろん、秘匿《ひとく》事項については閲覧に制限がかかっているが、それでも鷹野にとっては興味深い情報が多かった。特に注意を引いたのは、過去に発生した事件をまとめたデータベースだ。

それを見つけたとき、鷹野はひそかな興奮を覚えた。

もともと鷹野が公安部への異動を希望したのは、ある事件の真相を知りたかったからだ。

今から九年前、鷹野は刑事部捜査一課で、沢木政弘《さわきまさひろ》という後輩とコンビを組んでいた。沢木は当時二十七歳。正義感は強いが、まだ少し要領の悪いところがあった。ある夜、路上で挙動不審な男を見つけて、鷹野は相棒に職務質問を指示したのだ。

沢木に自信を持たせるため、鷹野は少し離れた場所で様子を見ていた。不審者が立ち去ろうとしたので、沢木は相手に話しかけながら、しつこくついていった。そのうちふたりは角を曲がって見えなくなった。ちょうど電話がかかってきたため、鷹野が角を曲がったのは二十秒ほどあとだったと思う。

角を曲がってみて、鷹野は息を吞《の》んだ。沢木が道に倒れていたのだ。彼は腹を数ヵ所刺されていた。辺りにひとけはなく、犯人の行方はわからなかった。

沢木は救急車で病院に運ばれたが、翌日、息を引き取った。

あのときのことを思い出すと、今でも胸が苦しくなってくる。鷹野に職質を命じられ、沢木はどうにか成果を挙げてみせようとしたのだ。その結果、彼は命を落としてしまった。

現場には凶器の包丁が残されていた。指紋が付着していたが、前歴者データベースには登録されていなかった。鷹野は必死になって凶器の出どころを調べた。結果としてわかったのは、その包丁は百円ショップで販売されていた、という事実だけだった。

鷹野は衝撃を受けた。わずか百円の凶器で、沢木は殺害されたのだ。このまま事件を放っておくわけにはいかない、と強く思った。

だが鷹野の意に反して、犯人の手がかりは得られなかった。やがて特捜本部は解散され、事件は迷宮入りとなってしまった。

歯がゆい思いがあった。なんとしても犯人を見つけなくてはならない。奴を逮捕しなければ、相棒が浮かばれない。

通常の捜査を続けながら、鷹野は情報を集めていった。百円ショップを頻繁に覗くようになったのも、そのためだ。こうして歩き回っていれば、いつか犯人を見かけることがあるかもしれない。わずかな可能性に期待して、時間があれば店に入るようにした。

沢木の姉・美香《みか》には何度も会った。一緒に墓参りにも出かけた。被害者遺族支援の一環として行ったことだが、鷹野にとってはもっと重い意味があった。沢木の姉を忘れてはならないし、ずっと彼女に尽くさなければならない、という気持ちがあったのだ。

当然のことだが沢木美香は警察に対して、いい感情を持っていなかった。直接口には出さなかったものの、鷹野にも不信感を抱いていただろう。それがわかっていたから、必ず犯人を捕らえる、と鷹野は何度も伝えた。目算がなくても約束せざるを得なかった。

そんな中、新しい情報が得られた。

沢木が殉職した日、現場近くで公安部が何かの活動を行っていたというのだ。

鷹野は公安部員に接触し、当時の活動について聞き出そうとした。だが相手は秘密主義を貫《つらぬ》く者たちだ。何ひとつ情報は得られず、鷹野は落胆した。

公安部が沢木の死と関係しているかどうかはわからない。だが、日ごろからスパイのような活動をしている部署だから、疑う余地は大いにある。はっきりしない状態だからこそ、すべてを明らかにしたかった。

異動の意志が芽生《めば》えたのは、そのころだったと思う。公安部に行けば、過去の活動記録を調べられるかもしれない。そうなれば沢木の死の真相に迫れるのではないか。

もちろん、刑事部の仕事には未練もあった。特捜本部での仕事を繰り返せば、捜査員として技術の蓄積ができる。事実、鷹野は捜一の中でも高い検挙率を誇ってきた。

だが、だからこそ次のステージへ進みたいという気持ちもあった。

新しい部署で、新しい捜査に挑んでみたい。慣れない仕事で苦労したとしても、それは警察官としてプラスの経験になるだろう。

鷹野は所属部署に関する希望を事あるごとに伝えてきた。そしてついにこの春、公安部への異動が実現したのだった。

まもなく、外の雨はやみそうだ。

鷹野は仕事の最後に、もう一度パソコンを操作して、事件のデータベースにアクセスした。

九年前、東京都板橋《いたばし》区常盤台《ときわだい》で発生した沢木政弘の殺害事件。それ自体は公安部のデータにも残されていた。刑事部の捜査情報を公安部が入手したものらしく、鷹野が知っている以上のことは記載されていない。

《なお、当時警視庁公安部が現場近辺で活動していた形跡あり》

その一文も、鷹野が記憶しているものだった。刑事部所属のベテラン捜査員が残した情報だ。残念ながら、これを書き残した人物はその後病気で亡くなっている。詳しい状況を聞き出せないのは本当に残念だ。

となると、頼りにすべきは公安部側のデータだった。彼らは当時、常盤台で何をしていたのか。誰から、どんな命令が下されていたのか。

だが、この数日どれほど調べても、その情報は見つからなかった。アクセス制限がかけられているのだろうか。それとも最初から記録が残されなかったのか。

いずれにせよ、今の自分では、これ以上沢木の事件について調べるのは難しそうだと悟った。

捜査で実績を挙げて、公安部での立場を盤石《ばんじゃく》なものにすれば、いつか重要な情報へのアクセス権を得られるかもしれない。それを期待するしかないだろう。とはいえ、いつになれば実現するのか想像もつかなかった。

鷹野は小さくため息をついた。

そのときだ。ポケットの中で携帯電話が振動し始めた。

携帯を取り出し、液晶画面を確認する。

午後八時三十一分。表示されているのは《佐久間《さくま》一弘《かずひろ》》という名前だ。異動初日に紹介された、公安五課の班長だった。

「はい、鷹野です」

「今どこにいる」

前置きなしに、いきなり佐久間は尋《たず》ねてきた。決して大きな声ではない。だが、相手に有無を言わせないような威圧感がある。

「桜田門《さくらだもん》ですが……」

「二十分以内に赤坂《あかさか》に来い。場所はメールする。遅れるな」

「何かあったんでしょうか」

そう問いかけてみたが、すでに佐久間は電話を切ってしまっていた。

鷹野はパソコンをシャットダウンすると、鞄《かばん》をつかんでドアに向かった。

廊下を歩きながら、ふと以前のことを思い出した。刑事部時代はいつも相棒の如月塔子《きさらぎとうこ》と一緒に出かけていた。彼女は鋭い観察力とひらめきを持った、いい捜査員だった。

だが今、鷹野はひとりで外出する。

この先あんな相棒とはもう出会えないだろう、という気がした。

3

タクシーから降りると、鷹野は指定されたビルに向かって走った。

雨はほとんどやんでいたが、まだ南寄りの風が強い。濡れたアスファルトに、ネオンサインの赤、白、青などが反射している。雨水を撥《は》ね飛《と》ばしながら、鷹野は目的地へと急いだ。

先ほどまで雨がひどかったせいだろう、赤坂の町に人通りはいくらも見られない——。そう思いながら角を曲がったとき、何台かのパトカーが目に入った。その近くに二、三十名の人だかりが出来ている。

パトカーは十階建てほどの、白いビルのそばに停《と》まっていた。

近づいていくと、制服警官と私服の刑事が捜査を行っていることがわかった。野次馬たちの中から、気になる声が聞こえてくる。

「すごい音がした」

「爆弾だってよ」

「怪我人はいるの？」

爆発物が使われたのだろうか。あの雨の中、テロ事件が発生したというのか。

人々はビルの一角を指差している。鷹野は道路を渡ってそちらに向かったが、ブルーシートに遮られて現場は確認できなかった。辺りを見回しても上司の姿はない。おそらく集合場所は正面入り口なのだろう。

鷹野は急ぎ足でビルの入り口に近づいていった。ここには立入禁止テープが張られていて、制服警官が周囲に目を光らせていた。無関係な者は当然、閉め出される。

テープのそばで鷹野は足を止めた。そうだ。刑事部捜査一課を出てしまった自分は、もう腕章もバッジも持っていないのだ。優先的に現場に立ち入らせてはもらえない。

どうすべきかと考えていると、うしろから肩を叩かれた。

はっとして鷹野は振り返る。街灯の明かりの下、小柄な男性が立っていた。つるりとした卵のような顔。紺色のスーツに赤茶色のネクタイ。髪をきれいに整えていて、役所の職員のように思える。

だがそれは見た目だけのことだった。彼は警視庁の中でも曲者揃《くせものぞろ》いといわれる公安部で、班長を務めている人間なのだ。

「一分遅れたな」

佐久間班長は腕時計を見ながら言った。

「すみません。急いで来たんですが」

「言い訳が聞きたいわけじゃない。理由を正確に説明しろ」

鷹野は姿勢を正して、相手を見つめた。

「爆発現場を確認しようと思ったんです」

「それはおまえの仕事ではない。いいか、約束を守れない人間は、この部署には必要ないんだ。たったひとり遅れただけで、一ヵ月準備した計画が失敗することもある。徹底しろ」

「申し訳ありません」

鷹野は謝罪した。公安部員を束《たば》ねるだけあって、想像以上に佐久間は細かい性格のようだ。

「本事案は佐久間班が担当する。鷹野、おまえにも捜査に加わってもらう」

「よろしくお願いします」

佐久間は周囲を見回したあと、ビルのエントランスに視線を向けた。

開け放たれたドアから、パンツスーツ姿の女性が出てくるところだった。歳《とし》は三十代後半だろう。髪はセミロングのストレート。やや吊《つ》り上がり気味の目には知的な印象がある。整った容貌《ようぼう》に、上品な化粧が映《は》えていた。

「公安五課の氷室沙也香《ひむろさやか》警部補だ」佐久間は言った。「彼は鷹野秀昭警部補。刑事部から異動してきた」

「よろしく」

短く言って、沙也香は会釈《えしゃく》をした。鷹野も軽く頭を下げる。

顔を上げた沙也香は、こちらを見て何か言いたそうな表情を浮かべた。だが、鷹野が問いかける前に、彼女は背筋を伸ばして佐久間のほうを向いた。

「状況を報告します」沙也香は話しだした。「現場は二ヵ所に分かれています。まず午後八時ごろ、このビルの東側で爆発が起こりました。電気系統がやられて、一階にあるイタリアンレストランが停電、パニックになったそうです。従業員が店内の客を誘導して外に避難しましたが、ひとり見当たらない客がいました。政治家です」

沙也香はそこで言葉を切った。佐久間が口を挟もうとする素振りを感じ取ったようだ。彼女は観察能力に長《た》けているのだろう。

「なるほどな」佐久間はうなずいた。「政治系の案件だから公安が呼ばれたわけだ。それに加えて、爆破事件だったというのも理由か」

「はい。現在、刑事部と公安部が同時に動いています」

かすかに眉をひそめ、佐久間は舌打ちをした。

「合同捜査など時間の無駄だろうに。……で、消えた政治家というのは誰だ」

「与党、日本民誠党の幹事長・真藤健吾《しんどうけんご》、六十四歳です。次期首相の有力候補だと噂《うわさ》されていました。当然、政敵も多かったでしょう。その真藤が消えました」

「SPがいたんじゃないのか？　連中は何をやっていたんだ」

「レストランの外で待機していたため、爆発の衝撃でしばらく動けなかったそうです」

　役立たずめ、と佐久間は吐き捨てるように言った。沙也香は説明を続けた。

「真藤のそばには私設秘書の森川聡《もりかわさとし》、三十六歳がいました。ですが、停電の混乱の中で真藤とはぐれてしまったそうです。五分後に森川は、SPのひとりと話をしています」

「……真藤はどうなった」

「もうひとつの現場で遺体となって発見されました。二軒隣の廃ビルです。来月、解体工事が始まる予定でした」

　佐久間は腕組みをして考え込んだ。

「犯人は爆発物を仕掛けておき、混乱に乗じて真藤を捕らえたあと、廃ビルへ連れていって殺した……。ずいぶん段取りのいい事件だな。目撃者はいないのか」

「刑事部の機動捜査隊が動いていますが、まだ情報は入っていないようです。事件発生時はひどい雨でしたから、人通りもほとんどなかったものと思われます」

　現場に来てから、まだそれほど時間は経っていないはずだ。にもかかわらず、沙也香はこれだけの説明を淀《よど》みなく行った。情報収集力もさることながら、事態を分析する力もかなりのものだ。

　爆発物の確認は、すでに公安機動捜査隊の鑑識担当が行ったそうだ。ほかに類似の爆発物はなく、二次的な被害のおそれはない。

　一方、レストランの店内では刑事部の鑑識課が活動中だという。

「公安機動捜査隊の鑑識は、採証活動には参加できていません」

「奴らがさんざん荒らしていったあとにうちの鑑識が入っても、意味はないだろうな」

先ほど佐久間が言ったとおりだった。ふたつの部署が同時に動こうとすると、時間も手間も無駄になるケースが多い。

「刑事部の捜査一課は、どの係が動いているんですか？」

鷹野が尋ねると、沙也香はこちらを向いて答えた。

「十一係が担当すると聞いたわ」

驚いて、鷹野は相手の顔を見つめる。隣にいた佐久間が口を開いた。

「鷹野は十一係にいたんだったな。妙な偶然というべきか」

「ええ……そうですね」

別の部署に異動しても、どこかで昔の同僚たちと出会う可能性はある。鷹野はそう考えていた。だが、まさかこれほど早く、その機会が来るとは思ってもみなかった。

ＳＰたちはパトカーの近くに集められていた。刑事部鑑識課の動きは早かったが、十一係の捜査員たちはまだ到着していないそうだ。現在ＳＰから話を聞いているのは赤坂署の刑事たちだという。

鷹野は彼らのいる場所に目をやった。ＳＰはみな同じようなスーツを着ているし、体つきもがっちりしているから容易に判別することができる。ただ、ひとりだけ身長百七十センチぐらいの痩《や》せた男性がいた。彼は不安そうな表情を浮かべている。

「あれが森川さんですね？」鷹野は尋ねた。「ちょっと話を聞いてもいいですか」

かまわない、と佐久間は言った。鷹野は沙也香をちらりと見てから、ＳＰたちのほうへ近づいていく。佐久間たちもうしろからついてきた。

「森川さんですよね。真藤さんの秘書の」

急に声をかけられ、森川は驚いたようだ。やや長めの髪が少し乱れている。彼は手櫛《てぐし》で髪を直しながら口を開いた。

「そうですけど……何でしょう？」

「公安部の鷹野といいます。停電が起こったあとの、あなたの行動を聞かせてもらえますか？」

「あっちの刑事さんに話しましたけど」森川は不機嫌そうな顔をする。

「もう一度、話していただけませんか。警察の捜査では、同じことを何度もうかがう場合があります。出来事を正確に思い出していただくのが目的です」

実際には、証言の矛盾点を見つけるために、刑事は同じことを何度も訊《き》く。だが、それを正直に伝える必要はなかった。

仕方ない、と諦《あきら》めたような表情で森川は話しだした。

「私は真藤先生と一緒にレストランの個室にいました。今日は誰かとお会いになるのではなく、個人的に食事をしたいとおっしゃったので……。とはいえ、今後の政治日程など、先生と私とでいろいろ打ち合わせをしました」

「誰か不審な人間が部屋を覗いたりは？」

「いいえ、そんなことはありませんでした。料理をサーブしてくれた方も、知っている従業員でしたし」

「停電が起こったあと、どうしました？」

「携帯の明かりを頼りに、真藤先生を個室の外へお連れしました。廊下を歩いていると『先生、こっちです』という声が聞こえたんです。私も一緒に行こうとしたんですが、ほかのお客さんたちがパニックを起こしていて、はぐれてしまいました」

「どんな声でしたか？」

「すみません。男性だったことしかわからなくて……」

森川は申し訳なさそうに肩を落とした。

別の角度から鷹野は質問を再開した。

「最近、真藤さんのところに脅迫などはなかったでしょうか。あるいは、何かに悩んでいる様子があったとか……」

「いえ、なかったと思います。先生はいつもどおり精力的に活動なさっていました。法改正の準備もありましたし」

「どんな内容です？」

「それは申し上げられません」

　うしろで佐久間が身じろぎするのがわかった。鷹野のやり方を手ぬるいと思っているのだろうか。それとも、証言を拒《こば》む森川に不快感を抱いているのか。

「政治家には敵が多いんじゃないですか？」

　鷹野が水を向けると、森川は戸惑う様子を見せた。

「たしかにそうですが、警察に頼るほどではなかったと思います」

「しかし、現に真藤さんは殺害されてしまった」

「私のせいです。先生には今まで本当にお世話になったんですよ。それなのに、肝心なときに私は……」

　個人的に責任を感じているのだろう。森川は眉間《みけん》に皺《しわ》を寄せ、唇《くちびる》を嚙《か》んだ。

　礼を述べて、鷹野たちは森川から離れた。道路へ出て、佐久間は沙也香のほうを振り返る。

「あの男……」

「ええ、刑事部も森川を疑うでしょう」沙也香が小声で答えた。「そこは任せておいてもよろしいかと」

「そうだな。……氷室、次の現場だ。遺体が見つかったビルへ案内しろ」

「こちらです」

　沙也香は佐久間に進路を指し示した。それから、先に立って歩きだす。

　雨に濡れた路上に、パンプスの靴音が響いた。

　七十メートルほど先に、茶色い外壁のビルがあった。

レストランが入っていたビルに比べると、明らかに古めかしく感じられる。竣工《しゅんこう》したときには優れたデザインだったのだろうが、三十年、四十年と時間が経てば、どうしても流行からは取り残される。経年劣化のせいで、表面のタイルなどにもひび割れが見られた。

解体が決まっているため、テナントはすべて退去しているという。しかし仮囲いはまだ設置されていないから、誰でも敷地に入ることはできたはずだ。

ビルの前には、覆面パトカーや刑事部鑑識課の車両が停まっていた。捜査員や鑑識課員が忙しく出入りしているのが見える。

建物の正面入り口から十メートルほど離れたところに、三人の男性がいた。五十歳前後、四十代前半、三十代前半という構成だ。

最年長、五十歳前後の男性が佐久間に向かって右手を上げげた。

「班長、こちらです」

髪に白いものの交じった、実直そうな風貌《ふうぼう》の人物だ。物腰が柔らかく、小学校の校長先生のような印象がある。この人も公安部員なのか、と鷹野は意外に思った。

佐久間はその男性に鷹野を引き合わせた。男性は白髪交じりの頭をゆっくりと下げる。

「巡査長の国枝周造《くにえだしゅうぞう》です。あなたが鷹野さんですか」

「私をご存じなんですか？」

「もちろんです。いろいろ聞いていますよ。いい噂も、よくない噂もね」

ふふっと国枝は笑った。口元は緩《ゆる》んでいるが、目は鋭く光っている。どうやら、人がよさそうなのは表面だけらしい。食えない古狸《ふるだぬき》といった雰囲気があった。

国枝は佐久間のほうへ体を向けた。

「もうじき刑事部の鑑識活動が終わります。我々はそのあと、ということでして」

「犯人はどうやってここに入った？」

「あらかじめ窓を割って、脇《わき》にあるドアを開けておいたようです。いつここに目をつけたかはわかりませんが」

佐久間は廃ビルを見上げたあと、道路のほうに目をやった。

「雨の中、奴は被害者をここまで連れてきた……。本当に誰も見ていないのか？」

「ビルの裏から裏へと歩けば、人目につかなかったでしょうな」

「それも計算済みだったわけか。抜かりのない奴だ」

正面の出入り口から、刑事部の鑑識課員たちが出てきた。中のひとりが、国枝のほうへ手振りで合図をした。

「じゃあ、行きましょうか」

声をかけて、国枝は出入り口に向かう。

鷹野はポケットからデジタルカメラを取り出した。暗い中、フラッシュを焚《た》いて建物の外観を撮影する。

「おい、おまえ何してる？」

四十代前半の男性が、咎《とが》めるような口調で言った。髪を短めに刈った、目つきの鋭い人物だ。百八十三センチの鷹野よりもさらに背が高く、がっちりした体形で、筋肉を鍛《きた》えているのがよくわかる。彼は鷹野に対して、圧倒的な敵意を撒《ま》き散《ち》らしていた。

「写真を撮ったんです」鷹野は答えた。

「そんなことはわかってる。なんで今、写真なんか撮るんだ」

「今までもこうしていたもので。事件現場の写真は、あとで筋読みをするとき役に立つんですよ」

「鑑識に任せておけよ。おまえの仕事じゃない」

「しかし情報は多いほうがいいでしょう。鑑識がミスをしないとは言い切れませんよね？」

短髪の男は眉をひそめた。鷹野を睨みつけたあと、佐久間の表情をうかがう。

「班長、こいつ……」

「好きにさせておけ」そう諭《さと》したあと、佐久間は鷹野に言った。「現場ではいいが、よそで目立つことはするな。どこに不審者がいるかわからない」

「了解です」

うなずいてから、鷹野は短髪の男に頭を下げた。

「ご忠告ありがとうございました。……鷹野秀昭です。よろしくお願いします」

ふん、と男は鼻を鳴らして、鷹野の顔を見下ろした。あえてそういう態度をとっているのだろうな、と鷹野は思った。このへんは部署がどうこうというより、個人の性格が出る部分だ。相手はおそらく年上だし、鷹野のほうは新入りだから、ここは低姿勢でいたほうがいい。

「能見義則《のうみよしのり》、警部補だ」短髪の男は低い声で言った。「鷹野、公安には公安のやり方がある。俺の邪魔だけはするなよ」

「肝《きも》に銘じます」

静かに答えて鷹野は目礼をした。それを見て気が済んだのだろう、能見は鷹野から視線を逸《そ》らし、廃ビルの出入り口へと歩きだした。

もうひとり、三十代前半の男性が残っていた。スーツの肩に、大きめのバッグを掛けた人物だ。鷹野が声をかけようとすると、国枝がその男性を紹介してくれた。

「彼は溝口《みぞぐち》くん。巡査です」

「溝口晴人《はると》です。鷹野さん、刑事部ではかなりの実力派だったそうですね」

微笑を浮かべながら溝口は言った。小柄で、髪に緩いパーマがかかっている。茶色いフレームの眼鏡《めがね》をかけていて、その奥の目は好奇心に満ちているようだ。国枝と同様、彼もまた公安部員らしくない印象だった。

「鷹野だ。よろしく頼む」

「あの……」溝口は小声で尋ねてきた。「なんでここに来たんですか?」

「え? 佐久間班長に呼ばれたからだが……」

「そうじゃなくて、なぜ公安に?」

一瞬言葉に詰まって、鷹野は相手をじっと見つめた。溝口は何が聞きたいのだろう。

「異動の辞令が出たからだよ。もともと公安の仕事に興味もあったし」

「そうですか……。でもね、興味本位で務まるような仕事じゃないですよ。経験者が言うんだから間違いありません」

「君はこの仕事、長いのか」

「もう五年になります」溝口は周囲を気にしながら、ささやくように言った。「だんだん感覚が麻痺《まひ》してきますよ。そういう部署なんです」

「おい溝口、何してる!」

前方から声が飛んだ。能見が佐久間や沙也香のそばに立ち、こちらを睨んでいた。

溝口は何か言いたそうだったが、諦めた様子で「はい」と返事をした。バッグを肩に掛け直して、能見のほうへ歩きだす。

「鷹野も来い。もたもたするな」と能見。

「すみません」

建物の外観をもう一度撮影してから、鷹野は能見たちのほうへ向かった。国枝も大股《おおまた》でついてきた。

能見が先頭に立って、薄暗い廊下を進んでいく。そのあとに佐久間と沙也香、鷹野、そして溝口と国枝が続いた。佐久間がリーダーであり、能見はその右腕、サブリーダーなのだろう。あの性格だから、能見が前を歩くのは納得がいく。

五人は白手袋を嵌めて、足を進めた。誰かが空き缶を蹴ったのか、辺りに乾いた音が響いた。

廊下の突き当たりにクリーム色のドアがあった。開かれたそのドアから、明かりが漏れている。鑑識課が照明器具を持ち込んだのだろう。

鷹野たちが部屋を覗き込もうとすると、部屋から中年男性が出てきた。彼は鷹野の姿を見て、おや、という表情を見せた。

「なんだ、鷹野じゃないか」

真面目《まじめ》そうな顔に銀縁眼鏡をかけている。責任感が強いせいでストレスが多く、捜査のときにはいつも胃薬をのんでいた。捜査一課十一係の早瀬泰之《はやせやすゆき》警部だ。

「ご無沙汰《ぶさた》しています」鷹野は会釈をした。「……といっても、まだ何日も経っていませんが」

「公安が来るとは聞いていたが、そうか、鷹野たちか」

「十一係のメンバーは?」

「まだ集まっていない。俺は先に着いたから、ひとりで現場を見ていたところだ」

早瀬は、鷹野から佐久間へと視線を移した。

「十一係の早瀬です」

「公安五課の佐久間です。早瀬係長、我々も現場を見せていただきます。かまいませんね?」

「いいですよ。ただ、かなりひどい状況です。覚悟してください」

能見が少し背を屈《かが》めて、最初に踏み込んでいった。続いて鷹野たちも部屋に入っていく。説明をしようというのか、早瀬も最後についてきた。

鑑識課員たちはすでに作業を終えていて、室内には誰もいない。

入るとすぐ、異様な臭気が感じられた。

——血のにおいだ。

鷹野には嗅《か》ぎ慣れたものだった。ただ、これだけ強いにおいは、今までにあまり経験がない。

八畳ほどの広さの部屋だった。元は備品室だったらしく、あちこちに段ボール箱の収納されたスチールラックが置かれている。ドアの右側のラックのそばに照明器具が設置され、周囲に青白い光を放っていた。

その光が照らしている床を見て、鷹野は息を呑んだ。

大きな血だまりの中に、スーツ姿の男性が横たわっている。鷹野もテレビで何度も顔を見たことがあった。政治家の真藤健吾だ。

だが今、彼の顔はニュース番組で見たものとは大きく異なっている。真藤は何かを訴えかけるように目を見開き、苦悶《くもん》の表情を浮かべていた。死の間際に感じたであろう恐怖や苦痛が、ずっと顔に張り付いている。そんなふうに見えた。

スーツやワイシャツのボタンが外されていた。その下の胸部、腹部は血まみれだ。

鷹野は以前テレビで見た、開腹手術の光景を思い出した。皮膚を切り、臓器を露出させて患部を探る。それらは医療として行われたものだった。だが今目の前にあるのは、残虐な悪意によって損壊された人体だ。

遺体の胸から腹にかけて、刃物で縦に大きく切り裂かれている。胸の辺りには肋骨《ろっこつ》がはっきり見えていた。腹部からはみ出しているのは大腸だろうか。その先端から、じくじくと体液が流れ出したようで、血だまりの一部が濁《にご》った色に変わっていた。

「腹を刺されて出血性ショックを起こしたようです」遺体を指差して早瀬が言った。「そのあと、臓器がいくつも取り出されている。ざっと見たところ心臓、肺、胃、小腸、大腸の半分。横行結腸の途中までです」

いったいなぜ、という思いが強かった。刑事部時代、鷹野はさまざまな殺人事件を扱ってきた。だがこれほど多くの臓器が一度に取り出されたケースは記憶にない。

「これはいったい……」沙也香が床にしゃがみ込んだ。

遺体から一メートルほど離れた場所に、小さな天秤《てんびん》が置かれていた。

土台から支柱が垂直に立てられ、水平方向に竿《さお》が取り付けられている。その竿の両端にそれぞれ皿が吊るされているという、古いタイプの天秤だ。

左右の皿を見て、鷹野は思わず眉をひそめた。右の皿には鳥の羽根がある。そして左の皿には、血に染まった何かが載せられていた。

「心臓か……」佐久間がつぶやいた。

たしかに、それは模型などでよく見る心臓の形をしていた。資料映像などではこれが脈打ち、血液を全身へと送り出していた。だが今、皿の上の心臓はぴくりとも動かない。ライトに照らされ、何かの果実のように赤黒く光って見えた。

「被害者の心臓でしょう」早瀬が言った。

ひとつ妙なことがあった。心臓と鳥の羽根を比べれば、どう考えても心臓のほうが重いはずだ。だが目の前の天秤は、ちょうど釣り合った状態だった。

どうやらその羽根は、おもりが付けられた作り物らしい。だから天秤はバランスがとれているのだ。

「取り出された臓器は心臓以外、見つかっていません。犯人が持ち去ったものと思われます」

早瀬の説明に、佐久間が小さくうなずいた。

この凄惨《せいさん》な事件を目《ま》の当たりにして、早瀬は顔を強張らせていた。鷹野も同様だ。

だが、公安五課のメンバーはほとんど顔色を変えていなかった。殺人事件を多く担当してきたわけではないだろうに、なぜ動揺せずにいられるのか。感情をコントロールする術《すべ》を身につけているとでもいうのか。

部屋の隅《すみ》を見ていた国枝が、佐久間を呼んだ。

「これ、何でしょうね」

国枝が指差しているのは、プラスチックで作られた手帳サイズほどの板だった。表面には記号のようなものが多数彫《ほ》られている。

「こんなところに象形文字か？」佐久間が首をかしげた。

鷹野は彼らのそばに行って、板を覗き込んだ。以前、博物館でこれとよく似た石板のレプリカを見たことがある。

「ヒエログリフじゃありませんか？」

「古代エジプトで使われていた文字だな」佐久間は

低い声で唸った。「妙なものを置いていったものだ」

「何かのメッセージという可能性がありますね」

佐久間の横顔を見ながら沙也香が言う。佐久間は不機嫌そうに空咳《からぜき》をしたあと、早瀬の顔を見つめた。

「早瀬係長、これから我々が活動を行います。退出していただけますか」

「……え？　しかし、まだ捜一が検分していませんし」

「こちらはすぐに終わります」

「私がここにいても邪魔にはならないでしょう」

「公安には公安のやり方があります。すぐに退出してください」

早瀬の顔に不快の色が浮かんだ。彼は佐久間から鷹野へと視線を移した。

かつての上司の顔を見ながら、鷹野は黙っていた。以前とは立場が違う以上、そうするしかなかった。早瀬は軽くため息をつく。

「何分、必要なんですか？」

「二十分でけっこうです」

「わかった。くれぐれも、現場を乱さないようお願いします」

早瀬はもう一度鷹野の顔を見たあと、足早に廊下へ出ていった。

佐久間は部下たちに命令した。

「急げ。十九分で終わらせろ」

その言葉を合図に、佐久間班のメンバーたちはてきぱきと動き始めた。

溝口が肩からバッグを下ろす。先ほどまで人なつっこそうに見えたのだが、今、彼の顔からは微笑が消えていた。溝口は真剣な表情で、バッグから大きなシートを何枚か取り出した。

国枝が西側の窓をシートで塞《ふさ》ぐ。能見はドアを閉め、さらにそのドアの上にシートを張った。情報漏洩《ろうえい》を防ぐため、かなり気をつかっているようだ。

鷹野も手伝おうとしたが、何をすればいいのかわからなかった。メンバーたちはまるで鷹野には関心がないという様子で、自分の作業を進めていく。

準備が整うと、佐久間たちは遺体のそばに集まった。鷹野もそれにならった。

「氷室、被害者の情報を報告しろ」

指示を受けて、沙也香はすぐに話し始めた。

「真藤健吾は神奈川県横須賀《よこすか》市生まれ。現在の自宅は世田谷《せたがや》区松原《まつばら》です。城南《じょうなん》大学政治経済学部に入学し、弁論部で部長を務めています。積極的、野心的な性格で、友人たちからも一目《いちもく》置かれていました。卒業後は製薬会社に就職しましたが、のちに日本民誠党議員が運営する政治塾に参加。三十七歳のときに立候補して衆議院議員となりました。以後頭角を現して、党内での立場を確固たるものとしました。六十四歳となった現在では、真藤派を率いています。人気・実力を兼ね備えた政治家として、次期総裁候補と目されていました」

沙也香はメモ帳も見ないで報告を行った。記憶力もたいしたものだし、何より、ごく短時間で基礎情報を調べ上げたという事実に驚かされる。情報警察たる公安部員は、これぐらいできて当然なのだろう。

「政治信条は？」佐久間が尋ねた。

「中道寄りの右派ですが、ときに強硬姿勢も見せます。法律関係に詳しく、少年法の改正に意欲的でした。ほかに、犯罪被害者の家族を支援する活動にも積極的だったそうです。最近では破壊活動防止法の改正を提案しています」

「破防法絡みか……。家族構成や趣味はどうだ」

「はい。妻の典子《のりこ》は六十二歳の専業主婦。趣味はコーラスで週に一回、市民サークルに通っています。長男の健一郎《けんいちろう》、三十二歳は食品メーカー勤務。独身です。真藤自身にも家族にも、逮捕などの前歴はありません」

「あとは、真藤に恨みを持つ者がいるかどうかだが……」

「政敵は多かったでしょうが、殺害状況が異常です。真藤を排除するのが目的なら、ここまでする必要があるとは思えません」

沙也香の言うとおりだった。この殺しは凄惨すぎる。政敵を殺害するのに、大きなリスクを冒《おか》し、手間をかける必要などないはずだ。

しかし、と鷹野は思った。意見を述べようとしたのだが、そのとき能見が口を開いた。

「可能性は三つある。第一に、何か別の目的があった。第二に、この場ではそうすることにメリットがあった。第三に、猟奇趣味者の犯行に見せかけたかった、ってところだろう」

彼の発言を聞いて、鷹野は軽い驚きを感じた。犯人が死体損壊を行った理由について、鷹野も同じように考えていたからだ。

――公安部にも、殺人捜査のセンスを持つ人間がいるのか。

能見は横柄で高圧的な男だが、犯罪者の真意を想像できるらしい。これは、じつに頼もしいことだった。能見がどういう人間なのか、鷹野は興味を感じた。

沙也香からの報告が終わると、佐久間は溝口に問いかけた。

「犯行声明は出ていないか？」

溝口はスチールラックにノートパソコンを置き、操作しているところだった。驚くほどの速さでキーを叩いていたが、すぐに振り返って答えた。

「SNS、掲示板、ニュースサイトなどを確認しましたが、自分が調べた範囲ではどこにも出ていません」

「この現場にも、それらしきものは見当たりませんね」国枝が言った。「もっとも、そいつが犯行声明なのかもしれませんが……」

彼は床の上のプラスチック板を指差した。犯人は古代エジプトの言葉で、何かを書き残したということか。たしかに、その可能性も考えなければならないだろう。

佐久間は腕組みをした。

「事件の特徴は四点だ。政治家をターゲットにしたこと。爆発物を使ったこと。遺体から臓器を取り出したこと。そして意味不明の遺留品を置いていったこと。過去にこうした事件の例はあるか」

彼の質問に、能見が即答する。

「臓器の件はさすがに珍しいですが、同様の爆発物を使ったテロは例があるかもしれません。うちの鑑識から爆発物の分析結果が出れば、確認できると思います」

「怨恨《えんこん》や猟奇的殺人の可能性も否定はできない」佐久間は考えながら言った。「だがその線の捜査は、刑事部に任せておけばいい。俺たちはあくまでテロや政治犯案件として仕事を進める」

「当面、合同捜査になるわけですね？」

沙也香が尋ねた。そうだ、と佐久間はうなずく。

ここで鷹野は右手を軽く挙げ、佐久間に質問した。

「もし、テロや政治犯案件でなかった場合はどうするんでしょうか。公安部は途中で手を引くんですか？」

能見や沙也香が眉をひそめるのがわかった。国枝と溝口は黙ったまま、そっと顔を見合わせている。

「捜査をするうち、疑わしい人物が出てくるだろう。そいつを調べて追い込んでいく」

「疑わしい人物が出てこなかったら？」

「必ず出てくる」佐久間は鷹野を見つめた。「今回の事件は爆破テロであり、しかもターゲットは政治家だ。組織的な犯行に間違いない。ひとり被疑者が出れば、そいつが所属する組織を調査し、一気に叩く。たとえ猟奇犯を演出していたとしても、元をたどれば組織犯罪だ。これは公安部の案件なんだ」

「見込み捜査……ですか」

公安部のやり方は刑事部とは違っている。まず犯人の目星をつけ、その背後を洗って組織の犯罪を暴《あば》くのだろう。

「おまえ、公安のやり方に文句があるのか？」

能見が苛立《いらだ》った口調になっていた。今にも胸ぐらをつかまれそうだ。

「そんなつもりはありません」鷹野は表情を引き締めた。「ただ、刑事部にいたときは自由に議論をしていたものですから……」

「ここは刑事部じゃねえんだよ」

ドスの利《き》いた声で能見が言った。室内の空気が少し冷えたような気がした。

「失礼しました、能見さん」鷹野は彼に向かって頭を下げる。

「おまえ、本当にわかってるのか？」

鷹野は黙ったままうなずいた。能見はまだ何か言いたそうだったが、佐久間がそれを遮《さえぎ》った。

「刑事部のやり方が忘れられないと言うんだな。だったら聞いてやろう。鷹野、おまえはこの現場状況から何を推測する？」

班のメンバーたちは一斉に鷹野に注目した。

「『死者の書』をご存じですか。絵とヒエログリフで構成された、古代エジプトの葬祭文書です。人間が死ぬと魂が肉体から離れ、イアルという楽園に行くとされていました。その過程を描いたのが『死者の書』です」

「それがこの現場とどう関《かか》わる？」

「犯人は『死者の書』を模《も》して、遺体を損壊した可能性があります」

鷹野は遺体から離れて、天秤のそばにしゃがんだ。今、心臓が載った皿と羽根の載った皿はきれいにバランスがとれている。

「『死者の書』には、冥界《めいかい》の神アヌビスが死者の罪を調べる場面があります。天秤の一方に心臓を載せ、もう一方には『真実の羽根』を載せる。釣り合いがとれればイアルに行ける。しかし死者に生前の悪行があった場合、天秤は心臓のほうに傾きます。死者が真実を語ればよし、そうでなければアウトです」

「よくそんな話を知っていますね」驚いたという顔で国枝が言う。

鷹野は首を振ってみせた。

「詳しくはないですよ。ただ、美術館や博物館が昔から好きだったもので」

「それで、結論は何なんだよ」

気が短いのだろう、能見が横から急《せ》かした。

「天秤が心臓のほうに傾かないのは、生前の罪がない証《あかし》です。だとすると、死者は楽園のイアルへ行けるんです」

「……どういうこと？」

いぶかしげな顔をして沙也香が尋ねてきた。鷹野は班のメンバーを見回す。

「犯人はこれほど残酷な殺し方をしておきながら、被害者が楽園に行けるよう、天秤を細工しています。その行為に違和感を覚えるんです」

「矛盾がある、と言いたいの？」

「……そうです。そして矛盾こそ最大のヒントなんですよ」

事実、鷹野はこれまで多くの事件で、矛盾を見つけてきた。犯人が残した手がかりだったこともあるし、犯人のミスだったということもある。だがいずれにせよ、それらの矛盾に刺激され、推理が大きく進んだのは事実だ。

デジカメを取り出して、鷹野は現場の写真を撮り始めた。

被害者を撮影しているうち、おや、と思った。

遺体のそば、床の上に五、六センチほどの細長い血痕《けっこん》がある。六角形を縦に引き延ばしたような形をしていた。

「損壊に使った道具の跡でしょうか」鷹野はつぶやいた。「何だろう。小さな柩《ひつぎ》のようにも見えますが……」

西洋で使われる柩には、上から見ると六角形になっているものがある。鷹野はそれを思い出したのだ。

「脇腹に付いている血痕も、同じ形ですね。いったい何を使ったんだろう」

鷹野はひとり考え込む。

よくわからないという顔で、班のメンバーたちはその様子をじっと見ていた。

4

午後十一時十五分。二台のタクシーに分乗して桜田門に移動した。

鷹野は警視庁本部に向かおうとしたが、佐久間たちは違う方向へ歩きだす。そのままついていくと、彼らは鷹野の知らないビルに入っていった。

「本部に戻らないんですか？」

不思議に思って尋ねると、沙也香がちらりとこちらを見た。

「あんな場所で打ち合わせはできないわ。分室でミーティングをするの」

「俺は今日までずっと本部で待機していました。あらかじめ教えてくれればよかったのに」

すると沙也香は、かすかに眉をひそめた。

「分室は私たちの活動拠点よ。あなたみたいな新人に、簡単には見せられない」

三十七歳にして新人か、と鷹野はひとり苦笑いを浮かべた。だが、先ほどの凄惨な現場を思い出し、すぐに表情を引き締めた。

階段で三階に上がると、灰色のドアが見えた。《株式会社東部セントラル企画》と書かれたプレートが貼ってある。

佐久間がIDカードを装置にかざすと、ドアのロックが解除された。

中は一般的なオフィスのように見えた。執務室には、いくつかの机を寄せて島が作ってある。奥には会議室や資料室などもあるようだ。

沙也香は壁際の席に腰掛けると、隣の椅子を指差した。

「あなたの席はそこ。パソコンは新規に支給されているわ。ログインパスワードはこれ」

彼女はメモ用紙に十桁《けた》ほどの記号を書き付けた。受け取って鷹野がポケットに収めようとすると、沙也香が咎めるような声を出した。

「何してるの。覚えたらシュレッダーにかけて」

なるほど、と鷹野は思った。これはずいぶん徹底している。

パソコンにログインできるのを確認してから、鷹野はメモ用紙を裁断した。机に戻ってくると、沙也香たちはメモ帳や資料ファイルを持って、席を立とうとしていた。

「ミーティングよ。会議室に行くわ」

会議室には十人分ほどの椅子と、大きなテーブルが用意されていた。

班員たちが揃ったあと、佐久間が入ってきた。彼はホワイトボードの近くの席に腰掛ける。

「刑事部は赤坂署に特捜本部を設置するそうだ。我々は独自に動くが、十一係の早瀬と情報共有を行う。……鷹野、早瀬は我々に対してどう振る舞うと予想される？」

突然指名されて、鷹野は少し戸惑った。

「そうですね。早瀬係長は表裏のない人ですから、約束は守ってくれると思います。合同捜査であれば、毎日情報を投げてくれるのではないかと」

「俺もそう考えている。性格から見て、早瀬は利用しやすい人間だ。多少ひどい目に遭っても、こちらへねじ込んでくるような真似《まね》はしないだろう」

「どういうことですか？」

「我々は馬鹿《ばか》正直に対応する必要はない、ということだ。できるだけ向こうから情報を吸い上げる。こちらからは差《さ》し障《さわ》りのない情報を与えておけばいい」

意外な話だった。鷹野は思わずまばたきをした。

「それでは信頼関係を損ないませんか？」

「信頼関係など最初から存在しない」

佐久間は平然と言い放った。同じ警視庁の捜査員なのに、そこまで割り切れるのはたいしたものだ。これが公安の体質なのだろうか。

「公安機動捜査隊から資料を受け取った。今回の事件に使用された爆発物の分析結果だ」

　彼の言葉を聞いて鷹野は、ずいぶん早いな、と思った。詳しい調査は明日になるだろう。だが速報とはいえ、これほど短時間で分析結果が出たことには驚かされる。

　佐久間は資料のページをめくり、十秒ほど書類に目を走らせた。さらにページをめくってから彼は言った。

「今回使用された爆発物は、過去に『日本国民解放軍』が使用したものと同じらしい」

　室内の空気が、ぴんと張り詰めた。沙也香たちの表情からは、強い緊張が読み取れる。鷹野以外のメンバーは、その組織について詳しく知っているのだろう。

　資料ファイルから一枚の写真をつまみ上げ、佐久間はホワイトボードに掲示した。

　コンビニから出てきた男性が撮影されていた。歳は五十前後。髪は薄めで、鼻が少し赤い。表情に乏《とぼ》しく、生気のない顔をしていた。

　写真を指先で示しながら、佐久間は言った。

「郡司《ぐんじ》俊郎《としろう》、四十八歳。この男を明日から行確《こうかく》しろ。溝口はサイバー分析班をうまく使って情報を集めろ」

　そのあと、作業分担やスケジュールが説明されるものと思っていた。ところが佐久間は書類を整えると、すぐに会議室から出ていってしまった。

　ほかのメンバーも次々席を立ってドアに向かう。肩透かしを受けたような気分だった。鷹野は隣の沙也香に問いかける。

「ずいぶん短いんですね」

「あなたがいるからよ」

　彼女は冷たい視線をこちらに向けた。

「遺体発見現場では、みんなあんなに喋っていたじゃないですか。てっきり、その情報をまとめるのかと……」

「あなた、会議というものをどう思っているの？　同じことを繰り返すのは時間の無駄でしょう」

「しかし捜査方針の説明もありませんでした」

「指図されなくちゃ動けない人間なんて、ここには必要ないわ。それに……」

そこでふと、沙也香は言葉を切った。鷹野の顔をちらりと見たあと視線を逸らす。

「何です？」

「あなたは、今日チームに参加したばかりだわ」

沙也香は資料ファイルを小脇に抱《かか》えて、ドアのほうへ歩きだそうとする。

なるほど、と鷹野はうなずいた。

「まだ仲間とは認められない、というわけですか」

「少し違うわね。気分の問題ではないの。あなたに情報を伝えれば、刑事部に漏れるかもしれない」

「心外ですね」鷹野は眉を上下に動かした。「俺がそんなことをすると思うんですか？」

「私がどう思うかは関係ない。佐久間班のメンバーは、いつも最悪の事態を想定して動いているの。あなたは先週まで刑事部にいた。公安部で親しく話せる相手はまだいない。となれば刑事部の同僚に電話をかけて、情報を流してしまう可能性があるでしょう」

鷹野が刑事部とまだ繋《つな》がっている、と考えているらしい。これには釈然としないものがあった。異動したからには公安部の仕事に全力を尽くそうと、鷹野は考えていたからだ。

「俺は信用されていないんですね」

「別にあなただから、というわけじゃない。私たちは誰も信用しないの」

先ほど佐久間も「信頼関係など最初から存在しない」と言っていた。どうやら公安部員は、同じ警視庁の刑事さえ信用しないようだった。

捜査は明日から始まるという。集合場所と時刻だけが伝えられた。

ほかのメンバーはパソコンを操作したり、どこかへ電話をかけたりしていたが、やがてひとり、ふたりと分室から出ていった。

沙也香は資料をバッグにしまうと、コンパクトを覗いて化粧を確認していた。それが済むと椅子を引いて立ち上がり、鷹野に尋ねてきた。

「帰らないの?」

鷹野は腕時計に目をやった。ちょうど午前一時になったところだ。

「俺は新米ですから資料を見ておかないと。日本国民解放軍のこともよく知りませんし」

「そう……。あとは鷹野くんだけね。退出の手順はグループウエアに載っているから参照するように。セキュリティに気をつけて」

「わかりました。間違いのないよう注意します」

「ああ、そうだ」沙也香は足を止めて振り返った。「念のため言っておくけど、この部屋には防犯カメラがついている。パソコンにも詳細なログ出力機能があるわ。おかしな真似をすれば、すぐにわかるから」

沙也香の慎重さに、鷹野は舌を巻いた。万一、情報漏洩などのトラブルが起これば、データはあっという間に拡散されてしまう。たとえ鷹野の処罰はできたとしても、後始末が面倒だろう。それを未然に防ぐため、沙也香はしっかり釘《くぎ》を刺したのだ。

「じゃあ、お先に」

「お疲れさまでした」

鷹野は頭を下げて、廊下に出ていく沙也香を見送った。

靴音が聞こえなくなるのを待ってから、パソコンの画面に向かう。業務として情報検索することには、何も問題はないはずだ。

じきに日本国民解放軍――略称・解放軍の情報が

見つかった。

日本国民解放軍は二十年前に創設された左翼団体だという。爆発物を使ったテロ事件を何件か起こし、公安部の監視対象となっていた。五年前の市役所爆破事件を機に構成員六十九名が逮捕され、事実上壊滅したらしい。

逮捕者のうち刑期を終えて出所した者が何名かいて、その中のひとりが郡司俊郎だった。彼の経歴を調べるうち、佐久間が目をつけた理由がわかった。郡司俊郎は「技術班」と称して爆発物を製造していたのだ。

爆発物には作り手の個性や癖《くせ》が出る。たとえば容器の選び方や内部の配線、タイマーの設置位置、起爆装置の構造など、あらゆるところに手がかりが残る。公安部ではそれらをデータ化して日々アップデートを重ねているのだろう。だから、あれほどスピーディーに分析できたのだ。

——残党が活動を再開したわけか。厄介だな。

郡司ひとりで、かつての日本国民解放軍に匹敵するような組織は作れないはずだ。しかし問題は、彼が得意とする爆発物だった。火薬の量次第で、その攻撃力は十人、二十人のテロリストにも匹敵する。また複数を同時に起爆させれば、一段と破壊力や殺傷力が高まるだろう。

爆発物はテロのシンボルともいえる武器だ。世間に与える影響が大きいから、使用した組織にとっても達成感が得られるに違いない。

だとすると爆発物を目当てに、かつての残党たちが集まってくるおそれがあった。あるいは日本国民解放軍とは別の、あらたな組織が編成されることも考えられる。

鷹野はパソコンを操作して、さらに情報を集めていった。

かつての解放軍の活動を調べてみたが、特に政治家の真藤を敵視してはいなかったようだ。ということは、今回の犯行は解放軍とは無関係なのか。いや、そうとは限らないだろう。残党が集まった結果、従来とは異なる活動方針が決まったのかもしれない。テロ組織の主要なメンバーが入れ替わったのなら、あり得ることだ。

　今のところ、郡司が事件に関わる理由ははっきりわからなかった。だが、佐久間の言うとおりテロである可能性は十二分に考えられる。

　その一方で、事件現場の状況を見ると、疑わしいのは秘書の森川だった。パニックの起きた店内で真藤とはぐれた、というのは嘘《うそ》ではないのか。

　しかし爆発で停電が起こってから約五分後、森川はSPのひとりと話をしている。たった五分で真藤を殺害し、死体を損壊して戻ってくるのはどう考えても不可能だ。

　疑わしく見えるが、彼は犯人ではあり得ない。

　いつの間にか、鷹野は身を乗り出すようにして画面を覗き込んでいた。腕時計を見ると、もう午前二時半になっていた。

　ひとつ息をついて、椅子に背をもたせかける。

　明日から佐久間班は郡司をマークするという。奴は尻尾《しっぽ》を出すだろうか。それともテロ組織のメンバーだった経験を活《い》かして、警察に対抗してくるのか。

　とにかく、郡司が鍵を握っていることは間違いないだろう。

5

　四月六日、午前九時十分。鷹野たちは世田谷区上《かみ》北沢《きたざわ》にいた。

　黒いワンボックスカーの中で、佐久間班のメンバーはじっと待機している。

　スモークガラスを通して、四階建てのマンションが見えた。近くに五分ほど宅配便のトラックが停まっていたが、じきに配達を終えてドライバーが戻ってきた。トラックは甲州《こうしゅう》街道のほうへ走り去った。

運転席には能見が座っていた。彼は佐久間班長の右腕だ。班長がいないこの現場では、能見がリーダーということになる。

向かい合わせにシートを設置した後部座席には、三人のメンバーが座っていた。溝口は膝《ひざ》の上のノートパソコンを操作している。ときどき眼鏡が下がってくるのか、茶色いフレームを押し上げていた。そんな様子を見ていると、パソコンマニアの少年がネットサーフィンを楽しんでいるように思えてしまう。昨夜、死体遺棄現場で見せた厳しい表情とは大違いだ。

鷹野の隣に座っているのは沙也香だった。昨夜遅い時刻まで仕事をしていたから、睡眠時間は充分とは言えないだろう。しかしそんな気配は一切感じられなかった。メンバーに話しかける声は凜《りん》としていて、知的な雰囲気が際立っている。

「出てきたぞ」能見が言った。

鷹野たちは一斉に窓の外を確認した。白いマンションのエントランスから、中年の男が出てくる。薄くなった髪に、少し赤い鼻。着衣は黒いジャンパーにジーンズ、紺色のスニーカー。郡司俊郎だ。

「奴の行き先を特定する。行くぞ」

能見がみなに声をかけ、運転席から外に出た。

後部座席にいた鷹野たち三人も、静かにスライドドアを開ける。音を立てないよう、ひとりずつ車を降りた。

事前に能見が立案したプランのとおり、班のメンバーは行動を開始した。距離をとりながら対象者――マル対を尾行するのだ。

耳にはイヤホン、スーツの襟《えり》には小型マイクが装着されている。イヤホンから早速、男性の声が聞こえてきた。先ほどノートパソコンを使っていた溝口だ。昨日鷹野が閲覧した資料には、三十二歳と書かれていた。

「マル対、甲州街道方面へ移動中」

溝口は仕事モードに入り、硬い声で報告してきた。今はマル対の後方三十メートルほどの位置にいる。溝口も鷹野たちと同様スーツを着ているが、眼鏡をかけ、パソコン入りのバッグを肩に掛けた姿は会社員そのものだった。ときどきあくびをする様子などは、いかにも寝不足な若手社員というふうに見える。

溝口の四十メートルほど後方には能見がいた。そして能見の斜め後方、道の反対側を歩いているのは沙也香だ。鷹野は彼女のさらにうしろにいる。

郡司は右手にスポーツバッグを持っていた。ときどきバッグの中身を気にしているように見える。やがて彼は急に立ち止まって、道端《みちばた》の自販機を見つめた。小銭入れを出して飲み物を買おうとしたようだが、思い直したのか、そのまま動きを止めてしまった。

彼は道端に佇《たたず》んだまま、顔を後方に向けた。視線の先には溝口がいる。

「一番、切れろ」

イヤホンから能見の声が聞こえた。彼の指示は鷹野だけでなく、全員に届いているはずだ。

そのまま歩を緩めず、溝口は郡司の横を通りすぎた。郡司は警戒するような目をしている。しかし溝口のほうは、他人にはまるで興味がないという演技をしていた。

溝口はそのまま道を進み、次の四つ角を右折した。脱尾したのだ。それを確認してから、郡司はようやく自販機から離れた。先ほどまでと同じ方向、甲州街道方面に歩きだす。

マル対が警察の行動確認を疑っているのは明らかだった。自分に尾行がついていないかどうか、郡司は「点検」しているのだ。テロ組織に長くいただけあって、抜かりはなさそうだった。

「二番、追尾開始する」

郡司の三十メートルうしろには能見の姿があった。何があるかわからないため、距離を詰めすぎないよう注意しているのだろう。

能見は四十三歳、鷹野より六歳上らしい。彼は目つきが鋭く、所作《しょさ》にもキレがあるから、事務職のビジネスマンには見えないかもしれない。

「マル対、甲州街道に出た。西へ向かう」能見の声が聞こえた。

能見に続いて、沙也香が街道に出て左折した。しばらくして鷹野もそれに続く。

片側二車線の広い道で、交通量も多かった。歩道もゆったりしている。道の左右にはマンションや雑居ビル、個人商店などが並んでいる。

鷹野から百メートルほど先に、マル対・郡司の背中が見えた。ときどき周囲を見回す点検動作を、彼は何度となく繰り返している。かなり慎重な性格らしい。

と、そのとき、急に郡司が小走りになった。

能見もそれに気づいたはずだが、走ってしまっては怪しまれる。できるだけ急ぎ足になって、郡司を追跡しているようだ。

郡司は車道に出て大きく手を振り、タクシーを止めた。素早く後部座席に乗り込んだ。

「マル対、タクシーに乗車。こちらも車で追う」

遅れまいとして、能見も別のタクシーを停車させた。

まず郡司を乗せた車が、続いて能見を乗せた車が走りだす。

――俺たちはここまでか。

鷹野がそう思ったときだった。百メートルほど走った郡司の車が、ウインカーを出して停車してしまったのだ。

「なに？」イヤホンから能見の声が響いた。「マル対、タクシーを降りる模様」

彼の言うとおりだった。忘れ物をしたとでも言ったのだろう、郡司はわずか百メートルでタクシーから降車してしまった。ここで後続車が止まれば、間違いなく不審に思われる。

「二番、このまま切れる。三番、配置につけ」

「三番、了解」

沙也香の声が聞こえた。彼女も緊張しているのがよくわかる。

能見のタクシーはそのまま西のほうへ走っていった。

あまりにも念入りな郡司の点検に、鷹野は驚いていた。尾行がいるかどうかにかかわらず、彼はこれらを行ったのだろう。だとすると、このあと向かうのは相当重要な場所だと考えられる。彼を見失うわけにはいかなかった。

郡司は歩道に戻って、再び西へと歩き始める。沙也香が彼を追尾する。

沙也香はパンツスーツを着て、バッグを肩に掛けていた。ここから見ていても、スタイルの良さがわかる。三十九歳らしいが、もっと若い印象だ。驚いたのは、歩く姿のどこにも隙がないことだった。歩道に面した雑居ビルにも、交通量の多い車道にも、さりげなく目を配っている。鷹野は公安部員としては新米だが、沙也香の尾行は相当高いレベルにあるのだろうと想像できた。

そのうち郡司はふと足を止め、ある店に入った。

「マル対、酒販店に立ち寄り中」沙也香の報告が聞こえた。「店内には客数名。三番も入店します。四番は外で待機」

「四番、了解」鷹野は襟のマイクに向かって答えた。

沙也香は店先の看板を見ていたが、やがて自然な動作で店のドアを開けた。

携帯電話を操作するふりをしながら、鷹野は店の入り口を観察した。どうやら洋酒を豊富に扱っている店らしく、看板もお洒落《しゃれ》に装飾されている。

売り場はあまり広くないだろうから、沙也香はそう簡単にはマイクを使えないはずだ。鷹野には店内の様子がわからない。今はただ、郡司が出てくるのを待つしかなかった。

五分ほど経ったころだろうか、沙也香のささやく声がイヤホンに届いた。

「三番より報告。マル対に話しかけられた。雑談だが、こちらを不審に思っている模様」

鷹野ははっとした。まさか郡司が、それほど大胆な行動に出るとは思わなかった。

「四番より三番へ。現在、マル対はどこにいますか？」

「店員と何か話している。取り置きの品を見せてもらうとかで……。今、奥の部屋に入った」

どうするか、と鷹野は考えた。おそらく郡司は、疑わしい人間を排除するため沙也香に話しかけたのだ。おまえの面は割れたぞ、とプレッシャーをかけるためだろう。これで、もう沙也香は尾行できなくなった。

そのまま鷹野は待った。二分ほどで女性客がひとり、店から出てきた。だが郡司はずっと店内に滞在したままだ。

ふと嫌《いや》な予感がした。鷹野はマイクにささやきかける。

「四番より三番。マル対は動きませんか？」

「まだ奥から戻ってこない」

もしかしたら、と鷹野は思った。甲州街道を逸れて路地に入る。酒販店の裏手に回って、辺りを見回した。

五十メートルほど先に男の背中が見えた。あれは郡司だ。

「マル対は裏口から外に出た」鷹野は早口で報告した。「追跡を開始します」

あとは自分しかいない。絶対に失敗するわけにはいかない。

鷹野は気持ちを引き締めて郡司を尾行した。

マル対は角を曲がって甲州街道に戻った。再び歩道を西へ進んでいく。

念のため、四十メートルほど離れて尾行した。これまでの経緯を考えると、やはり近づきすぎるのは危ない。

そのうち、郡司は歩く速度を上げた。沙也香を排除したことで、尾行の可能性は消えたと考えたのかもしれない。だとしたら、こちらにとっては好都合だ。

ところが、異変が起こった。急に角を曲がって、郡司が見えなくなったのだ。甲州街道から、また路地へ入ったのだろう。

走りだしたい気持ちを抑えて、鷹野は足を速めた。不自然にならない程度に、急いで進んでいく。やがて左へ曲がる路地の入り口が見えてきた。角の手前には古い雑居ビルが建っていて、一階にはペットショップがある。

ここで鷹野は慎重になった。角を曲がったように見えたが、もしかしたらマル対はペットショップに入ったかもしれない。鷹野は速度を緩めて、携帯で何か確認しているように装った。そのタイミングに合わせてペットショップの中をちらりと見た。

店内には誰もいなかった。

そういうことなら、奴は角を左に曲がったはずだ。こうしている間に、もう五十メートルぐらい離されているかもしれない。

小走りになってペットショップの前を通過する。雑居ビルの角を左に曲がろうとしたとき、鷹野ははっとした。

視界の隅に黒い衣服が映ったのだ。あれはジャンパーではないのか。

雑居ビルの脇に非常階段があった。そこにひとりの男が佇んでいる。郡司だった。

失敗した、という思いが胸の中に広がった。頭に血がのぼって首のうしろが熱くなった。

視線は合わなかった。顔もはっきり見られてはいないはずだ。だが警戒心の強い郡司は、尾行されていることに気づいたのではないか。

悔《くや》しいが、明らかに郡司のほうが一枚うわてだった。これで鷹野も、彼を尾行できなくなった。班のミッションはつまずいてしまったのだ。

――なんとかリカバリーできないだろうか。

動揺を抑えながら、鷹野は曲がらずにまっすぐ通りすぎた。普通ならここで脱尾だが、今は自分ひとりしかいないのだ。多少無理をしてでも追跡を続けるしかない。

どうすべきか迷った。とにかく距離をとらなければならない。

これまでの行動から推測すれば、郡司はこのまま甲州街道を西へ進むだろう。だとすると、一旦《いったん》路地に入って奴をやり過ごし、再び追跡するべきか。しかし先ほどのような点検をもう一度やられたら、今度こそアウトだ。

焦燥感の中、鷹野は左に曲がって路地に入った。二十メートルほど走って建物の陰に隠れ、甲州街道の様子をうかがう。

一分ほどで、ペットショップのほうから郡司が現れた。路地には目を向けることなく、街道を西へ進んでいく。こちらを気にしてはいないようだ。

鷹野は待機を続けた。もういいだろうか。いや、まだ距離が近いか。

たっぷり三十秒待ってから鷹野は動きだした。路地を戻り、街道に出ようとする。

そのとき、目の前に男性が現れた。ペットショップのほうから、郡司を追う形でやってきたのだ。鷹野はその人物を見つめた。

つるりとした卵のような顔。きちんと整えた髪。役所の職員を思わせる風貌。

佐久間班長だった。

どうして、と出かかった言葉を鷹野は吞み込む。

こちらに向かって佐久間は目配せをした。それから、向こうへ行けというふうに顎《あご》をしゃくった。鷹野は脱尾を命じられたのだ。

佐久間はそのまま西へ歩いていく。班長みずから追跡を続けるのだろう。

彼が尾行に加わっていることには、まったく気がつかなかった。自分は最後尾にいたのに、気配すら感じ取れなかったのだ。

佐久間の背中を、鷹野は黙ったまま見送った。


鷹野、沙也香、溝口の三人は連絡を取り合い、ワンボックスカーに戻った。

佐久間から連絡があったのは、鷹野の脱尾から一時間半後のことだった。佐久間は国枝とともに尾行を成功させ、現在は能見とも合流しているという。

自分たちは郡司を騙《だま》すために使われたのかもしれない。鷹野たちが尾行に失敗したとなれば、郡司は油断する。それを利用して、佐久間と国枝は行動確認を成功させたわけだ。さすが公安部の班長だな、と鷹野は思った。現場経験が長く、行確のテクニックにも秀でている。若いころに培《つちか》った力は、リーダーになった今も健在なのだろう。

「郡司はアジトを出て、さらに移動しているそうよ」佐久間からの電話を切って、沙也香は言った。「班長と能見さん、国枝さんは引き続き、奴を追っている。誰かと接触する気配はなく、買い物をして自宅に向かっているらしい。私たちはアジトを調べるよう命じられた」

二手に分かれて捜査を続けるということだ。

沙也香が運転席に乗り込み、ワンボックスカーをスタートさせた。

後部座席で溝口はまたパソコンを操作し始める。鷹野は小声になって、彼に問いかけた。

「尾行が二段構えになっていたのを、君は知っていたのか？」

タン、タン、とキーボードをリズミカルに叩いたあと、溝口は顔を上げた。

「いえ、知りませんでしたけど……」彼は微笑を浮かべる。「でも、たぶんこうだろうと思ってましたよ。いつものことです」

「秘密主義も、ここまで来ると嫌味だな」

「佐久間班長は慎重なんですよ。だって、部下の命を預かっているわけですから」

鷹野は低い声で唸った。それから運転席に聞こえないよう、ささやくような調子で溝口に尋ねた。

「氷室さんは知っていたのかな」

「ええ、能見主任と氷室主任は聞いていたと思います」

「なのに、知らないふりをしていたわけか」

「気分が悪いですか？　でもね、氷室主任はすごく頭が切れるんですよ。僕はあの人を信頼しています。……美人だし」

「それは関係ないだろう」

「関係ありますって。周りがみんな能見さんみたいな人だったら、僕はすぐ辞表を出してましたよ」

冗談なのかどうなのか、溝口はひとり笑っている。

鷹野たちは武蔵野《むさしの》市吉祥寺《きちじょうじ》に移動した。

指定された場所に近づくと、段取りに従って三人は慎重に行動した。すでにこの辺りは敵の陣中だと言っていい。もしかしたら、日本国民解放軍のメンバーが路上にいるかもしれない。

目的地は住宅街の中にある、こぢんまりした二階家だった。左隣は建設中のアパート、右隣は月極駐車場だ。建物の一階には車庫があり、シャッターが閉まっていた。インターホンのそばには《金子《かねこ》》という表札が出ている。

鷹野と沙也香はしばらく家の周辺を回ってみたが、不審な人物や車両は見当たらなかった。この地域にアジトは一ヵ所だけだと思われる。

溝口は少し離れた場所から、金子邸を見張っていた。彼のところに戻って、情報のすり合わせを行った。

「先ほど、男がひとり出ていきました」

溝口は声を低めて言った。すでに彼は、仕事モードになって真剣な目をしている。

「班長からの情報では、もう中には誰もいないはずです。どうしますか、氷室主任」

沙也香に向かって溝口は尋ねた。彼は巡査だから、三人の中ではもっとも階級が低い。鷹野と沙也香は同じ警部補だが、経験の長い沙也香が判断を下すのは当然のことだ。

「捜索しましょう」彼女は言った。

「令状は？」

鷹野が尋ねると、沙也香はすぐさま首を横に振った。

「今は必要ない」

「でも誰かに見つかったら、住居侵入罪に問われるんじゃありませんか？」

「私たちは見つからない。罪に問うような人間も現れない」

なるほど、と鷹野はうなずいた。これ以上は何を言っても無駄だろう。

沙也香が白手袋を嵌めて門扉《もんぴ》を開けた。鷹野と溝口も手袋を両手につける。

庭を歩いて勝手口に回ると、裏の家の植栽がちょうどいい目隠しになっていた。誰かに目撃される心配はないだろう。

溝口はツールを使ってピッキングを始めた。しばらく難しい顔をしていたが、じきに彼は大きくうなずいた。ノブを回すと、軋《きし》んだ音を立ててドアが開いた。これほど簡単にやってのけるとは思わなかった。

鷹野たちは内部に侵入した。窓から陽光が斜めに射し込んでいる。台所のリノリウムの床に、自分たちの影が長く伸びていた。

足音を忍ばせて各部屋を確認していく。一階、二階をすべて調べたが、情報のとおり誰もいなかった。沙也香に命じられ、溝口と鷹野はそれぞれデジカメで、各部屋の様子を撮影していった。

しかし妙だな、と鷹野は思った。犯罪を企《たくら》む組織のアジトにしては、それらしいものがひとつも見つからない。なにしろパソコンの一台さえ置かれていないのだ。

「やはりあそこかしら」沙也香が小声で言った。

「ええ、車庫ですね」溝口はうなずく。

位置関係から見て、台所の隅にあるドアが車庫に繋がっているようだ。だがそのドアには鍵がかかっている。溝口はしゃがみ込んで、再びピッキングを行った。鮮やかな手口で彼はドアを解錠した。

車庫には窓がなく、真っ暗だった。耳を澄ましてみたが、何も聞こえない。沙也香が壁を手探りすると、天井の照明が明るく灯《とも》った。

内部を見渡して、鷹野はすべてを悟った。

壁にはラックが設けられ、段ボール箱や工具箱が収められている。車庫の中央部分にはいくつか机が配置され、何かの製造途中だということがわかった。

おそらく爆発物だ。

ここは爆弾工場とでもいうべき作業場なのだろう。郡司が自分の技術を伝えて、複数の人間が爆発物を製造する。当然すべて手作業となるが、同じ場所で作れば工程管理もしやすいのではないか。効率よく、多くの爆発物が作れるというわけだ。

溝口と鷹野は、作業場の様子を詳細に撮影していった。

「これは取引記録かしら」

手袋を嵌めた手で、沙也香が書類をめくっていた。溝口がその写真を撮っていく。

「郡司は爆発物を販売していたようですね」鷹野は小声で言った。「しかし販売先の名前は記録されていません」

「そこが一番肝心な情報だからよ。万一を考えて、書かなかったんでしょう」

この工場から爆発物がいろいろな場所に散っていったのだろう。いったい、いくつぐらい販売されたのか。

あちこち撮影しているうち、鷹野は妙なイラストに気づいた。

車庫の壁に、動物の頭が落書きされているのだ。目がぎょろりと大きく、口には鋭い歯がびっしり並

んでいた。おそらくワニ――口が細くなっているこ
とからクロコダイルだと思われるが、なぜか上顎と
下顎、それぞれに包帯が巻かれている。口の端から
は血のようなものが滴っていた。
鷹野は首をかしげた。
――所轄にいたころ、一度見たことがある……。
殺人事件の現場に、よく似たイラストが残されて
いたのだ。だがそのとき逮捕された犯人は、クロコ
ダイルの絵など知らないようだった。事件が起こる
前、誰かが現場に落書きしただけだろう、という話
になり、結局イラストは重要視されなかった。
それと同じイラストが、なぜこんな場所に描かれ
ているのか。鷹野はしばし考え込む。
鷹野がクロコダイルのイラストを撮っていると、
溝口が近くにやってきた。
「これを知っているか?」
そう問いかけてみたが、彼は黙ったまま首をかし
げるばかりだ。
「溝口くん、カメラを設置して」
「了解です」
バッグから小型カメラを取り出し、溝口はラックの上のほうに取り付けた。この位置なら見つからないはずだ。
腕時計を見てから、沙也香がこちらを向いた。
「撤収するわよ。痕跡を残さないよう気をつけて」
鷹野と溝口は深くうなずいた。
侵入したことに気づかれてはならない。これからも、郡司たちにはこの工場を使ってもらう必要があるのだ。そうでなければ、公安部は重要な情報を得られなくなる。
チェックを終えると、鷹野たちは足早に車庫を出た。

第二章　背乗《はいの》り

1

　翌朝、午前八時四十五分。鷹野はアパートの窓から、外を覗き見ていた。

　道路を挟んだ斜め向こう、十メートルほど先に日本国民解放軍のアジトがある。車庫のある二階建ての民家で、これといった特徴は見られない。

　こちらのアパートと同様、アジトの窓にも厚いカーテンがかかっていて、屋内を視認することはできなかった。だが玄関の様子はよく見える。人が出入りするたび、鷹野は手元のビデオカメラで撮影を行った。

　壁際にはノートパソコンが置いてある。溝口が仕掛けた小型カメラの映像は、ここで受信・再生が可能だ。つまり、鷹野たちはアジトの玄関と車庫の中、二ヵ所から情報を得られる環境にあった。

　昨日アジトが特定されたあと、班の動きは早かった。能見と国枝が裏を取り、あの民家は解放軍残党のアジトだと確認できた。溝口は引き続き解放軍関係の情報を集めるそうだ。一方、鷹野と沙也香はアジト近辺の調査を行い、監視拠点となる場所を探した。運よく向かい側のアパートに空き部屋が見つかり、沙也香がオーナーと交渉して一室を提供してもらった。

　各種機材や布団、食料などを持ち込み、監視を始めたのは夕方のことだった。

　夜間、交替で仮眠をとりながら、鷹野と沙也香は見張りを続けた。すでに十五時間ほどが経過している。

　普段アジトではふたりの男が生活しているらし

い。そこへ昨日の夜、郡司が入っていくのが確認されていた。鷹野は彼らの画像を、佐久間に送っておいた。

三人は車庫の中で、爆発物の製造を始めたようだった。郡司が作業の指示を出し、ふたりの男が細かいパーツを組み立てているらしい。

二時間ほど滞在したあと郡司は出ていった。能見が彼を尾行してくれたが、図書館に寄って自宅に戻っただけだったという。

——郡司は爆発物を誰に渡そうとしているのか。

それが問題だった。販売リストらしきものがあったから、郡司自身がテロを行うつもりではないだろう。今、どこかの組織が彼の技術を買おうとしているのだ。

九時五分前、仮眠を終えて沙也香が隣室から出てきた。

「状況は?」

「夜間、ほかに人の出入りはありませんでした」鷹野は振り返って答えた。「マル爆の製造は、今朝八時に再開されています」

「雰囲気はどう?」

「昨日と変わりませんね。作業している男ふたりは、ときどき雑談しています。この映像を見ただけでは、ただの町工場に見えますよ」

「まったく物騒な町工場ね」

言いながら、沙也香はパンツスーツの裾《すそ》を気にしていた。着替えずに仮眠したから、少し皺になったのだろう。続いて彼女はシャツの襟を整える。そのとき、ちらりとネックレスのチェーンが見えた。おや、と鷹野は思った。沙也香が装身具を身に着けているとは意外だ。

彼女は台所に行って、コンビニのサンドイッチと缶コーヒーを持ってきてくれた。

「食べる間だけでも交替する?」

「いや、このままで大丈夫です。氷室さんはもう少し休んでいてください」

「あなたの指図は受けないわ」

「別に指図というわけじゃ……」

言いかけたが、鷹野は言葉を呑み込んだ。この場では沙也香がリーダーだ。彼女は鷹野に気をつかわれるのが面白くないのだろう。

コーヒーを一口飲んだあと、鷹野は尋ねた。

「氷室さんはこの部署、長いんですか？」

「それを聞いてどうするの」

「同じ部署なんですから、それぐらい聞いてもかまわないでしょう」

鷹野が苦笑いしてみせると、沙也香は真面目な顔で答えた。

「十二年になるかな」

「やり甲斐《がい》はありますか？」

「この仕事には、やり甲斐なんて求めないほうがいい」

そっけない口調で彼女は言う。鷹野は続けて問いかけた。

「佐久間班長はどういう人なんです？」

「かなり頭の切れる人よ。自分が出来るタイプだから、他人にも厳しい」

「一分遅れたら、かなり強く叱責《しっせき》されましたよ」

「班長は、私たちよりはるかに多くの修羅場をくぐってきているの。ほんの小さなミスが、作戦の失敗に繋がるのを知っているはず」

「それが公安の仕事、というわけですか」

「嫌ならよそへ行くことね。私も班長も止めたりしない。できる人間だけが、この仕事を続ければいい」

沙也香は冷たい調子で言い放った。

彼女は佐久間を尊敬しているのだろうか、と鷹野は考えた。いや、それほど単純な関係ではないのかもしれない。沙也香は佐久間を恐れる一方で、毎回命令を完遂し、達成感を見出《みいだ》しているのではないか。

もうじき九時半になるというころ、国枝と溝口がやってきた。

「お待たせしましたね。交替の時間ですよ」

コンビニのレジ袋を手にして、国枝は部屋に入ってきた。溝口は追加の通信機材を運んできたようで、早速ノートパソコンのそばに設置し始める。彼が作業を終えると、国枝がテストを行った。アジトからの映像と音声をバックアップするための機器だという。

「国枝さんも、こういう機械に強いんですか？」

鷹野が尋ねると、国枝はふふっと笑った。

「私は誰かを見守るのが好きなんです。長く続けているうち、この手の機器だけは溝口くんより詳しくなりました」

「国枝さんはすごいんですよ」溝口がこちらを振り返った。「自宅でも監視システムを使ってるっていうんですから」

「なぜ自宅でそんなものを……」

「こうして出かけているとき、外からカオルを見守るためです」

真顔になって国枝は言う。意味がわからず、鷹野は溝口のほうに目を向けた。

溝口は軽くうなずいてから教えてくれた。

「カオルというのは、国枝さんが飼っている金魚なんです」

「いや、ただの金魚じゃないですよ」国枝は眉を上下に動かした。「だるま琉金《りゅうきん》。高いんですから」

鷹野はまばたきをした。国枝は顔をほころばせて携帯を取り出す。液晶画面に、ずんぐりした恰好《かっこう》の金魚が映っていた。やや粗い映像だが、ゆっくり動いているのがわかる。

「ひとり暮らしだから、仕事中、気になってしまいましてね。携帯でときどき様子を見ているわけです」

「もし何かあったら、飛んで帰るんですか？」

「いやいや、まさか」国枝は首を横に振った。「この仕事をしていて、そんな勝手はできません。……

自動給餌器《きゅうじき》があるので二、三日帰れなくても大丈夫なんですよ。とはいえ、どうしているか、やはり心配で」

目を細めて国枝は携帯の画面を見ている。溝口が苦笑いしながら言った。

「国枝さんは、監視が趣味なんですよね」

「違うよ溝口くん。私は遠くから、そっと見守っているだけでね」

ひとり暮らしということは、結婚はしていないのだろうか。それとも何か事情があって別居、あるいは離婚をしたのか。

さて、と言って国枝は畳の上にあぐらをかいた。

「連中の様子はどうですか」

沙也香は簡単に現状報告を行った。鷹野は監視の合間にときどき振り返り、沙也香たちのやりとりに目を向ける。

報告を聞き終わると、国枝はメモ帳を開いた。

「私は氷室主任ほど記憶力がよくないものでして……」

そう言いながら、彼はページをめくっていく。やがて目的のメモが見つかったらしく、説明を始めた。

「赤坂事件――真藤健吾殺害事件について打ち合わせをしましたので、お伝えします。佐久間班長と能見主任の調べによると、郡司俊郎は赤坂事件のとき、知人と飲み屋にいましたからアリバイ成立です。その一方で郡司は最近、暴力団・常田《つねだ》組の組員と接触していたそうです。日本国民解放軍の残党は、暴力団にマル爆を売っていた可能性があります」

「妙な話ですね。暴力団がマル爆をほしがるでしょうか。拳銃《けんじゅう》ならわかるけれど」

「最近はどこの組も、シノギが厳しくなっていますのでね。新しい犯罪に手を出す者もいるでしょう。場合によってはやぶれかぶれで、とんでもない事件を起こす可能性もあります。今や爆発物は、テロ組織の専売特許じゃないということです」

　国枝の話を聞いて、沙也香は考え込んだ。

「……となると、常田組も調べなくちゃいけませんね」

「ところが、佐久間班長はその件を刑事部に伝えるよう、私に命じました」

「なぜです？」鷹野は横から尋ねる。

「わかりませんか？　常田組の事務所からマル爆を見つければ、大きな手柄になるでしょう」

「刑事部に貸しを作るわけですか」

「そのとおりです」

　何かを企むように、国枝はにやりと笑った。その顔を見て、やはりこの人は古狸だな、と鷹野は思った。

　国枝はメモ帳に目を戻して、沙也香に説明を続けた。

「佐久間班長の見込みでは、常田組は赤坂事件とは無関係だろう、と。わざわざあんな面倒な事件を起こす組織ではないというわけです。だったら刑事部にガサ入れさせて、情報だけもらえばいいですよね」

「たしかに、暴力団が政治家相手にあんなことはしないでしょう。となると、真藤殺しは別の組織あるいは個人の犯行ですね」

「真藤を殺した犯人は、おそらく郡司からマル爆を購入しています。しかし一般の人間が郡司と接点を持つのは難しい。であれば、今回の事件はやはり組織的なテロ行為だろう、と佐久間班長は言っています」

「犯人はレストランの電気系統を調べていたはず。そこを狙《ねら》ってマル爆を仕掛けたわけですね」

「レストラン付近の防犯カメラの映像を調べましたが、今のところ不審な人物は見つかっていません。そして遺体が発見されたのは廃ビルです。あそこには、そもそもカメラがありませんでした」

　そのへんも調査済みだったのかもしれない。防犯カメラに自分の姿が記録されないよう、犯人は計算していたのではないだろうか。

ここで鷹野は国枝に問いかけた。

「国枝さんも、本件はテロ組織の犯行だと考えているんですか？」

「佐久間班長がそう見込んでいるのなら、私はそれに従うまでです」

「しかしテロだとしたら、事件現場の天秤には何の意味があるんでしょうか」

「それは犯人から聞くしかないでしょうな」国枝は口元を緩めた。「現段階であれこれ推測しても仕方ありません。それより今、郡司俊郎という男が網にかかっているんです。奴の動きを監視していれば、自然に犯人はわかるはずです」

少なからず、鷹野は驚きを感じていた。刑事部ならこの段階で、さまざまな筋読みをするのが普通だ。しかし佐久間たちは、対象者を追跡することで犯人にアプローチしようと考えているらしい。

「これまでの情報を分析したり、筋を読んだりしないんですか」

鷹野が尋ねると、国枝は首をかしげてこちらを見た。

「分析はうちの鑑識担当がやっていますよ。筋を読むというのは、刑事部がよくやっているやつですか？」

「ええ。捜査会議のときや打ち合わせのとき、みんなで考えを出し合うんです」

「ふうん、そうなんですか。あいにく、公安部にはそういう習慣はありません」

国枝はこの話題にはあまり興味がないようだ。ターゲットを決めて監視するのは得意だが、情報分析は他人の仕事だと決めつけているらしい。

自分は佐久間班長の見込みに従うまでだ、と国枝は言った。良くも悪くも、このチームは佐久間を絶対的なリーダーとして、各メンバーが服従しているのだろう。

機材の設置を終えて、溝口がこちらにやってきた。

「僕からも報告を」彼は言った。「刑事部鑑識課の情報によると、真藤の遺体からは心臓、肺、胃、小腸、大腸が取り出されていたそうです。心臓以外は持ち去られていました。それから、鷹野さんが指摘していた『小さな柩のような血痕』ですが、左の胸にもかすかに残っていました。損壊するとき特殊な道具を使ったんじゃないか、ということでした」

鷹野の頭に、凄惨な現場の様子が浮かんできた。血のにおいに満ちた部屋。青白い照明に浮かび上がる被害者の姿。天秤の片方に載せられていた赤黒い心臓。あまりにも猟奇的な光景だ。

「それから、ベルトのバックルを調べたところ、何かを入れる小さなスペースが見つかったそうです。しかし空っぽでした」

「犯人が何かを奪っていった可能性がありますね」

沙也香がつぶやくと、国枝はメモ帳を閉じてうなずいた。

「事件に関係ある品だったのかもしれません」

「それを奪うための殺人だった、と？」

「……まあ、ここであれこれ言っても真相はわかりませんよ。藪《やぶ》の中ってやつでして」

国枝の発言を聞いて、鷹野はもどかしさを感じた。考えるための手がかりはいくつかあるのに、彼らはこれ以上、推理も推測もしないのだろうか。

「古代エジプトではヒエログリフが使われていました」監視を続けながら鷹野は言った。「そしてミイラが作られていた。臓器を取り出し、遺体が腐らないようにしていたんです。今回の事件は、そのやり方を模したように見えますが……」

「たしかに、似ているといえば似ていますね。しかし鷹野さん、それはこじつけじゃありませんか？なぜそんなことをするのか理由がわからない」

「犯人にとって、何か重要な意味があったんじゃないでしょうか」

国枝はひとり腕組みをして、首をかしげた。

「鷹野さんはどうしても、この事件を猟奇殺人にしたいようですね。でも考えてみてください。爆破テロを仕組むような人間が、猟奇殺人をしますかね。ちぐはぐじゃないですか」

「その、ちぐはぐな感じに注目すべきだと思うんです。違和感や矛盾点は、大きな手がかりになりますよ」

「……そんなものですかねえ」

何か言いたそうだったが、国枝はそのまま口を閉じてしまった。

「まとめましょう」沙也香が言った。「郡司俊郎は、赤坂事件で使われたものと同じタイプの爆発物を作っていた。彼にはアリバイがあるけれど、アジトで見つかったリストには、複数の爆発物を販売した記録が残っていた。郡司から爆発物を買った組織が、真藤を殺害したと考えられる。その組織は、ほかにも爆発物を保有しているかもしれない。となると、奴らは次なるテロ・殺人を画策している可能性がある……。そういうことね？」

ええ、と溝口がうなずいた。

「引き続きアジトを監視するよう、佐久間班長に命じられました。郡司が誰と接触するか、調べるのが目的です。マル爆の販売先を突き止めなくてはね」

国枝は鷹野のそばにやってきて、ぽんと肩を叩いた。

「じゃあ鷹野さん、監視は私と溝口くんが引き継ぎますので」

「よろしくお願いします」

頭を下げたあと、鷹野は窓のそばを離れた。長時間アジトを見張っていたせいで、肩が凝《こ》っている。大きく伸びをすると気持ちがよかった。

引き継ぎを終えて、鷹野と沙也香はアパートの部屋を出た。

今日の夜、再び国枝・溝口組と交替することになっている。それまでは分室にある仮眠室で休むように、と佐久間から指示が出ていた。

「分室にいれば、何かあったときすぐ動けるでしょう」

「ああ、なるほど。そいつは便利ですね」

警察という組織にいる以上、必要があれば徹夜でも何でもする。それに関しては刑事部も公安部も変わりはないようだ。

「じゃあ氷室さん、のちほど分室で」

鷹野が大通りへ向かおうとすると、沙也香は慌てて尋ねてきた。

「ちょっと、どこへ行くつもり？」

「寄りたいところがあるんです」

沙也香は鷹野のそばにやってきて、並んで歩きだした。鷹野はまばたきをする。

「なんで一緒に来るんです？」

「私も休憩時間よ」

「もしかして、俺の見張り役でも命じられているんですか？」

「答える必要はないわ」

澄ました顔で沙也香は言う。鷹野は軽く息をついた。

「心配しないでください。郡司の情報を刑事部に伝えないほうがいい、というのは俺にもわかっています」

そう説明したのだが、沙也香は黙ったままだった。パンプスの音を響かせながら、鷹野とともに歩き続ける。

「……本当に信用されていないんだな」

小さくつぶやいてから、鷹野は腕時計で時刻を確認した。

大通りへ出てタクシーを止める。当然だという様子で、沙也香も乗り込んできた。

「神田《かんだ》の東祥《とうしょう》大学までお願いします」

鷹野が運転手に伝えると、沙也香は怪訝《けげん》そうな表情を浮かべた。

十時半を少し過ぎたころ、タクシーは千代田区《ちよだ》にある東祥大学に到着した。車を降りて、鷹野はキャンパスを歩きだす。沙也香は辺りを見回しながら、足早についてくる。

事前に連絡しておいたので、すぐに話は通じた。鷹野は文学部の建物に入り、約束していた人物と会うことができた。

「鷹野さんですね。お待ちしていましたよ」

彼は綿のズボンにジャケットを着ていた。長く伸びた癖っ毛と、細長い顔に特徴がある。外見にはあまり気をつかわないようだが、丁寧な物腰の男性だ。

「お忙しいところすみません」

鷹野が警察手帳を呈示《ていじ》すると、相手は名刺を出してきた。肩書は准教授となっていた。

「塚本寿志《つかもとひさし》です。よろしくお願いします」

隣にいた沙也香が、何かに気づいたようだ。彼女のほうを向いて鷹野は説明した。

「塚本先生は古代エジプト文明を研究されているんです」

「ええ、何度かテレビで拝見しました」

沙也香は微笑を浮かべた。普段の冷たい雰囲気はすっかり消え去っている。

「たしか、ニュース番組のコメンテーターをやっていらっしゃいますよね。ほかに、海外の文化を紹介するバラエティ番組なども」

「ああ、ご覧になっていましたか。恥ずかしいですね」

塚本は口元を緩めた。世間ずれしていない感じがして、少年のような雰囲気がある。彼は三十七歳。放送業界では「古代エジプトのことなら塚本さんに訊け」と言われるほど有名な研究者だ。

「お会いできて光栄です」沙也香はにこやかに挨拶をした。「先生からお話をうかがえる日が来るとは思いませんでした。とても嬉《うれ》しく思います」

「いや、それはどうも……」

照れたように塚本は笑っている。

研究室には大きな書棚が設置され、専門書がぎっしり並んでいた。壁にはさまざまな図版や、エジプトを訪問したときの写真などが掛けてある。中にはヒエログリフの写真もあった。

鷹野たちは部屋の隅にある応接セットへ案内された。大学院生の男性が、お茶を淹《い》れてきてくれた。

「熱いので、お気をつけください」

丁寧に一礼してから、彼は隣の部屋に戻っていく。

早速ですが、と鷹野は切り出した。

「昨日は急にご連絡してすみませんでした。例のヒエログリフなんですが……」

「ええ、しっかり調べておきましたよ」

それを聞いて、沙也香が鷹野の袖《そで》を引っ張った。

「ちょっと、どういうこと？」

「現場にあったヒエログリフの写真を、メールで送っておいたんです」

「あなたが勝手に？」

「いえ、班長には連絡しておきました。好きにしろ、と言われたんです」

沙也香は不機嫌そうに鷹野を見つめた。事前に話を聞かされていなかったのが不満なのだろう。だがこの件は、鷹野がひとりで思いついて佐久間に相談したことだ。それに、そもそも沙也香がついてくるなど予想していなかった。

「ご存じかと思いますが、ヒエログリフは象形文字です」

塚本は専門書を広げた。そこには鳥や動物を模した記号や、何かの図形のような記号が一覧になっていた。

「ものを象《かたど》った文字ですから、本来はものの意味を表す『表意文字』なんですね。しかし音を表す『表音文字』も案外多いんです。長らく読み方がわからなかったんですが、十九世紀にロゼッタ・ストーンが解読され、意味が理解できるようになりました」

「……お送りした写真はどうでしたか」

「はい。おそらくこういう内容だと思います」

用意してあったＡ４サイズの紙を、塚本はテーブルの上に置いた。

《この石板は私の心臓の一部だ　私には悪魔の血が流れている》

文章を二回読んでから、鷹野は顔を上げた。

「昨日も電話でお話ししましたが、これは殺人事件の現場に残されていたものです」

「鷹野くん……」

隣にいる沙也香が眉をひそめていた。鷹野は宥《なだ》めるような仕草をした。

「大丈夫です。さっきも言ったでしょう。班長には許可をもらっています」

「安心してください」塚本は沙也香にうなずきかけた。「私は過去、警察の捜査に協力したことがあるんです。守秘義務はよく心得ていますから」

そうですか、と言って沙也香は口をつぐむ。だが、まだ不満そうだ。

鷹野はあらためて、翻訳された文章に目をやった。

「石板が心臓の一部……。どう思われますか？」

「私も考えていたんですがね」塚本は腕組みをした。「うーん、なかなか難しいですね。心臓と言われてすぐに思い出すのは、『死者の書』の記述なんですが……」

「やはり、それですよね」我が意を得たりという思いで、鷹野は言った。「詳しくお話しするつもりはなかったんですが、ここで心臓が出てきたとなると、やはりご説明したほうがいいでしょう。今回の事件では、遺体から心臓が取り出されていたんです。それが天秤の一方の皿に載せられていて、もう一方には……」

「ちょ……ちょっと待ってください」

塚本の顔から血の気が引いていた。鷹野の言葉から、現場の様子を想像したのだろう。

「すみません。頭がついていきません」

鷹野はできるだけゆっくり、穏《おだ》やかな調子で現場の様子を説明した。塚本は顔色を失っていたが、話の内容はしっかり理解してくれたようだ。

「……なるほど。そこまでしてあったのなら、『死者の書』以外には考えられませんね」

塚本は専門書のページをめくって、『死者の書』の一シーンを見せてくれた。天秤を使った、死者の審判の場面が描かれている。天秤のそばにいるのは頭部がジャッカル、体が人間という不思議な存在だという。

「これはアヌビスですよね」鷹野は絵を指差した。

「そうです。審判のとき、死者の心臓と『真実の羽根』を天秤にかけます」

アヌビスのそばに、お座りをした犬のような動物が描かれていた。よく見るとかなり異様な姿をしている。頭はワニに似ているが、体は何なのだろう。

「先生、これは何です？」

「アメミトですよ。想像上の動物で頭はクロコダイル、上半身は獅子《しし》、下半身は河馬だといわれています」

「これも審判に関わるものですか？」

「死者の心臓と羽根が天秤にかけられる。そのとき心臓のほうが重いと、アメミトに食われてしまうんです。それで死者の魂はイアルには行けなくなる、というわけです」

三つの生き物の組み合わせとは、いかにも不自然に感じられる。アメミトの頭部を見ているうち、鷹野はあるものを思い出した。

日本国民解放軍のアジトで発見したイラストだ。クロコダイルの頭と包帯、そして血が描かれていた。あれはいったい何だったのだろう。

気を取り直して、鷹野は質問を続けた。

「今回の事件ですが、天秤が釣り合っていたわけだから、被害者に生前の罪はないということですよね」

「ええ。死者は楽園イアルに行ける状態だと思います」

「しかし妙です。『私には悪魔の血が流れている』……これは、自分が悪人であるという告白でしょう。ヒエログリフの内容と天秤の状態が、矛盾しているのでは？」

鷹野に問われて、塚本は首をかしげた。

「たしかに矛盾していますね」

「先生、たとえば、石板が心臓の一部だというような神話が、古代エジプトになかったでしょうか」

「いや、そんな話はないはずですよ」

「そうですか……」鷹野は低く唸った。

てっきり、被害者への恨み言でも書かれているかと思っていたのだ。だが鷹野の予想は外れていた。あのヒエログリフの文言自体が、かなり謎《なぞ》めいたものだと言える。

しばらく意見を交わしたあと、鷹野は塚本にメモを差し出した。

「もし何か気がついたら、ここへ電話をいただけますか」

メモを受け取って、塚本はポケットにしまい込む。

「あまりに気味の悪い話だったので驚きました」塚本はためらいながら言った。「しかし、研究者としては興味を感じます。ヒエログリフをこんなふうに使うなんて、犯人はいったいどんな人物なんだろう。どうして心臓を天秤に載せたりしたのか」

「ええ。我々の理解を超えた話ですね」

まったくです、と塚本はうなずく。それから、真剣な表情で鷹野の顔を見つめた。

「不謹慎かもしれませんが、私は犯人のことがとても気になります。古代エジプトにすごく詳しい人物じゃないでしょうか。できれば会って話してみたいぐらいです」

塚本は目を輝かせている。おそらく研究者ゆえの好奇心というものだろう。だがあの凄惨な現場を目にしたら、犯人に会いたいなどとは絶対に考えないはずだ。

一礼してから、鷹野と沙也香は立ち上がった。

2

アジトの監視を続けて、内部の事情が少しずつわかってきた。

表札に書かれていた金子というのは、郡司の個人的な知り合いだったらしい。金子自身は日本国民解放軍の活動に参加していなかったため、公安の監視対象にはなっていなかった。だが刑務所を出た郡司が金子を訪ねたのだろう。ふたりがどういう話をしたのかは不明だが、結果として金子の家は爆弾工場になってしまったわけだ。

溝口が仕掛けた小型カメラからは、随時データが送られてきている。鷹野たちはアパートの監視拠点に設置したパソコンで、車庫の様子を観察した。

車庫で爆発物を製造しているのは二名。家の持ち主である金子光照《みつてる》と、もうひとりは池田勝巳《いけだかつみ》という男だ。佐久間班長の調べで、池田は別の左翼団体を通じて郡司と面識があったことがわかった。郡司は金子と池田を仲間に引き入れ、爆発物を製造させているのだ。

午前八時ごろから午後七時ごろまで、金子たちは爆発物の組み立て作業をしていた。ふたりでいるときは比較的リラックスした雰囲気で、ときどき雑談する声も聞こえてきた。午前と午後、郡司が必要な部品や薬品などを持って工場を訪問しているようだ。郡司はしばらくふたりと話をして、また出ていく。彼は金子たちの指南役であり、同時に監督役といったところなのだろう。

公安部による監視は、沙也香と鷹野の「氷室組」、国枝と溝口の「国枝組」の二組で行われている。仮眠用の布団は持ち込んであるが、なかなか落ち着いては眠れない。刑事部時代とは違った忍耐力が必要だった。

四月八日、監視を始めてから三日目。今日の交替時間は午後一時だ。鷹野と沙也香が昼食のサンドイッチを食べていると、国枝組のふたりがやってきた。

氷室組はこれまでの出来事を報告した。

「今朝、郡司から金子に電話がかかってきたようでした」沙也香は言った。「午前中、郡司はアジトに顔を出さなかったから、その連絡だったのかもしれません」

「奴が来ないのは珍しいですな」国枝がつぶやく。

「どうしたんだろう」

「私も気になっていました。もしかしたら今日の午後、何か動きがあるかもしれない。交替の時間になったけれど、念のため、私はもう少しここにいようと思います」

わかりました、とうなずいてから国枝はこちらを向いた。

「鷹野さんはどうします？」

「もちろん俺も残りますよ。氷室さんとコンビを組んでいるんだから」

「別にコンビというわけじゃない」沙也香は冷たい調子で言った。「一緒に監視をしているだけよ」

それをコンビというのではないか、と鷹野は思ったが、口に出すのはやめておいた。沙也香のほうが年齢も上だし、公安部員としての経験も長いのだ。自分は彼女の指示を仰ぐ立場にある。

鷹野たちは四人で情報交換をしながら、アジトの動きを見守った。

午後六時三十五分。アジトを見張っていた国枝が、緊張した声で言った。

「郡司が来ました」

沙也香は窓に近づき、カーテンの隙間から外を確認する。そのあと、壁際にあるパソコンのそばへ移動した。すでに溝口がパソコンの前に待機していた。

画面には車庫の内部が映し出されている。机に向かって金子と池田が、組み立て作業を進めていた。

「録画、録音は大丈夫ね？」

「問題ありません。ボリュームを大きくしましょうか」

溝口がマウスを操作すると、スピーカーから流れるノイズが大きくなった。鷹野と沙也香は、パソコンの画面を覗き込む。

耳を澄ましていると、ドアの閉まる音が聞こえた。画面左から現れたのは郡司だ。今日もスポーツバッグを提げていた。

〈お疲れさまです〉

金子が言った。郡司は空いていた椅子にバッグを置き、金子たちに近づいていく。

〈準備は？〉

〈できてますよ〉

金子は隣の机を指し示す。そこには宅配便に使われる小型の段ボール箱があった。

郡司は箱の蓋《ふた》を開け、中に入っているものを確認している。おそらく爆発物だろう。

〈よし、これでいい〉郡司は腕時計を見た。〈俺は八時ごろ出発する〉

彼の言葉を聞いて、鷹野は眉をひそめた。郡司はいよいよ完成した爆発物を持っていくのではないか。

「勘が当たったわね」沙也香はつぶやいた。「残っていてよかった」

しばらくアジトの会話を聞いていたが、郡司は目的地については何も言わなかった。こうなると、実際にあとをつけるしかない。

「マル爆の取引をするんですかね」

窓際から国枝が問いかけてきた。沙也香は深くうなずく。

「もっとも可能性が高いのはそれね。ただ、嫌な想像をするなら……」

「今夜また殺人事件を起こす……ですか？」

「その線も否定はできない。とにかく奴を追跡して目的を探りましょう。郡司がマル爆を売ったら、相手を尾行して正体を突き止める。もし郡司がマル爆を仕掛けるようなら、奴が立ち去ったあと極秘裏に処理する。爆発物処理班を待機させるよう、佐久間班長に頼んでおくわ」

あの、と言って鷹野は右手を挙げた。

「奴がマル爆を仕掛けたとして、すぐに現場を押さえないんですか？」

「何を言ってるの、あなた」沙也香は軽蔑《けいべつ》するような目で鷹野を見た。「そんなことをしたら、郡司が抱えるたくさんの取引先がわからなくなるでしょう」

「郡司をこのまま泳がせる、と？」

「苦労してやっと情報をつかんだのよ。小さな成果で終わらせては意味がない」

それが公安のやり方だと言いたいのだろう。あらためて鷹野は、捜査方法の違いを痛感した。もはや文化の違いと言ってもよさそうだ。

沙也香は佐久間班長に電話をかけ、現在の状況を報告した。

「今後の作業計画が決まったわ」電話を切って、沙也香はこちらを向いた。「国枝さんはアジトの監視を継続。私と鷹野くん、溝口くんは郡司のあとを追う。奴の点検に引っかからないよう、細心の注意を払うこと。この前の二の舞は許されないわ」

一昨日、鷹野たちは郡司の尾行を完遂できなかった。もう、あのような失敗をしてはならない。

七時を過ぎたころ、能見が監視拠点にやってきた。

「班長から話は聞いた。外にワンボックスカーを用意してある。郡司がタクシーを使った場合は、車で追いかけよう。溝口、おまえが運転しろ」

「了解しました」

午後七時五十五分、カメラからの映像に動きがあった。郡司は段ボール箱をスポーツバッグに詰めて、アジトから出発するようだ。

鷹野、沙也香、能見、溝口の四人もアパートを出た。

日が落ちて、外はすっかり暗くなっている。この状況なら、白昼よりは尾行に気づかれにくいはずだ。

郡司はバッグを手にして、駅のほうへ歩きだした。

周囲を気にしているようだが、郡司の点検パターンはすでにわかっている。鷹野たちは慎重に尾行を続けた。少し遅れて、溝口の運転するワンボックスカーがついてくる。こちらが無線で連絡すれば、すぐに鷹野たちを乗せてくれる手はずになっていた。

吉祥寺駅まで歩くと、郡司はＪＲの構内に入った。溝口は車を停めなくてはいけないから、追尾から離れることになった。

能見が無線で、ほかのメンバーに指示を出した。

「俺は、いつでも『お客さん』を追える位置まで近づく。四番も同じ車両に乗れ。ただしおまえは少し離れていろ。三番は『接客したことがある』から隣の車両だ。連結部からお客さんの様子を見守れ。車内では無線の使用を控《ひか》える。いいな？」

「三番、了解です」沙也香が答える。

「四番、了解しました」鷹野もマイクに向かって小声で言った。

郡司が乗り込んだのは東京行きの快速電車だった。鷹野は段取りに従い、ふたつ離れたドアから乗り込む。シートに腰掛け、携帯を見ているふりをしながらマル対を観察した。

シートに座って、郡司は手帳を開いたようだ。難しい顔をしてページをめくっている。

彼は今、いったい何を考えているのだろう。これからブツを販売する取引相手のことか、それとも明日以降の製造スケジュールのことか。

あるいは、と鷹野は思った。爆発物の殺傷力を高める方法について、郡司は考えているのかもしれない。

尾行の途中から雨が降りだした。

鷹野たちはそれぞれ、折りたたみ傘を取り出して広げた。顔が見られにくくなるから、行動確認には好都合だと言える。

午後九時過ぎ、郡司は六本木《ろっぽんぎ》のビルにやってきた。

彼はエレベーターの前に立ち、「5」のボタンを押してケージが来るのを待っている。壁に貼られたクラブの案内写真には、ダンスフロアと飲食用のテーブルが写っていた。どうやら、昔でいうディスコのような店らしい。

鷹野たち三人は、エレベーターから少し離れた場所で合流した。傘を寄せ合い、このあとの行動計画を打ち合わせる。辺りに目を配りながら能見が言った。

「氷室はここでエレベーターを見張れ。あとで溝口が来たら一緒に行動しろ。店には俺と鷹野が入る」

「前回の尾行で、俺は郡司とかなり近づいてしまいました。大丈夫でしょうか」

鷹野が訊くと、能見はポケットから黒縁眼鏡を取り出した。

「これを貸してやる。近づいたといっても横を通っただけだろう？　店に入ってしまえば、気づかれる可能性は低い」

そう説明したあと、能見は突然にこやかな表情になった。

「よし、今夜は楽しくやろうぜ！」

彼は鷹野の背中を、ばんばん叩いてくる。

一瞬にして態度が変わったので、鷹野は面食らってしまった。いつもの能見は周囲に睨みを利かせ、典型的な捜査員の雰囲気を放っている。ところが今は、仕事帰りの会社員になりきっていた。

「なんだよおい、しけたツラしてんなあ。遊びたくないのか？」

演技ならこれほどフレンドリーな態度がとれるのか、と鷹野は驚いた。そういうことなら、普段から周りに気をつかってくれてもよさそうなものだ。

「じゃあ今夜はよろしくお願いします、先輩」

そう言って鷹野は黒縁眼鏡をかけた。

郡司が五階に向かったあと、能見と鷹野は隣のエレベーターに乗った。

店内の装飾は華やかだった。薄暗い中に青、白、紫などの照明が灯り、ハウスミュージックが流れている。どこか別の世界に来てしまったかのように感じられる。

刑事部時代、バーやクラブでは何度も聞き込みをした。しかし客のふりをして潜入するのは初めてだ。もともと鷹野はこうした店があまり好きではない。音楽を聴き、酒を飲むというのなら、自分の家でゆっくり楽しみたいというタイプなのだ。若いころからそうだったので、三十七歳になった今はなおさらだった。

一方、能見はこの雰囲気にも違和感がないらしい。もしかしたら若いころ、相当遊んでいたのかもしれない。

フロアでは数組の客が踊っていたが、全体的に店内はすいているようだ。

鷹野たちはボックス席に着いた。辺りを見回すと、十メートルほど離れた場所に郡司の姿が見えた。ひとりでビールを飲んでいる。

乾杯をして、鷹野たちはビールを一口だけ飲んだ。近くにほかの客はいないが、店員に怪しまれてはいけないからと、能見は笑顔を見せている。

「どうした？　おまえも楽しそうにしろよ」能見はささやいた。

「そうしているつもりですが……」鷹野も声を落として言った。「能見さんは、こういう場所にはよく出入りしていたんですか？」

「なんで過去形なんだよ」

「じゃあ、今でも？」

「そうさ。情報収集のためだ」能見は姿勢を変えて足を組んだ。「うちの仕事は、どれだけ情報を集められるかが勝負なんだ。事前にネタを握っていれば、いざというとき慌てなくて済む」

そういえば、と鷹野は思った。十一係の尾留川《びるかわ》という後輩も、情報収集と称して夜の町に出かけていた。

「こういう雰囲気の店で酒を飲ませれば、みんな喜んであれこれ喋るぞ。接待みたいなもんだ」

「どうも、ぴんときませんが……」

「まあ、いずれわかるだろうさ」

能見は豪快に笑った。

クラブが混《こ》み出すのはもっと遅い時間なのだろう。監視にはちょうどいい環境だった。

ふと見ると、入り口のほうからあらたなグループ客が案内されてきた。素行の悪そうな若い男がふたりいる。それに対して、女性がひとり。男たちに見合った雰囲気の女性なら問題ないが、どうも違和感があった。彼女はまだ二十歳前後ではないだろうか。化粧をしているものの、本人に似合っているとは言いがたい。背伸びをして、無理にこんな場所へやってきたという印象がある。

「気になるのか？」能見が尋ねてきた。「やめとけ。仮に何かあったとしても、ああいうのは自己責任だ。仕事に集中しろ」

「そうですね……」

三人は右手奥にある個室に入っていった。鷹野はひとつ息をついたあと、ビールをもう一口飲んだ。

九時二十分ごろ、また新しい客が現れた。鷹野たちと同じようにスーツを着た男性だ。

彼は店員に案内されて郡司のそばへ行く。どうも、という感じで頭を下げ、郡司と同じテーブルについた。

「おい、あの男……」

「ええ。これは驚きました」

鷹野はフラッシュを焚かず、シャッタースピードを調整してふたりを撮影した。かなり暗いのだが、何枚か撮るうち、顔が視認できる写真が撮れた。

身長百七十センチほどで痩せ型。やや長めの髪を手櫛で整える癖。

真藤健吾の私設秘書・森川聡だ。

森川と郡司はビールで乾杯をした。ふたりとも口元に笑みを浮かべている。しばらく何か話したあと、郡司はスポーツバッグを相手に渡した。森川はバッグをテーブルの下に移し、中を確認し始めた。そこには、爆発物の入った小型の段ボール箱があるはずだ。二分ほどのち、森川は厚みのある封筒を郡司に手渡した。

まさに今、目の前で取引が行われたのだ。鷹野は続けて写真を撮った。

「ここで森川が出てくるとはな」能見はつぶやくように言った。「もともと怪しいとは思っていた。しかし奴が真藤を殺して死体損壊するのは、時間的に不可能だったはずだ。そのへん、刑事部は調べているんだろうか」

「わかりません。でも、森川が赤坂事件に関わっている可能性は高いですね」

「今、森川はあらたなマル爆を手に入れた。今度は何をする気だ？　うしろに控えている組織を、一気に壊滅させてやらないとな」

能見は過ぎてしまった赤坂事件より、これから起こる犯罪のほうに関心があるようだ。

「次のテロが近いのかもしれない。森川をマークして、どこの組織に出入りしているのか特定しないと……」そこで能見は声を低めた。「鷹野、どうした？」

鷹野は右手奥の個室をじっと見つめていた。

誰かが閉め忘れたのだろう、ドアが半分ほど開いている。室内には先ほどの三人がいた。いかにも軽そうな男ふたりと、場違いとも感じられる若い女性だ。今、彼女は明らかに危険な状態にあった。男たちに体を押さえつけられているのだ。

暴行だろうか。いや、そうではない。男たちは別のことを強要しようとしている。

ひとりの手に、注射器らしきものがあった。

——クスリか！

鷹野は立ち上がろうとした。

「おい、やめろ」低い声で能見が制した。「あれは俺たちとは無関係だ」

「しかし放っておくわけには……」

「おまえ、責任とれるのかよ」能見は険《けわ》しい目で鷹野を睨んだ。「騒ぎを起こしたら、マル爆の行方がわからなくなるぞ」

鷹野は唇を噛んだ。ここであの女性を助ける代わりに、爆発で大勢の犠牲者が出たとしたら、自分は後悔せずにいられるだろうか。爆発で命を落とした人たちを見て、自分は正しかったと主張できるだろうか。

そのとき、女性の声が聞こえた。大きな叫びではなかったが、様子を見ていた鷹野には、助けを求める声だとすぐにわかった。

男たちのひとりが、ドアが開いていることに気づいたらしい。彼はドアハンドルに手をかけた。鷹野と目が合ったが、にやにやしながらドアを閉めてしまった。

なんという目だ、と鷹野は思った。あいつはこのあと、あの視線を女性に向けるのだ。女性はクスリを打たれ、我を失ってしまうだろう。それが繰り返されるうち、彼女はクスリをほしがり、男たちにすがるようになるのだ。

黙ったまま、鷹野は立ち上がった。

「待て。行くな」

能見の声が聞こえたが、振り返らなかった。足早に歩いていき、個室のドアを大きく開け放つ。

男たちが一斉にこちらを向いた。ひとりは女性に馬乗りになって口を押さえている。もうひとりは、注射器の針を彼女の腕に刺そうとしていた。女性の顔は恐怖に歪《ゆが》んでいる。

「きさまら、何をしている！」

普段の自分からは想像できないような怒声が出た。男たちは一瞬ぎくりとした様子だったが、すぐに立ち上がった。

「なんだてめえ！」

男たちがこちらに迫ってくる。鷹野は警察手帳を突きつけた。

「警察だ。おとなしくしろ」

「……なんで警察がこんなところに」

「おい鷹野」

ドアの向こうに能見が現れた。彼は個室の中を見て眉をひそめた。こうなっては仕方ない、という顔をしたあと、男たちのほうを向いて凄《すご》んだ。

「このクソども。暴行罪でふたりとも逮捕だ。クスリについても吐かせてやる」

「冗談じゃねえよ！」

男のひとりが逃げようとした。能見の脇をすり抜け、部屋の外へ転がり出る。それを追って能見が走った。体当たりを受け、男はフロアの真ん中に倒れ込んだ。

客たちの間に、悲鳴と怒声が上がった。驚いて店員が走ってくる。店内は騒然となった。

残った男を捕らえて、鷹野は個室の外に出た。能見も、逃走しようとした男の身柄を確保していた。

だが、ここで鷹野ははっとした。店内に素早く目を走らせる。

先ほど郡司たちが座っていた席には、誰もいなかった。騒ぎが起こったのを見て、郡司も森川も店を出てしまったのだろう。

能見もそれに気づいたようだった。彼はため息をついたあと、忌々《いまいま》しげに舌打ちをした。

「おまえ、ふざけるなよ」

能見は鷹野の胸ぐらをつかんで、吐き捨てるように言った。

「こんなに馬鹿な奴だとは思わなかった。全部おまえの責任だからな」

「申し訳ありません」目を伏せて鷹野は詫《わ》びる。

「でも俺は……」

「聞きたくねえよ！」

どん、と能見は鷹野を突き飛ばした。

よろけた鷹野は、テーブルに手をついて体勢を立て直す。深呼吸をしてから、能見に言った。

「能見さん。氷室さんたちに連絡しないと……」

「もう連絡してある。おまえは何も考えなくていい」

すみません、と鷹野は頭を下げた。そうするしかなかった。

何事が起こったのかと、客たちが遠巻きに見ている。彼らの顔は青や白、紫のライトに照らされていた。その華やかさの中で、鷹野たちの存在は明らかに場違いだった。

少しの沈黙のあと、次の曲がフロアに流れだした。

3

雨を避け、ひとけのない雑居ビルのエントランスで、鷹野たちは沙也香と落ち合った。

クスリを打とうとした男たちは、駆けつけた警察官に引き渡した。公安としての活動は知られたくないから、所属や階級は伏せる必要がある。逃げるようにクラブを出て、鷹野と能見はここまでやってきたのだった。

能見は腕組みをして、眉間に深い皺を寄せている。クラブに入るときに見せた笑顔は、とうにどこかへ消えていた。鷹野を睨む目には、強い怒りがこもっている。彼の隣にいる沙也香も、明らかに不機嫌そうな表情を浮かべていた。

ふたりの前で鷹野は黒縁眼鏡を外した。こんなふうに責められるのはいつ以来だろう、と考えた。新人警察官として所轄の地域課にいたころには、何度も上司から叱責を受けた。しかし刑事になって本庁の捜査一課に異動し、経験を積む中で、自分は周りから評価を得てきたのだ。

それなのに、と鷹野は思う。今日のこの有様《ありさま》は何なのだ。

「新米じゃあるまいし、おまえは何をやってるんだ」能見が低い声で言った。「今、俺たちは重要な捜査をしているんだぞ。わかってるのか」

「申し訳ありませんでした」

もう何度目になるだろう。鷹野は深く頭を下げた。それを見ても、能見は気がおさまらない様子だ。

「おまえひとりのせいで、行確がめちゃくちゃになった。あの騒ぎで郡司は尾行に気づいたかもしれない。重要参考人になるはずの森川にまで、警戒された可能性がある」

「……反省しています」

「反省ぐらいじゃ、すまねえんだよ」

能見は腕組みを解いて、こちらに近づいてきた。彼は鷹野の目の前に、人差し指を突きつけた。

「これだからよその人間は駄目なんだ。刑事部ではそこそこの成績だったらしいが、公安の仕事は命懸けなんだよ。俺たちは国の安全を守っている。あんなつまらない事件に関わっている暇はないんだ」

「待ってください」

顔を上げて、鷹野は能見を見つめた。さすがに今の言葉は聞き流せない。

「女性がシャブ漬けにされるのが、つまらない事件ですか？　能見さんは本気でそう言ってるんですか」

「おまえ、俺に楯突《たてつ》くのか」

能見が腕を伸ばして、また胸ぐらをつかんだ。鷹野は黙ったまま、能見の目を睨み返す。緊張が高まった。

「能見さん……」沙也香が彼を止めた。

「クソ野郎。何が刑事部のエースだ。この腰抜けが」

舌打ちをして、能見は鷹野から手を離した。

「鷹野くん、店内での事情は聞いたわ」諭すように沙也香が言った。「あなたは公安部の人間よ。それなのに、自分勝手な正義感を振りかざして騒ぎを起こした。結果的に大きな目標を見失ってしまったの。あなたは公安の仕事をまったく理解していない」

「理解はしているつもりです」

「いいえ、わかっていない。公安は常に最悪の事態を想定して行動する。だからときには見込み捜査もする。そうやって事件を未然に防ぎ、治安を守っているの。……この先、森川は警察の目を警戒して、二度と尻尾を出さないかもしれない」

「そうなれば、次のテロを防ぐのも難しくなる」と能見。

「公安部の仕事は刑事部と違って、ひとつのミスが命取りになるの。あなたには向いていないのかもしれないわね」

言われていることはわかる。しかし納得はできなかった。

「失態についてはお詫びしますが、警察官としてあの女性を放っておけませんでした。あのままでは彼女の身が危険でした」

「馬鹿かおまえは！」能見が怒鳴《どな》った。「自己満足のために、マル対を取り逃がしてどうする？　だいたいおまえは……」

能見がさらに罵倒《ばとう》しようとするのを、沙也香が制止した。

「小さな事件だとは思わない。でも、やり方が稚拙《ちせつ》すぎる。騒ぎを起こしたときのあなたはどうだった？　刑事部でも、あんな強引な方法で捜査をしてきたの？」

「それは……」

鷹野は言葉に詰まった。たしかにそうだ。あのときの自分は、我を忘れてしまっていた。公安部では大きな目的のために、小さな事件を見過ごせと命じられることがある。だが刑事を長く続けてきた鷹野には、それができなかったのだ。

「公安の仕事を続けていれば、板挟みになるケースはいくらでもある。そんなとき、私たちは冷静でいなければいけないの。割り切ることも必要なのよ」

「弱者を切り捨てろ、と言うんですか？」

「場合によってはそうなる。だって私たちは国のために働いているんだもの。国が倒れてしまったら、一般市民は守れなくなる」

沙也香はおそらく正しいのだろう。自分のやり方がまずかったというのも認めなければならない。だが、それでも鷹野の心には釈然としないものがあった。

「氷室さんも、誰かを切り捨ててきたんですか」

鷹野が問いかけると、一瞬、沙也香の目が揺れた。だが彼女はすぐに表情を引き締めて、鷹野を見据えた。

「もちろんよ。私たちが決断し、行動しなかったらどうなるか。……失うものが大きすぎるの。甘えは捨てなさい」

それだけ言うと沙也香は目を逸らし、小さくため息をついた。

携帯電話が振動する音が聞こえた。ポケットを探って能見が携帯を取り出す。しばらく誰かと話していたが、やがて彼は電話を切った。

「溝口からだ。近辺を捜したが、郡司も森川も見つからないそうだ。奴ら、エレベーターは使わなかったんだよな？」

ええ、と沙也香がうなずく。当時、彼女は一階で待機していたのだ。

「私と溝口くんで二基のエレベーターを見張っていました。でも能見さんから連絡が来るまで、ふたりは降りてこなかった」

「非常階段を使ったんだな。やはり警戒されたか」

能見は悔《くや》しそうな顔をしたあと、小声で沙也香に何か指示を出した。

わかりました、と答えて彼女は自分の携帯を取り出す。通話履歴から誰かの番号を呼び出したようだ。

「遅くなってすみません。続報です。周辺を捜しましたが郡司、森川ともに発見できませんでした。……はい、これ以上ここにいても時間の無駄かと……」

相手は佐久間班長だろう。失態の報告だから、沙也香の顔にも緊張の色がある。

一分ほど話したあと、沙也香は携帯をこちらに差し出した。

「班長よ」

意外に思いながら、鷹野は携帯を受け取った。そっと耳に当てる。

「はい、鷹野です」

「しくじったそうだな」佐久間の低い声が聞こえてきた。

「申し訳ありません」

「うちの班を抜けるかどうかは、おまえの自由だ。好きにしろ」

「……え？」

「おまえには失望した」

そのまま電話は切れてしまった。鷹野は眉をひそめて携帯を見つめる。厳しく叱責されると思っていたのに、まったく予想外だった。

礼を言って携帯を沙也香に返す。彼女は怪訝そうな顔で尋ねてきた。

「班長は何て言っていた？」

「班から抜けるかどうか考えろ、ということらしいです」

ふん、と能見が鼻を鳴らした。ビルの壁に背をもたせかけ、口の中でぶつぶつ言っている。

沙也香は黙ったまま、冷たい目で鷹野をじっと見ていた。

能見たちは溝口が戻るのを待ってから、分室に向かうという。

しばらく周辺を調べさせてほしい、と鷹野は申し出た。失態の責任を感じていたということもあるが、少しひとりになりたいという気持ちもあった。

「あまり遅くならないように」沙也香が言った。「駄目だと思ったら諦めなさい。早く気持ちを切り替えたほうがいい」

「わかりました」

頭を下げて、鷹野は通りを歩きだした。

雨と風はさらに強くなっていた。折りたたみ傘は小さめだから、スーツの足下がだいぶ濡れている。

鷹野は先ほどの沙也香の言葉を思い返していた。駄目だと思ったら諦めろ、というのは鷹野自身のことかもしれない。公安に向いていないのだから早く去るべきだ、と言いたかったのではないか。能見ほど厳しい口ぶりではなかったが、沙也香が鷹野に幻滅したことは間違いないだろう。

それでも鷹野は、まだクラブでの一件にこだわりを感じていた。公安部員は国を守るという、重い任務を帯びている。優先順位を考えて、大事の前の小事は無視せよというのも、頭では理解できる。しかし助けを求めている人を放置するのは、警察官としてあるべき姿なのか、という疑問があった。

――今さらこんなふうに悩むのは、変なんだろうか。

警察官になりたてのころは、理想と現実のギャップによく悩んでいた。だがある程度経験を積んでくると、いろいろ先回りができるようになる。危なそうだと思えば、あらかじめ手を打つ。それが鷹野のやり方だった。刑事部のころには、その方法でうまく仕事ができていた。

ところが、ここ数日で急にペースを乱された。新しい部署に来て仕事の進め方が変わった、というのがひとつの理由だろう。だがそれより大きいのは、班の同僚たちと連携ができていない、ということだった。

仕事のしやすさは、周囲の人間関係から大きな影響を受ける。刑事部にいたころの自分は、気づかないうちにチームの仲間に支えられていたのだ。

クラブの件も、能見とうまく連携していれば別の対応ができたかもしれない。そう考えると、これまでの自分の行動が悔《く》やまれた。もっと早くから、能見との信頼関係を築いておくべきではなかったか。

鷹野は夜の六本木をひとりで歩いた。

あちこちに華やかなネオンが灯っている。それに誘われるように、カップルやグループ客が次々とビルへ入っていく。強い雨の中だというのに、みな明るい表情で言葉を交わし、笑い合っていた。浮かない顔で歩いているのは鷹野ぐらいだ。

クラブのあったビルを中心に歩き回ったが、郡司も森川も見つからなかった。当然のことだろう。この町で当てもなく人捜しをしても、うまくいくものではない。

ふたりを捜すのは諦めて、鷹野は赤坂に足を向けた。

事件についてもう一度考えるため、レストランや廃ビルをあらためて見ておきたかったのだ。

雨の中、二十分ほど歩くと、レストランのあるビルが見えてきた。

事件から三日が経過したが、まだ電気系統が修理できていないのだろう。レストランは休業中だった。犯人にとっては真藤健吾を殺害するのが目的で、この店には恨みなどなかったはずだ。たまたま殺害計画に巻き込まれ、その挙げ句に営業休止となってしまったのだから、経営者が気の毒だった。

敷地内に入り、ビルの脇に回ってみた。爆発の起こった場所には、今も黒い焦《こ》げ跡が残っている。

雨の中、鷹野はあちこちをカメラで撮影していった。シャッターを切りながら、いずれこれらの写真が役に立ってくれるようにと祈った。刑事部時代には直感の強い相棒がいたのだが、今は自分で撮る写真だけが頼りだ。

通用口も確認してみた。おそらく犯人はここから真藤を連れ出したのだろう。

と、ここで鷹野は気がついた。

——森川は犯人とグルだったわけだよな。

爆発物を取引していたのだから当然、森川には何かある。じつは真藤を通用口へ連れていくところまでが、彼の役目だったのではないか。パニックの中ではぐれたなどと話していたが、やはりそれは嘘だったのだ。

長く勤務するうち、森川は真藤に恨みを抱いていたのかもしれない。だから殺害計画に協力した。あるいは森川自身がテロ組織などに、真藤の殺害を依頼した可能性もある。

ビルの敷地を出て、鷹野は表の道路に戻った。雨に気をつけながら、あらためてカメラを構える。レストランのビルから廃ビルへと続く道を、丁寧に撮影していった。

濡れた道を進みながら、ふと思い出した。そういえば、事件当時もかなりひどい雨だったのだ。嵐《あらし》のような状態だったせいで、いまだに目撃者は見つかっていない。

雨水を撥《は》ね飛ばしながら、タクシーや乗用車が道路を行き来していた。前方に例の廃ビルが見えたが、その近くを徐行している車が一台あった。駐車場を探しているのだろうか。鷹野があちこち写真を撮っているうち、その車は走り去ってしまった。

赤いテールランプを見ながら、鷹野は考えた。たとえば事件のときたまたま通りかかった車があれば、ドライブレコーダーに何か記録されているかもしれない。運がよければ、犯人や被害者が写っているのではないか——。

しかし、それを見つけるのは至難の業だろう。事件のとき偶然通りかかった車など、簡単に捜し出せるわけがない。

鷹野は遺体が発見された廃ビルの前にやってきた。出入り口はロープで塞がれ、掲示されたパネルには立入禁止と大きく書かれている。中を調べたい気もしたが、ロープをほどいてビルに入るのはかなり面倒だ。死体遺棄の現場は三日前に撮影しているから、無理をして再び写真を撮る必要はないだろう。

激しい雨が傘を叩いている。その音を聞きながら、鷹野はひとり思案した。

犯人は事件を起こす前、下見をしていたはずだ。いったい何を思いながら、この辺りを歩いたのだろうか。

奴は古代エジプト文明に詳しかったから、ミイラを作るような形で内臓を取り出したのか。しかし成果のわりには、あまりにも苦労が多すぎるような気がする。そんなことをしていたら逃げるのが遅くなってしまう。

なぜ危険を冒して、臓器を抉《えぐ》り出さなければならなかったのだろう。そうまでして天秤やヒエログリフを残していく必要があったのか。どうも腑《ふ》に落ちない。

レストランのほうへ戻ろうとしたとき、おや、と鷹野は思った。廃ビルをじっと見ている男性がいる。そのスーツと背恰好には見覚えがあった。

ゆっくり近づいていくと、相手もこちらに気づいたようだ。

「鷹野じゃないか。こんな雨の中、ご苦労だな」

十一係の早瀬係長だった。

「お疲れさまです。会議はもう終わったんですか？」

早瀬たちは今、赤坂署に特別捜査本部を設置し、泊まり込みで捜査をしているはずだ。

「現場百遍か」早瀬は眼鏡のフレームを押し上げながら言った。「しかし鷹野、それは刑事のやり方だぞ」

「まだ、抜けきらないんです。刑事が長かったものですから」

「早く新しい部署に慣れないとな」

そうですね、と鷹野は答えた。早瀬もうなずいている。そこでふたりの会話は途切れてしまった。

早瀬の前で何の話をすればいいだろう、と鷹野は考えた。部下だったころには、そんなふうに気をつかったことはほとんどない。今ふたりの間には、気まずいような空気が漂っている。

「なあ鷹野」早瀬が口を開いた。「公安は俺たちに何か隠しているだろう」

どう答えるべきか鷹野は迷った。今の問いはまさに図星だ。佐久間班長は、刑事部との間に信頼関係などないと語った。また、早瀬は利用しやすい人間だとまで言った。完全に相手を見下しているのだ。

鷹野が黙り込んでいると、早瀬は急に口元を緩めた。

「まあ、無理に答えなくてもいい。おまえの立場は、俺にもよくわかるからな」

「……すみません」

「で、どうだ、公安は」

「今のところまったく信用されていませんね」

鷹野は苦笑いを浮かべる。なるほどな、とつぶやいてから早瀬は真顔になった。

「嫌になったら、刑事部に戻ってもいいんだぞ」

意外な言葉を聞いて、鷹野はまた戸惑った。古巣に戻れば仕事もしやすい、というのはよくわかる。だが、公安と刑事の違いを目の当たりにした今、もう少しうまいやり方があるのではないか、と思い始めていたところだった。

早瀬と再会して、頭に浮かんだ考えがあった。

「今、はっきりわかりました」鷹野は言った。「お気持ちは嬉しいんですが、まだ試してみたいことがあります。公安と刑事の捜査方法を組み合わせれば、もっと有益な仕事ができると思うんですよ」

「というと?」

「公安部には、プロ意識を持った優秀な人間が集まっています。ひとりひとりを見ると、とても能力が高いんです。ところが彼らはチームプレーというものに慣れていない」

「たしかに、そういう印象はあるな」

「チームプレーができるようになったら、さらに捜査能力が上がるはずです。……逆に刑事が長かった俺には、状況判断の甘さがありました。公安のようにシビアな事件を扱うのなら、もっと先を読む力を身につけなくてはいけない。そうでなければ、多くの被害者を出してしまいます」

鷹野の脳裏にあるのは、クラブでの出来事だ。郡司や森川の行動確認を続けながら、あの女性を助ける方法があったのではないか。その方法を瞬時に着想するためにも、さらに経験を積まなければ、という思いがある。

「俺はもっと公安の手法を知らなければいけない。そして、公安には刑事のやり方を知ってもらう必要があります。ふたつの力を組み合わせれば、今まで解決できなかったような事件に対応できるんじゃないでしょうか。俺はそれを目指したいんです」

話しているうち、考えがまとまってきた。これが自分のやるべきことなのだ、と思えた。

鷹野を見つめて、早瀬は意外だという顔をしている。やがて彼は眉を上下に動かした。

「おまえ、やっぱり変わってるな」

雨が降る中、早瀬はひとり笑いだした。屈託のないその顔を見て、鷹野はほっとした気分を味わっていた。

4

コンビニエンスストアを出て、鷹野は辺りを見回した。

今朝は晴れたが、昨夜はかなりの風雨だった。その名残《なごり》だろう、道のあちこちに木の葉が落ちている。それらを踏んで歩くと、靴の下に不思議な感触があった。しばらくの間、鷹野は現実を忘れて足を進めた。息を吸い込むと、春の息吹が感じられるような気がする。

よし、とつぶやいて、鷹野は分室のあるビルに入っていった。

昨日六本木、赤坂で単独捜査を行ったあと、鷹野は佐久間に連絡をとった。直帰の許可を得て自宅へ戻り、熱いシャワーを浴びた。久しぶりにワインを少し飲み、一晩寝たらすっきりした。

気持ちはもう決まっていた。

午前八時十五分。鷹野は公安五課の分室に出勤した。

鷹野の顔を見て、佐久間班のメンバーたちは驚いた様子だった。

「昨日はご迷惑をおかけしました」鷹野は姿勢を正して、みなに言った。「あれからいろいろ考えました。私のやり方は公安部に合っていない、というのがよくわかりました」

「あの、鷹野さん……」

溝口が怪訝そうな目でこちらを見ている。国枝は黙ったまま、ほかのメンバーの様子をうかがっていた。

「鷹野くん、本当にいいの？」沙也香が尋ねてきた。「これはあなたの警察官人生に、深く影響することよ」

「別にいいんじゃないのか」能見が突き放すように言った。「自分で決めたんなら好きにすればいい。……それとも何か、氷室はこいつに残ってほしいのか？」

「私はどちらでもかまいません。ただ、数日とはいえ、鷹野くんは佐久間班で捜査をしました。それが中途半端《ちゅうとはんぱ》になってしまうというのは……」

「警視庁はでかい組織だ。どこに行っても仕事はある。八丈島《はちじょうじま》の駐在所とかな」

能見は意地悪く笑いだした。沙也香は小さくため息をつく。

ドアが開いて、奥の部屋から佐久間班長が現れた。

「鷹野、どうする。気持ちは決まったか」

ええ、と答えて鷹野は佐久間の前に進み出た。

「私のやり方は公安部に合っていません。ですから今後、私は公安部の捜査方法を学びたいと思います。よろしくお願いします」

「なんだよ、続けるつもりか？」と能見。

「……と同時に、私のほうからみなさんに伝えたい技術もあります。刑事部の地取りや聞き込み、筋読みの方法を理解していただけたら、公安捜査の精度は飛躍的に上がると思います。成果が出るまで、ここで仕事をさせてください」

鷹野は佐久間に向かって、深く頭を下げた。数秒後に顔を上げたとき、彼は目の前にいなかった。

不思議に思って見回すと、佐久間はもう自分の席に着いていた。

「腹をくくったのなら、すぐ仕事にかかれ」

「……ありがとうございます」

「必ず成果を挙げてみせろ。うちの班には、能なしを雇っておく余裕はない」

「肝に銘じます」

鷹野は自分の机に向かった。隣の席にいる沙也香に目礼して、椅子に腰掛ける。

これで昨夜からの懸案事項は片づいた。肩の荷が下りたという気分で、鞄の中からコンビニのレジ袋を取り出す。鷹野がジュースを飲み始めると、沙也香がまばたきをした。

「いきなり何なの？」

「好きなんですよ」鷹野はトマトジュースのパックを掲げてみせた。「ここでやっていくと決めましたから、遠慮なく飲ませてもらいます」

何か言いかけたが、沙也香は言葉を呑み込んだようだ。能見は背もたれに体を預け、鼻を鳴らした。国枝は黙ったままお茶をすすっている。その横で溝口は口元を緩めていた。

とにかく、これで気持ちは固まった。今後は公安部員として、シビアな仕事にも取り組まなくてはならないだろう。いずれまた板挟みになる場面もあるはずだ。そんなときはどう振る舞えばいいのか。ベストな判断ができるよう、自分の力を高めていく必要があった。

ミーティングで、佐久間から今後の捜査方針が伝えられた。

国枝は日本国民解放軍のアジトの監視を続けることになった。郡司がまた爆発物を持ち出したら、行き先を突き止めなくてはならない。監視は得意だというし、ベテランだから尾行の腕もたしかだそうだ。

森川の基礎調査は佐久間と溝口が担当する。今まで森川については刑事部に任せていたが、爆発物を入手したとなれば話は別だ。経歴を徹底的に洗い、思想の傾向はどうなのか、テロ組織と繋がりがないかなど、調べ上げる必要がある。

基礎調査が進む間に、能見は森川の行動確認を行う。もし森川がどこかの組織と関係しているのなら、連絡をとって爆発物を渡す可能性がある。そうではなく、森川が主導してテロを行うというのなら未然に阻止しなければならない。腕力が必要な場面があるだろうから、屈強な能見が適任だった。

鷹野と沙也香は、森川の知人や立ち回り先への聞き込みを命じられた。

「そういう仕事、鷹野には合っているだろう」資料を閉じながら佐久間は言った。「氷室は鷹野から、刑事部のやり方とやらを吸収してこい」

「班長……」

沙也香は納得できないという顔をしている。佐久間は彼女のほうに視線を向けた。

「鷹野はあれだけ大口を叩いたんだ。どれほどのものか見定めてやれ」

「ですが、はたして収穫があるかどうか……」

「収穫があったかどうかは、あとで報告しろ。判断するのはそれからだ」

「……わかりました」渋々《しぶしぶ》といった様子で沙也香はうなずいた。

メンバーはそれぞれの仕事に取りかかった。

鷹野は鞄を持って、沙也香とともに分室を出た。まず森川の関係者リストを見て、勤務先や住所を確認する。地図と照らし合わせ、訪問する順番を決めていった。

「刑事事件のときは、事前に電話でアポをとるケースもありました」鷹野は言った。「しかし今回は公安としての捜査です。組織的な犯行の可能性があるので、迂闊《うかつ》に連絡をとるわけにはいきません」

「いきなり訪ねていくわけね」

「そうです。警察が来るとわかれば、あれこれ準備する者もいるでしょう。そういう余裕を与えないほうがいい」

森川聡は政治家の私設秘書だったから、仕事では霞《かすみ》が関《せき》や赤坂などで行動していた。しかしそちらは基礎調査として、佐久間と溝口が当たってくれている。鷹野たちの担当は、森川宅の近隣住民や、個人的な知り合いからの情報収集だ。

森川の家は足立区《あだち》にある。まず自宅の周辺で、近所の人たちから話を聞いた。

三軒隣に住む大柴《おおしば》という男性が、いろいろ教えてくれた。歳は四十代後半だろうか。大柴は資産家らしく、車庫には国産の高級車が停めてある。

鷹野は警察手帳を呈示してから、森川について質問してみた。

「ああ、うん、森川さんね。まだ若いけど、きれいな一軒家に住んでいるよね。ひとり暮らしだって聞きましたよ」

「おつきあいはありますか」

「町内会で顔見知りだから、会えば挨拶しますよ。会社員だって言ってたけど、どこに勤めているかは聞かなかったなあ」

政治家の秘書だと知れたら、いろいろ面倒だと思ったのかもしれない。仕事を隠したいという気持ちは鷹野にもよくわかる。自分も近所の人には「地方公務員」だと話しているのだ。

「最近、気になることはありませんでしたか」

鷹野が問いかけると、大柴は興味津々という顔になった。

「森川さん、どうかしたんですか？」

「いえ、そういうわけじゃありませんが……」鷹野は曖昧《あいまい》な笑みを浮かべた。「ごみの出し方とか回覧板とか、どうでした？」

「マナーは悪くないですよ。朝早く私が散歩をしていたら、あの人ベランダに立ってましてね。朝日に向かって深呼吸か何かしていました。私を見つけて、おはようございます、いい天気ですねって挨拶してきて」

「ほかに何か覚えていませんか。森川さんに関して」

大柴はじっと考え込む。しばらくして「うん、そうだ」と言った。

「前に近所の子が道で転んじゃったんですよ。母親と一緒だったけど、かなり大きな声で泣いちゃってね。そしたら森川さんが家から出てきて、声をかけたんです。あの人、救急箱を持ってきましてね。『悪い菌が入ると体が腐ってしまう』とか、すごく心配していたようです。かなり親切な人ですよ」

「森川さんの家に出入りしている人はいなかったでしょうか」

「いなかったと思いますねえ。いつも静かな家でした」

「そうですか……。念のためお願いしたいんですが、今日私たちが訪ねてきたことは内密に願えますか」

「わかりました。黙っていますよ」

心得たという顔で、大柴は何度かうなずいた。

ほかにも何人かに話を聞いたが、特にトラブルなどの話は出てこなかった。

道を歩きながら、沙也香が小声で話しかけてきた。

「たいした成果はなかったわね」

「いいえ、情報は得られましたよ」鷹野は言った。「ひとり暮らしの男性は、近所づきあいがよくないことが多いでしょう。でも森川聡は、近所にとてもいい印象を与えていました」

「しっかりした性格だったのかしら」

「政治家の私設秘書だったから、自然に気配りができたのかもしれません。あるいは……そう装っていたのかも」

疚《やま》しい事情のある者が周囲にいい顔をする、というのは充分に考えられる。テロや殺人に関わっていたのなら、それぐらい慎重だったとしてもおかしくはない。

リストに従い、鷹野と沙也香は電車で港区に向かった。森川の交友関係を順番に調べていく。さらに、鷹野たちは品川《しながわ》区へ移動した。

学習塾の休憩室で、森川の個人的な知り合いから話を聞くことができた。

小田桐卓也《おだぎりたくや》といって、三十代後半の人のよさそうな塾講師だ。唇が厚く、鼻の左側にほくろがある。彼には「すみません」と口にする癖があった。

「森川さんについてお訊きしたいんですが……」警察手帳を見せてから、鷹野は切り出した。「具体的にはどういうご関係でしょうか」

「あ、はい、すみません。僕も森川さんも映画が好きなんです。ネットに、試写会の招待券を交換する掲示板があるんですよ。そこで取引するうち趣味が合うとわかったので、去年、同じ試写会に行きました。帰りに居酒屋に寄って、映画談義ですごく盛り上がったんです。それ以来、気になる映画は一緒に観《み》るようになりました。森川さんは明るいし、楽しい人でね。僕なんかにも気をつかってくれて、女性にもてるだろうなと思いました」

森川をかなり気に入っているようだ。少し間をおいてから、鷹野は別の質問をした。

「つきあいの中で、何か気になる点はありませんでしたか」

「気になる点、というと？」

「普段とは違って、森川さんが妙な話をしたとか、悩んでいたとか……」

小田桐は首をかしげながら、記憶をたどっているようだ。

「すみません、あまり悪い印象ってないんですよね。ただ……そうだ、少しだけ気になったことがありました。どこに勤めているかは聞いていませんが、どうも上司とうまくいっていなかったみたいです。森川さん、普段は明るい人なのに、仕事の話が出たとき表情が暗くなったんですよ。……上司とは考え方が合わない、と言っていました」

真藤のことだろう。鷹野は居住まいを正して質問を重ねた。

「どういうところが合わなかったんでしょうね。金銭感覚なのか、思想なのか、あるいは……政治的な立場とか？」

「それはわかりません。……ただ、いつだったか、森川さんが電話で話しているのが聞こえました。なんだか相手を責めるような調子で喋っていましたよ。今月の目標がどうとかって」

森川が責めていたのなら、相手は真藤ではないはずだ。しかし真藤に関係する電話だった可能性はある。もしかしたら目標というのは、金に関する話だったのかもしれない。森川は多くの献金を集めるよう、普段から真藤に命じられていたのではないか。

「ほかに何かなかったでしょうか。森川さんが何かに関心を持っていたとか、変わった趣味があったとか」

すると、小田桐ははっとした表情になった。

「思い出しました。映画のあと、ちょっと買い物につきあってくれと言われて、ドラッグストアに入ったことがあるんです。そのとき森川さんは次亜塩素酸……なんとかを買っていました」

「次亜塩素酸水ですか。それとも次亜塩素酸ナトリウム？」

「ああ、たしかナトリウムのほうです」

「消毒などに使われるものですよね」

「ええ、僕もテレビで見て知っていたので、消毒用ですかと訊いてみました。そうしたら森川さんは、これを何かに反応させるとか話していました」

鷹野は沙也香と顔を見合わせる。森川はいったい何の目的でその薬品を買ったのだろう。

あの、と遠慮がちに小田桐は尋ねてきた。

「森川さんに何かあったんでしょうか」

「いえ、そういうわけじゃありません」鷹野は咳払《せきばら》いをした。「我々と会ったことは、森川さんには黙っていてもらえませんか」

「まあ、いいですけど……」

事情が気になるようだったが、小田桐はそれ以上、質問してはこなかった。

捜査協力への礼を述べて、鷹野たちは学習塾を出た。


リストを見ながら、鷹野と沙也香は関係者に話を聞いていく。

総じて森川の評判はよかった。自宅のそばでもそうだったし、友人、知人からの評価もいい。

「ここまで印象がいいとなると、かえって作為を感じるわね」

商店の横にある自販機コーナーで、沙也香はそう言った。どうやら缶コーヒーを買うようだ。鷹野も小銭を取り出したが、彼女はそれを制した。

「飲み物ぐらい奢《おご》るわ。何にする？」

「ああ、すみません。じゃあ同じものを」

ごとん、と音がして缶コーヒーが出てきた。沙也香はひとつをこちらへ差し出す。礼を言って、鷹野は受け取った。

自販機のそばにあったベンチに腰掛け、ふたりで休憩をとった。いつの間にか、太陽は西に傾いている。商店街を歩く人たちは、誰も彼も橙《だいだい》色に染まっている。

「こんな場所にいると、事件なんてどこで起こっているんだろう、と思ってしまいますよね」

鷹野がつぶやくと、沙也香は少し考える表情になった。

「公安の人間はいつもそんな気分よ。私たちの仕事は、情報を集めてトラブルを回避すること。事件を起こされる前に組織ごと叩きつぶす。何かが起こってからでは遅いの」

「刑事部は事件が起こってから活動を始めます。そこが大きな違いというわけですね」

「あなたたちは……」沙也香は言い直した。「以前あなたがいた刑事部では、犯人を捕らえれば評価されていたでしょう。でも公安部は違う。何も起こさせないのが基本なの。事件が起こらないんだから、評価もされない。逆に、捜査に失敗して事件が起こってしまったら、何をやっているんだと責められる。いずれにせよ損な役回りよ」

珍しく、沙也香は愚痴《ぐち》のようなことを口にした。

「それでも氷室さんは、この仕事を続けていますよね」

「今さら、よそには行けないわ。たぶん私はもう、ほかの仕事はできない」

「受け入れてくれる部署はあると思いますが。たとえば、八丈島の駐在所とか」

能見の言葉を思い出して、鷹野は苦笑いを浮かべる。

「これは自分の問題よ。私自身の意識というか……矜持《きょうじ》の問題」

沙也香はひとつ息をつくと、コーヒーを飲み干した。

そのとき、鷹野の携帯電話が鳴りだした。手早く液晶画面を確認すると、佐久間からだった。

「班長からです。どうして俺にかけてきたんだろう」

「ああ……私、マナーモードのままだった……」

なるほど、と鷹野は納得した。彼女が電話に気づかなかったから、一緒にいる鷹野にかけてきたのだ。

通話ボタンを押して、携帯電話を耳に当てた。

「はい、鷹野です」

「氷室はどうした?」

「隣にいます。電話に出られなかったようで」

「あとで氷室にも伝えろ」佐久間は硬い声で言った。「あの森川は、森川ではなかった」

「どういうことです?」

鷹野は携帯電話を握り直す。隣で沙也香も、漏れてくる声に耳を傾けている。

「森川聡は『背乗《はいの》り』されていた。高校の卒業アルバムを見たが、まったくの別人だ」

鷹野は息を吞んだ。

背乗りというのは、他人の戸籍を乗っ取るなどして、その人物に成りすます犯罪の手口だ。森川聡という人物は間違いなく存在していた。だが、真藤の私設秘書として警察の前に現れたのは本人ではない。偽《にせ》の森川だったということだ。

「奴は正体を隠して真藤に近づいたんですか。だとしたら、最初から事件を起こすつもりだったんですね?」

「偽者が真藤の秘書になったのは一年前だ。相当、念入りに計画された犯行だと言える」

鷹野は偽森川の姿を思い浮かべた。痩せ型でやや長めの髪、手櫛で髪を直す癖。

赤坂のレストランで事情聴取を受けたとき、彼はいったいどんな気分でいたのか。一年もの時間をかけて真藤の懐《ふところ》に入り込み、計画を為《な》し遂《と》げたのだ。

あの夜、彼が真藤を殺害するのは時間的に不可能だった。だが背乗りをしていたとなれば、犯行に荷担していたことは間違いないだろう。

胸や腹を切り裂かれ、内臓を抉り出された遺体。真っ赤な血だまりのそばに置かれていた天秤。皿の上には死者の心臓が載せられていた。

そしてヒエログリフで書かれた文言――。
《この石板は私の心臓の一部だ　私には悪魔の血が流れている》
凄惨な遺体や不可解な遺留品には、何らかのメッセージが込められているはずだ。偽森川は、それを読み解く鍵を握っているに違いない。
携帯を握り締めたまま、鷹野は事件について考えを巡らしていた。

第三章　教団

1

関越自動車道を降りて、車は市街地の道を走りだした。

都心部より開花が遅かったのだろう、あちこちに淡いピンク色の桜が見える。ドライブでやってきたのなら、この眺《なが》めをじっくり楽しむところだが、あいにくそういう状況ではない。

四月十日、午前十時十五分。鷹野と沙也香は、群馬県渋川《しぶかわ》市を訪れていた。車は銀色のセダンだ。黒いワンボックスカーとは別に、もともと佐久間班が用意していたものだという。

昨日、森川聡の背乗りがわかって、事態は大きく動いた。

森川が偽者だというのは、高校の同級生が提供した卒業アルバムで確定した。問題はどこで森川が入れ替わったかだ。それを確認するには、アルバムの写真を見せればいい。佐久間と溝口は高校時代の写真をコピーして、現在の森川の関係者に見せていったそうだ。その結果すべての人間が、高校時代の写真を森川だとは認識しなかった。つまり都心部にいる友人・知人たちは、偽の森川しか知らないわけだ。

だとすると、本物の森川を知っているのは故郷にいる人間だけだと思われる。

基礎調査で、森川の実家は群馬県渋川市にあることがわかった。両親は健在だから、彼らから何か情報が得られる可能性がある。

現在、偽森川の行動確認は能見が行っている。佐久間と溝口は基礎調査を、国枝は日本国民解放軍の監視を続けなければならない。

そういう事情で、鷹野と沙也香が森川の両親を訪ねることになったのだった。

渋川市街を抜け、鷹野は車を伊香保《いかほ》方面に走らせた。

道は徐々に細くなっていく。辺りの風景から、自分たちが山に向かっているのがよくわかる。やはり車で来たのは正解だった。鉄道とタクシーでこの辺りまで来たのでは、あとの移動が大変だ。

十一時少し前、セダンは目的地に到着した。山間の小さな集落で、道にはほとんど人通りがない。目に入るのは農業用の軽トラックと、宅配会社の車ぐらいだ。

森川の実家は木造の平屋で、四方を畑に囲まれていた。佐久間の調べでは、両親は農業を営んでいるという。

車を降りて門を抜けると、広い庭があった。その一角で男性が農具を洗っている。普段から熱心に畑仕事をしているのだろう。小柄だが、がっちりした体つきの人物だ。事前の調査で、六十五歳だとわかっていた。

鷹野と沙也香は男性に近づいていった。

「森川章二《しょうじ》さんですね？　お電話を差し上げた警視庁の者です」

「ああ、これはどうも」

章二は首にかけたタオルを取って、こちらに頭を下げた。色黒の顔に笑みを浮かべていて、実直そうな雰囲気がある。

「聡の父です。道はすぐわかりましたか」

「ええ……。お忙しいところ、急にお邪魔してすみません」

「話は長くなりますかね」

「できれば、一時間ほどいただければと」

「そうですか」

章二は農具を置いて、立水栓《りっすいせん》で手を洗った。タオルで手を拭《ふ》いたあと、あらためて鷹野たちのほうを向く。

「どうぞ、上がってください」

踵《きびす》を返して、玄関へと歩きだした。鷹野と沙也香は、彼のあとを追った。

築五、六十年、いや、それ以上になるだろうか、相当古い家だった。最近の住宅のような広い窓はない。まだ午前中だというのに、床の間や箪笥《たんす》の陰など、あちこちに暗い部分がある。

居間に上がって、章二は蛍光灯の紐を引いた。青白い光が部屋を明るく照らし出した。

鴨居《かもい》には何かの賞状が飾られ、壁には六曜の記されたカレンダーが掛かっている。別の部屋に仏壇があるのだろう、線香のにおいが強く感じられた。その中に混じっているのは、農家特有の肥料か何かのにおいだろうか。

鷹野たちに座卓のそばの座布団を勧めてから、章二は家の奥へ入っていった。

「泰子《やすこ》、お客さん……」

「あ、警察の方？」

「お茶を出してあげて」

そんなやりとりのあと、ガスコンロに火を点《つ》ける音が聞こえた。

沙也香は座布団に腰を下ろしてから、鷹野にささやいた。

「写真を撮っておいて」

「いいんですか？　一般市民の家ですが……」

「あなた、撮影は得意でしょう」

ポケットからデジカメを取り出し、フラッシュの機能を止める。それから鷹野は、室内の写真を何枚か撮った。

「……どうかしましたか」

章二が居間に戻ってきて、そう尋ねた。鷹野は相手に見えないよう、カメラをポケットに戻す。

座布団に座った章二に向かって、沙也香は微笑を浮かべた。

「昔、夏休みに訪ねた親戚《しんせき》の家を思い出したんです。こんな感じだったなあ、と思いまして」

「ほう。どのへんのお宅ですか？」

「奥多摩なんですが……」

「そうですか。うちは散らかっていて、お恥ずかしい限りですよ」

「いえ、とても落ち着きます」

なつかしそうな顔をして沙也香は言う。だがこれは演技だろう。奥多摩を訪ねたというのも、本当かどうかわからない。

「わざわざ東京から、大変だったでしょう」

盆を持った女性がやってきた。黒いセーターを着て、髪を栗色《くりいろ》に染めている。章二の妻の泰子、六十三歳だ。

お茶と煎餅《せんべい》を出してから、泰子は夫の隣にぺたんと腰を下ろした。

「早速ですが、聡さんについて聞かせてください」

鷹野は質問を始めた。「今、聡さんはどちらにいらっしゃいますか？」

ストレートに訊かれて、章二は戸惑っているようだ。

「……聡は、ここにはいません」

「そうなんですか？　調べさせていただいたんですが、住民票によると、聡さんはここに住んでいることになっていますよね」

鷹野に問われて、章二は妻と顔を見合わせた。ためらう様子を見せながら、彼は説明した。

「じつはその……十年前に、出ていってしまったんです」

「十年前というと、二十六歳のときですね」

「大学を出て県内の会社に就職したあとも、聡はずっとこの家から通っていました。ところが突然、家を出ていくと言い出しまして。なあ……」

章二は隣にいる妻に同意を求めた。泰子は深くうなずいて、

「仕事で何かあったんじゃないの、と尋ねたんです

が、話してくれませんでした。ろくに準備もしないまま、あの子は出ていってしまいました」

「現在の住所は？」

「わかりません」章二は首を横に振る。「いったい、どこで何をしているのやら……」

　夫妻は揃って肩を落とした。ふたりは長い間、こうやってため息をつきながら暮らしてきたのかもしれない。

「警察に相談はなさらなかったんですか」

　鷹野に問われると、章二は電話台のほうに目をやった。

「それがですね、たまに電話がかかってくるんですよ。だから警察に頼るのは、やりすぎじゃないかと思いまして」

「どんな仕事をしているとか、何か手がかりになるような話をしていませんでしたか」

「具体的なことは教えてくれませんでした。元気にしているから心配するなと、毎回そんな感じです」

「最近、電話はいつかかってきました？」

「一ヵ月……ぐらい前だったかな」

　章二は首をかしげて、記憶をたどっているようだ。

　居住まいを正してから、鷹野はあらためて章二に尋ねた。

「電話の声は聡さんに間違いありませんでしたか？」

「え……。どういうことです？」

「特殊詐欺《さぎ》をご存じですよね。相手の声が本人とは違っているのに、騙されてしまう方が多いんです」

　章二は戸惑うような表情になった。鷹野を見て、沙也香を見て、それからまた鷹野に視線を戻した。

「誰か別の人間からの電話だというんですか？　いや、それはないですよ。私だけじゃなく、妻も電話に出ていますう。話の内容から考えても、息子に間違いありません」

　たいていの人はそう答える。しかし騙されてしまうことが案外多いのだ。もう少し突っ込もうかと鷹野が考えていると、沙也香が口を開いた。

「森川聡さんに趣味はありましたか?」

「山が好きでしたね。といっても本格的な登山じゃなく、山歩きという感じでしたけど」

「何かの団体やグループに興味を持っていなかったでしょうか」

「いや、どうでしょう。聞いた記憶はありませんが」

「誰か親しくしていた方を知りませんか?」

「昔の年賀状は全部持っていってしまったようなので、なんとも……」

そうですか、とつぶやいて沙也香は考え込む。

鷹野はポケットから写真のコピーを取り出し、沙也香だけに見せた。そこには偽森川が写っている。写真を出して、章二たちの反応を観察したいと思ったのだ。

これは聡だ、と言うのなら、章二たちは嘘をついていることになる。その場合、ふたりは偽森川に荷担する立場だろうから、赤坂事件との関係も疑う必要があるだろう。

一方、これは聡ではない、と言うのなら、章二たちは偽森川を知らないことになる。かかってくる電話の声を信じ、偽森川を自分の息子だと思い込んでいる、というわけだ。

あるいは、聡ではないと証言をしても、ほかに嘘があるというケースも考えられるだろうか。

沙也香は写真を見て思案していたが、じきに首を横に振った。見せないほうがいい、ということだろう。彼女がそう判断したのなら仕方がない。鷹野は写真をポケットに戻した。

ほかにも質問を重ねたが、森川聡について新しい情報は得られなかった。

「お話を聞かせていただいて、どうもありがとうございました」鷹野は章二にメモを差し出した。「今度聡さんから電話があったら、私に連絡をいただけませんか」

「あの……聡は何かやってしまったんでしょうか」

不安げな声で章二は尋ねてきた。泰子も落ち着かない顔で、鷹野たちを見ている。

「いえ、そういうわけではありません」鷹野は言った。「我々は聡さんを助けたいんです」

「助けたい？」

「警察は人を捕らえるばかりではないんです。何かを未然に防げるなら、そうしたいんですよ」

章二も泰子も、よくわからないという表情になっていた。鷹野としても、言葉足らずだというのは意識している。だが両親に対して、森川の疑惑を詳しく話すのはためらわれる。

「聡さんには、私たちのことは黙っていていただけないでしょうか」

沙也香が言った。口調は丁寧だが、顔つきはかなり厳しい。必ずそうしてほしい、という意志がこもった言葉だ。

「……わかりました」

怪訝そうな目をしていたが、章二は小さくうなずいた。

礼を述べて、鷹野と沙也香は腰を上げた。そのとき、慌てたように泰子が口を開いた。

「警察は聡を追っているんですか。そうなんですよね？」

「申し訳ありませんが、詳しくはお話しできないんです」

鷹野は言葉を濁す。泰子はため息をついてから、壁のほうに目を向けた。

箪笥の上に、いくつかフォトフレームがあった。そこに収められているのは章二と泰子の写真だ。どこかで桜の木を見上げている一枚、畑仕事をしている最中らしい一枚、家の庭先で白菜漬けの準備をしている一枚などがある。

「聡さんの写真はないんですか？」

鷹野が尋ねると、泰子は戸惑うような表情になった。

「奥に、大事にしまってあるんです」

「見せていただけませんか」

「ああ……わかりました。すぐ持ってきますね」

そう言って泰子は奥へ姿を消したが、なかなか戻ってこない。五分ほどして、ようやく彼女は写真を持ってきた。

鷹野と沙也香は早速、写真を覗き込む。写っているのは、赤坂のレストランで会った人物ではなかった。

——本物の森川聡だ。

彼はスーツを着て、緊張した顔をこちらに向けていた。入社前に、自宅の玄関先で撮影したものかもしれない。

「聡は今、どこにいるんでしょう」泰子はつぶやくように言った。「不満があるなら、話してくれればいいのに……」

そうですね、と沙也香はうなずく。泰子に共感し、同情するという様子だ。

夫妻に挨拶をして、鷹野たちは玄関に向かった。

森川宅を辞したあと、沙也香が小声で言った。

「すぐ本人の写真で確認しようとするのは、刑事部の悪い癖よ。あそこで偽森川の写真を見せなくてよかった、と私は思っている。両親がグルだという可能性もあるんだから」

「よく考えてみればそうですね。止めてもらって助かりました」

「公安部の案件では、どこに敵が潜んでいるかわからない。注意して」

沙也香の指摘はもっともだ。自分の非は素直に認めたほうがいいだろう。

「すみませんでした。反省します」

「反省なんかしなくていいわ。言ったことを守ってくれれば、それでいい」

「了解です」

鷹野は沙也香に向かって目礼をする。

咳払いをしてから、沙也香はあらたまった口調で言った。

「さて鷹野くん。ここからは近隣で聞き込みをしましょう。あなたの得意とするところよね？」

「地道な捜査は、刑事部の専売特許です」

「公安部だって地道よ。いつも目立たないように活動しているんだから」

「そうでしたね。すみません」

畑の中の道を歩いて、鷹野たちは近くの家を訪ねた。

庭先で女性が洗濯物を干している。声をかけると、彼女はすぐこちらに来てくれた。五十代ぐらいで、ふっくらした体型の人物だ。

「森川聡さんについてお訊きしたいんですが、よろしいでしょうか」

沙也香は穏やかな調子で話しかけた。

「ええと、どちらさん？」

「東京の探偵事務所から来ました。森川さんと交際している女性がいるんですが、その方のご両親から依頼を受けまして、お話をうかがっているんです」

「あ、そうなんだ。大変ねえ」

「形式的な調査ですので、ちょっとご協力ください」

警察官だというのは伏せたほうがいい、と沙也香は考えたようだ。それで探偵事務所が結婚調査をしに来た、というストーリーを考えたのだろう。

「森川聡さんをご存じですよね。あの家のご長男です」

「知ってますよ。でもずいぶん前に家を出て、ひとり暮らししているって」

「森川さんのご両親が、そうおっしゃっていたんですか？」

「ええ。忙しいらしくて、実家には全然戻ってこないとかでね」

聡は家を出ていってしまった、と章二は話していた。近隣の人にそうは言えないから、ひとり暮らしを始めた、と説明したようだ。

「子供のころの聡さんについて、何か覚えていらっしゃいませんか」

「もともとおとなしい子でね。学校ではいじめられていたって聞いたけど」

「そうなんですか？」

沙也香が驚いたような顔をすると、女性は声を低めて続けた。

「あとね、家にいても大きな声で泣いているのが聞こえてきたんですよ。けっこう頻繁にね。男の子にしては、ちょっと意気地がないというかねえ……」

「ご両親との関係はどうでした？」

「ああ見えてお父さんは厳しい人でね。いじめられた聡くんを、しっかり育てようとしていたみたい。そんなふうだったから、聡くんが大人になってから家族仲はよくなかったようですよ」

鷹野は意外に思った。先ほど会った森川章二は、息子を厳しく育てるようなタイプには見えなかったのだが——。

さらに鷹野たちは、周辺の家で聞き込みを続けた。そのうち、こんな証言が得られた。

「森川さんちの聡くんね。知ってますよ。子供のころはやせっぽちだったけど、だんだん体がしっかりしてきてね。大学時代には相当鍛えていたみたい。男の人って、体力がつくと自信が出てくるでしょう。見違えるように明るくなってね」

「十年前に家を出たそうなんですが、覚えていらっしゃいますか？」

「ああ……いつだったのか、私は知らないんですけどね。聡くんが出ていったあとかな、森川さん、自分でリフォームをしたんですよ。夫婦ふたり暮らしだから、住みやすいように変えたんでしょうね」

一通り聞き込みを終えて、鷹野たちは森川宅のほうへ戻っていった。

森川の家の周囲をぐるりと回ることにする。カメラを取り出し、鷹野は家を撮影していった。

　玄関から見て反対側、西の方向にリフォームの跡があった。その部分だけ新しい建築材料が使われているから、違いがよくわかる。写真を撮るうち、鷹野はかすかな違和感を抱いた。

　それには気づかない様子で、沙也香は辺りを見回している。彼女は小さくため息をついた。

「無駄足だったかしらね。せっかく群馬まで来たっていうのに……」

「とんでもない」鷹野は大きく首を振った。「氷室さん。我々の目の前に、ひとつ矛盾があります。その矛盾の中にこそ、最大のヒントが隠されているんじゃないでしょうか」

　眉をひそめ、沙也香は怪訝そうな顔をしている。

　鷹野は歩きながら、さらにシャッターを切り続けた。

2

塀の向こうの建物を、鷹野は何枚も撮影した。

　いろいろな角度から、余すところなく写真を撮っていく。それが一段落すると、沙也香のほうを向いた。

「さっき話を聞きましたよね。聡さんは子供のころ、学校でいじめられていた、と」

「ええ。もともとおとなしい子だった、という話だった」

「さらに、家にいても大きな声で泣いているのが聞こえてきた、という証言もありました」

「内気な性格だったんでしょうね」

「感想はそれだけですか？」

　え、と言って沙也香は鷹野をじっと見つめる。腑に落ちない、という顔だった。

「それ以外に何かある？」

「考えてみてください。いじめられて外で泣くのはわかります。しかし、家に戻ってからも大きな声で泣いていたのはなぜなのか」

「学校での出来事を思い出して、泣いていたんじゃない？」

「けっこう頻繁だったそうですよ。過ぎたことを気にして、何度も家で泣きますかね。……俺は違うと思う。あの家の中で、大声で泣き叫ぶような何かが起こっていたんじゃないでしょうか」

沙也香ははっとした表情になった。

「もしかして、虐待？」

鷹野は大きくうなずいた。

「父親は厳しい人で、森川聡をしっかり育てようとしていたそうです。躾《しつけ》がいきすぎて、暴力を振るってしまったのかもしれない。そのせいで、森川が大人になってから家族仲がよくなかったのでは？」

「……たしかに、考えられるわね」

「ところが、大きな変化が起こった。成長した森川は体を鍛えて、自信を持つようになりました。その結果、家の中で立場が逆転したんじゃないでしょうか。森川は鍛えた体を使って、それまでの恨みを晴らすようになったのではないか。章二さんに対して、暴力を振るっていたんだと思います」

黙ったまま、沙也香はしばらく思案に沈んだ。鷹野の話を検証しているのだろう。

やがて彼女はゆっくりと顔を上げた。

「つじつまは合っていると思う。でも、それはあなたの推測にすぎないわ」

「もうひとつ気になることがあります。居間に夫婦の写真は何枚もあったのに、森川の写真はなかった。あとで持ってきてもらうのに五分もかかりましたよね。おそらく、どこかにしまい込んでいたものを引っ張り出してきたんです。あのふたりは、息子の写真を見たくなかったんじゃないでしょうか」

「どうして見たくなかったの？」

「うしろめたい気持ちがあるからですよ。十年前、家を出ていったというのは嘘でしょう。たまに電話があるというのも、事実ではないと思います」

　沙也香は何度かまばたきをした。

「じゃあ森川はいったい……」

　鷹野は右手を伸ばした。塀の向こう、建物の西側を指差す。

「おそらくあそこが風呂場《ふろば》でしょう。建物の構造を考えると、その隣にもうひとつ部屋があるはずです。ところが外から見ると、リフォームされていて、その部分には窓がひとつもない。まるで何かを隠すかのように」

　沙也香は眉をひそめた。鷹野が提示した情報を組み合わせて、ひとつの結論を導き出したようだ。

「暴力を振るっていた森川が、何らかの事情で死亡したということ？」

「両親はその遺体を西側の部屋に運んだんじゃないでしょうか」

「そして近隣住民に見つからないよう、リフォームで窓をなくしてしまった。もしかしたら、においが外に漏れにくくなるような工事も……。そうなのね？」

「可能性は高いと思います。しかし俺の推測でしかない。証拠はありません」

　鷹野の言葉を聞くと、沙也香は大きく首を横に振った。焦りと苛立ちを隠せない、という様子だ。

「あの家に踏み込みましょう」彼女は強い調子で言った。「群馬まで来て、手ぶらで帰るわけにはいかない。……森川聡がここに住んでいないのなら、住民票への不実記載になる。それで充分だわ。行くわよ」

　さすがに、これには鷹野も驚いた。沙也香を宥めるように、胸の前で手を振る。

「待ってください。そんな強引なことをしていいんですか？」

「これが公安のやり方よ」

　沙也香は森川宅の玄関に向かって、急ぎ足で歩きだした。

立水栓の蛇口から、ぽたぽたと水が垂れている。

庭先に人の姿はなかった。沙也香は周囲を見回しながら、玄関に近づいていった。

ガラス戸をそっと開け、彼女は屋内の様子をうかがう。居間や、その奥の台所には誰もいないようだ。自分たちが聞き込みをしている間に、どこかへ出かけてしまったのだろうか。

いや、そうではない、と鷹野は思った。廊下の奥からかすかな物音が聞こえてくる。森川夫妻が屋内にいるのだ。

沙也香もそれに気づいたようだった。彼女は白手袋を嵌め、パンプスを脱いで家に上がった。足音を忍ばせて廊下を歩いていく。こうなったら仕方がない。鷹野も手袋をつけ、彼女のあとについていった。

古い建物だから、あちこちに傷《いた》みが見られる。壁にはひび割れがあったし、廊下の床には何かの汚れがこびり付いていた。音を立てないよう、沙也香は慎重に進んでいった。

台所の横を抜けると和室があったが、人の姿はない。

家の一番奥、風呂場の隣にリフォームされた形跡があった。そこだけ壁の漆喰《しっくい》が新しくなっていて、ドアも交換されているようだ。ドアは南京錠《なんきんじょう》で施錠できるようになっているが、今、ロックは外されていた。

鷹野は呼吸を止めて耳を澄ました。部屋の中から、何かがこすれるような音と、ささやき交わすような声が聞こえてくる。

沙也香がドアノブに手をかけた。鷹野の顔を見たあと、彼女は勢いよくドアを開け放った。

六畳ぐらいの部屋だった。予想したとおり、窓は厚い板でふさがれている。エアコンのせいで、室内は冷気で満たされていた。

蛍光灯の明かりの下、鷹野たちは異様なものを見た。

壁際に設置された祭壇。手前にはブルーシートが敷かれ、誰かが横たわっている。章二と泰子が、その人物の体をさすっていた。

こちらを振り返って、章二たちは大きく目を見開いた。彼らは咄嗟《とっさ》に、シートに寝ている誰かを隠そうとした。

そのときになって、鷹野は不快な臭気を感じた。これは遺体のにおいだ。だが捜査の中で嗅ぎ慣れたにおいとは少し違う。あれほど強烈なものではなく、悪臭に何か香料などを加え、大雑把《おおざっぱ》に混ぜたように感じられる。これはいったい何なのか。

沙也香が厳しい口調で言った。

「そこで何をしているんですか？　隠しているものを見せなさい。早く！」

「やめてくれ！」章二が声を荒らげた。「あんたたち、どうして戻ってきたんだ」

「確認したいものがあるんです」

沙也香は室内に足を踏み入れた。章二の手を振り払い、ブルーシートのそばにしゃがみ込む。

鷹野も、シートに横たわったものを見つめた。

チェック模様のシャツとデニムのズボン。のんびり自宅でくつろいでいる男性、といった服装だ。だが、着衣の中に見えているのは人間ではなかった。いや、かつて人間であったもの。今はもう生きてはいないものだ。

大半は抜けてしまっているが、わずかに髪の毛が残っている。その下の顔はひどい有様だった。半《なか》ば白骨化したところに、かろうじて皮膚がこびりついている。シャツの中の胸や腹も、かなり縮んでしまっていた。

――ミイラ化した遺体か。

死後、遺体からはひどい臭気が発生したはずだ。なるべく外に漏らさないよう、章二はこの部屋を改造した。一方で、泰子は遺体に香料を振りかけたり、香を焚いたりしたのではないか。線香のにおいも、腐臭を隠すためだったのかもしれない。

「これは聡さんの遺体ですね？」沙也香は顔を上げ、章二を見据えた。「どうして彼は亡くなったんですか？　あなたたちが殺したんじゃないの？」

章二は呆然《ぼうぜん》として床に座り込んでいる。その隣で泰子がすすり泣きを始めた。

沙也香は険しい目でふたりを睨んでいた。

このままでは章二も話がしにくいだろう、と鷹野は思った。できるだけ穏やかな口調で、彼に問いかけてみた。

「なぜこんなことになったんですか。事情を話してください」

章二は沙也香から鷹野に視線を移し、さらにシートの上のミイラに目をやった。深いため息をついてから、彼は口を開いた。

「聡が家を出ていったというのは嘘です。十年前、聡は『即身様《そくしんさま》』になりました。私たちはこの部屋で、ずっと拝んできたんです」

「即身様というのは？」

「先生の教えで、私たちは聡を即身様にしました。こうしておけば、あの子はいつかこの世に蘇《よみがえ》って……」

「ちょっと待ってください」

鷹野は相手を押しとどめるように、右手を前に出した。

「順番に説明してもらえませんか。先生というのは誰ですか。あなたたちはいったい何者なんです？」

ああ、そうですね、と章二は力なくうなずいた。

「三十年ぐらい前でしょうか、私たちは『世界新生教』の信者になったんです。教祖様はみんなから先生と呼ばれていました。昔は親子三人で車に乗って、前橋《まえばし》にある教団支部までよく通ったものです。ちょっとしたドライブ気分だったので、聡も喜んでいました。先生は普段、東京本部にいらっしゃいましたが、スケジュールを調整して、ときどき前橋支部においでになっていました。私たちは先生から、ありがたい教えを授《さず》かりました。先生のおかげで畑の作物もよく育つようになったし、運気が上がってくるのがよくわかったんです」

章二は真剣な顔でそう語る。鷹野は公安部に移って間もないが、世界新生教という宗教団体は知っていた。先日分室で公安部のデータを閲覧した際、その名前を目にしたのだ。現在、公安部の監視対象になっている組織だった。

「聡さんも信者だったんですか？」

沙也香が尋問するような声で尋ねた。章二は彼女のほうへ目を向ける。

「そうです。でもあの子は私の言いつけを守らず、家でのお祈りをサボっていました。それどころか、私たちの先生を愚弄《ぐろう》するようなことを言って……。許せませんでした。私はあの子を厳しく叱《しか》りました」

「家で聡さんが泣いているのを、近所の人が聞いていました。あなたは彼を虐待していたのね？」

「とんでもない！　私は聡を、正しい方向へ導こうとしたんです。親として当然のことでしょう？」

抗議するような口調で章二は言った。子供を厳しく叱るのは親の責任だし権利なのだ、そのためには体罰も必要だ、と考えているのだろう。

彼の問いには答えず、沙也香は質問を続けた。

「とにかく、その反動で聡さんは体を鍛え始めた。やがてあなたは、体力的にかなわなくなってしまった。そうですね？」

「みっともない話です。本当に申し訳ないことです」

誰に対して申し訳ないのだろう、と鷹野はいぶかしく思った。少なくとも、森川聡に向けての言葉ではなさそうだ。

「就職したころから、聡は私に暴力を振るうようになりました。前橋の支部にも行かなくなってしまった。私は恥ずかしくて、ほかの信者たちに顔向けできませんでした。育て方を間違えたとしか思えなくて……」

「立場が逆転して、今度はあなたが家庭内暴力の被害者になったわけですね」

「いつもというわけじゃなかったんですよ。ただ、聡は仕事にストレスを感じていたようで、週末に酒を飲んでは私を殴りました。肋骨にひびが入ったこともあります。本当にひどい目に遭いました」

　違和感のある話だった。かつて息子を虐待していた事実は棚に上げ、自分が殴られた件ばかりを強調している。

「十年前、いったい何があったんです？」

　鷹野は章二に問いかけた。彼は少しためらう様子を見せたあと、こう答えた。

「あれは事故でした。ある夜、酒を飲んでいた聡がまた暴れだしました。私は自分の身を守るのに精一杯でしたが、しばらくしてあの子は台所から包丁を持ち出したんです。酒のせいで訳がわからなくなっていたんでしょう。私は切りつけられ、肩に怪我をしました。このままでは殺されてしまうと思って、私は必死に抵抗した。妻も手伝ってくれました。……気がついたとき、聡は血を流して倒れていました。胸には包丁が突き刺さっていました」

　当時を思い出したのだろう、章二は肩を震わせ始めた。

　だが彼を見つめているうち、鷹野は思わず眉をひそめた。章二は泣いているのではなかった。内側から湧《わ》き出す興奮に、ぶるぶると体を震わせていたのだ。

「そのときです。私は偉大なるギルバド神《しん》の声を聞いたんですよ。心の中に直接響いてきました。夜中のことでしたが、まるで太陽の光を浴びたように、私はありがたい気持ちになりました」

「ギルバド神……。信者たちが崇《あが》める神のことですね？」

　沙也香がそう尋ねたので、鷹野は驚きを感じた。

彼女はいろいろな宗教団体の内情にも詳しいのだろうか。

　章二はうなずきながら答えた。

「聡を即身様にするように、と神はおっしゃった。時が満ちれば聡は復活する。必ず蘇る、と……」

　え、と鷹野は声を出しそうになった。遺体が生き返るというのか。それが世界新生教の教義なのか。

「蘇生《そせい》信仰よ」沙也香はこちらを向いて言った。「遺体をミイラにしてずっと保管しておく。そうすると、いずれ当人は蘇るとされている。いつ復活するかはわからないけれど」

「正しい行いを重ねて、神に認められたときです」章二は胸を張った。「必ず聡は蘇る。今はまだ、残念ながら私たちの徳が足りないんです。不甲斐ないことですが……」

「先生には相談したんですか？」沙也香は硬い表情で問いかけた。

「前橋支部に連絡したら、東京本部から先生が電話をくださいました。神がおっしゃったとおり、その者は即身様にしなさい、と先生は指導してくれました。即身様は大事にして、毎日手足をさすってあげなさい。そうすれば少しずつ復活の日が早くなる、と」

　鷹野は低い声で唸った。人それぞれ、信じるものは違うだろう。宗教によって救われる人もいるのだし、信仰そのものを否定するつもりはない。だが蘇生信仰は、あまりにも現実離れしていると言わざるを得ない。

「私は部屋をリフォームしました。だんだんにおいがきつくなってきましたが、幸い周りは畑です。香を焚いたりして、なんとかにおいを抑えるようにしました」

「ひとつ教えて。実際に復活した人はいるんですか。そういう話を聞いたことは？」

「……まだ時が満ちていないんです。信者全員、努力が足りないのだと先生がおっしゃっていました」

「あなたたちは十年もこうしているんでしょう？」

「私たちのせいです。もっと徳を高めないと」

眉間に皺を寄せ、沙也香は大きなため息をつく。

それから章二の視線を捉えた。

「最近こういう事件が増えています。聞いたことがあるでしょう。親の年金ほしさに、遺体をそのままにしておいた事件。実際あなたの教団でも、死体遺棄容疑で信者が書類送検されたケースが何件もあったはずです」

病死などした遺体を自宅に放置する事件は、高齢化時代の社会問題でもある。世界新生教の信者に限らず、最近その手の事件が増えているのは鷹野も知っていた。

「どんなに祈っても聡さんは蘇らない」沙也香は言った。「亡くなったとき、あなたは警察に通報すべきでした」

「聡は必ず生き返ります。私は信じているんだ」

「息子さんを殺害したのはあなたでしょう？　殺人罪からは逃げられません」

「生き返るんだから、殺人罪なんて関係ない！」

章二は納得できないという顔だ。だが、そばにいた泰子が、懇願《こんがん》するような声を出した。

「あなた、やめてください。聡はもう……」

「おい、おまえまで何を言うんだ」

「駄目なんですよ。もう駄目なの。あなただってわかっているでしょう」

目を赤く泣き腫《は》らして泰子は言う。そんな妻を見て、章二は黙り込んでしまった。

ひとつ咳払いをしてから、沙也香はあらためて問いかけた。

「聡さんから電話があるというのも嘘なんでしょう？」

「……ええ。聡はもういませんから」肩を落として章二はうなずく。

「でも私たちは、森川聡という人物に会っている。あなたは聡さんの戸籍を他人に使わせたんですね？」

「それは……答えたくありません」

急に章二の口が重くなった。沙也香から目を逸らし、壁の染《し》みをじっと見つめている。

息苦しい空気の中、泰子のすすり泣く声が響いていた。


ふたりを部屋に残して、鷹野たちは廊下に出た。沙也香は携帯を取り出し、発信履歴を検索してどこかへ架電する。

「……お疲れさまです。森川聡は十年前に死亡していました。ＤＶの挙げ句、父親に刺されたようです。今、目の前に森川の遺体があります」

相手は佐久間班長だろう。沙也香は簡潔に、しかし正確に事実を報告していった。

「……それで、気になるのが世界新生教です。森川聡の戸籍が利用された背景には、教団が関わっているのではないかと思われます」

しばらくやりとりしてから、沙也香は電話を切った。

彼女は鷹野の顔を見上げる。今の通話で何かわかったようだ。

「これで話が繋がったわ。真藤健吾は破防法の適用範囲を拡大するため、法改正を進めようとしていた。蘇生信仰などで問題を起こしている世界新生教は、最初に適用されると目されていたらしい。もしそうなれば、摘発も考えなければならないでしょうね」

「場合によっては教団の解体も……」

「ええ、真藤はそこまで狙っていたんだと思う。その動きを察知した教団は、真藤を敵視するようになった。……今、佐久間班長たちが偽森川の身辺を洗っているわ。世界新生教との関係も、詳しく調べてくれる。おそらく、偽森川は真藤の殺害に深く関わっているわね」

「ただ、時間的に見て、偽森川は殺害や死体遺棄をできなかったはずです。……奴には共犯者がいますよね」

「そう。たぶん教団の人間と共謀したんでしょう」

沙也香はその推測に自信を持っているようだ。

「このあと森川の両親はどうします？」

「県警の公安担当に連絡して、ふたりを逮捕させる。取調べについては、佐久間班長が担当者に指示を出すそうよ」

「偽森川は？」

「班長の判断で、このまま泳がせることになった。奴は郡司からマル爆を入手しているから、何を計画しているのか探らないとね」

たしかに爆発物の行方は気になる。そのまま使われたら多くの死傷者が出るだろう。赤坂事件と同様、限定的な爆破だったとしても、真藤のように誰かが殺害されるかもしれない。

一刻も早く、次のテロ計画を把握しなくてはならない状況だった。だが焦りは禁物だ。相手に気づかれないよう、ひそかに情報を集める必要がある。

「ああ、そうだ」思い出したという調子で沙也香が言った。「佐久間班長からあなたに伝言があるわ」

「何です？」

「『今回はよくやった』ですって」

意外な言葉を聞いて、鷹野は戸惑いを感じた。

本物の森川聡の居場所をつかんだことを、佐久間は評価してくれたのだろう。しかしこれまでの厳しい態度を見ると、鵜呑《うの》みにしていいのかという気持ちもある。

「素直に喜んでいいんでしょうかね。それとも何か含みがあるのか……」

鷹野が首をかしげていると、沙也香は口元を少しだけ緩めた。

「私たちに班長の考えはわからない。だったら素直に聞いておけばいいと思うけど」

おや、と鷹野は思った。沙也香がそんなふうに言うのは珍しい。推理が当たったから、鷹野を見直してくれたのだろうか。あるいは、今日ここで成果が挙がったのを喜んでいるだけなのか。

——まあ、考えても仕方がないか。

結局のところ、佐久間の真意もわからないし、沙也香の気持ちもわからないのだ。ならば、いいほうに受け取っておくべきなのだろう。

森川の両親に逮捕のことを伝えるため、沙也香は祭壇のある部屋に向かった。

3

群馬県から戻った翌日、四月十一日。佐久間班は方針転換を行った。

鷹野たちからの報告により、世界新生教が赤坂事件を起こした可能性が高まっている。また、今後第二のテロが起こるおそれもあった。それらを勘案して、教団への調査態勢を強化することになったのだ。


教祖は阿矢地明星《あやちめいせい》、五十七歳。信者は全国に二千人ほどいる。教団本部は東京都練馬区《ねりま》。そのほか、全国八ヵ所に支部があるという話だった。

こうなると、六人だけで捜査を続けるのは難しい。佐久間は上に掛け合って、公安部内のサポートチームに応援を求めた。佐久間班はこのまま最新の情報収集に努める。継続監視となる人物については、サポートメンバーが対応してくれるそうだ。

佐久間班メンバーは、あらたな指示に従って活動を始めた。

溝口は偽森川の基礎調査をすると同時に、彼が世界新生教とどう関わっているかを調べ始めた。佐久間は最近の教団について情報を集め、練馬区にある世界新生教本部に不審な動きがないか確認している。

能見は引き続き偽森川を尾行し、誰と接触するかチェックしているそうだ。同時に、与野党の中で世界新生教に関係ある人物がいないか、確認するという。

一方、日本国民解放軍のアジトには、今も国枝が張り付いていた。郡司が現れたときには尾行しているのだが、その後、爆発物の取引は目撃されていないらしい。

鷹野と沙也香は遊撃班的に、聞き込みで情報収集を進めていった。偽森川聡の関係者リストを見ながら、まだ訪ねていなかった人に会って事情を聞く。しかし、これという成果はなかなか得られなかった。

午後二時過ぎ、鷹野たちはコーヒーショップに入って、遅い昼食をとった。

「事態がだいぶ複雑になってきましたね」トマト入りの野菜サンドを食べながら、鷹野は言った。「こうなると、刑事部のような情報整理の力が必要ではないか、という気がします」

「昨日のひらめきみたいなこと？」

チキンのベーグルを手に取って、沙也香は尋ねた。

「ひらめきと、あとは筋読みですね。この事件の概要を推理するんです」

「見込みを立てるのなら、私たちだってやっているけれど」

「いや、見込み捜査とは違います。小さな情報を積み上げて、隙のない推理を組み立てるんです。もし穴があったら、その考えは捨てるしかありません。最初に戻って一から考え直さないと」

「最初から考え直すなんて……。刑事部は暇なの？」

「忙しいに決まっているでしょう。でも忙しいからこそ、きちんと筋読みをしなくてはいけないんです。行くところまで行ってしまっては、引き返せなくなる。それが見込み捜査の怖いところじゃありませんか？」

沙也香は黙ったまま首をかしげ、コーヒーを一口飲んだ。

鷹野はメモ帳を開いて、これまで集めてきた情報を再確認していった。

自分たちは多くの人に会い、さまざまな話を聞いてきた。その中に、何か気になる情報はなかっただろうか。足で稼ぐのはもちろん大事だが、ときには立ち止まり、落ち着いて考えることも必要だ。

「刑事だったころは、みんなで打ち合わせをしていました。食事をしながら、あれこれ議論するんです。そうするうち、情報が整理されていくんですよ」

「食事をしながら？　それで捜査方針がまとまるのかしら」

「まとまりはしません。ですが、思いつきでも何でも口に出すと、意外な着想が得られるんです。……今も、そういう場があるといいんですがね」

「公安部では、そんな方法は歓迎されないでしょうね。みんな単独行動が基本だから」

「もったいないと思いますよ。じつにもったいない」

沙也香は眉をひそめ、よくわからないという顔をしている。

コーヒーを飲みながら、鷹野はメモ帳のページをめくっていった。仲間同士で打ち合わせができないのなら、ひとりでなんとかするしかないだろう。

しばらくして、こんなメモが目に入った。

《森川↓「今月の目標がどうとか」》

これは偽森川の知人である小田桐卓也の証言だ。森川は明るい性格だが、あるとき電話で誰かを責めているようだったという。そこで出たのが、今月の目標という言葉だ。

鷹野は顔を上げ、沙也香のほうを向いた。

「森川聡——正確には偽の森川ですが、彼は電話で『今月の目標がどうとか』という話をしていました。教団への寄付金集めのことじゃないでしょうか」

沙也香は思案する様子だったが、じきに納得したという顔になった。

「たしかに考えられるわね。寄付金というより『お布施《ふせ》』や『上納金』だったかもしれないけれど」

「……今気がついたんですが、世界新生教に太陽を拝む教えはないでしょうか」

「あるわ。教義に記されているはず」

「だとしたら繋がりますね。偽の森川が朝日に向かって深呼吸をしていた、という証言がありました」

沙也香は真剣な顔でうなずいている。

少し考えてから、鷹野は首をかしげた。

「しかし、ひとつ引っかかっていることがあります。偽森川はドラッグストアで次亜塩素酸ナトリウムを購入していましたよね。何かに反応させる、と話していたらしいんですが……」

携帯を取り出し、ネットで検索してみた。次亜塩素酸ナトリウムで偽森川は何をしようとしていたのだろう。

しばらく調べているうち、重要な情報が見つかった。

「そうか！　これかもしれない」鷹野は携帯の画面を沙也香に見せた。「毒性の強いある薬品を廃棄するとき、そのままでは危険なので、酸化分解して無害化しなければいけないそうです。そこで使われるのが次亜塩素酸ナトリウムなどです」

「その、毒性の強い薬品というのは？」

「ホルマリンですよ」

はっとした表情になって、沙也香は鷹野を見つめた。

「もしかして、蘇生信仰と関係しているの？」

「可能性はありますよね。さすがに、遺体を丸ごとホルマリンに浸しているとは思いませんが、教団で遺体の一部を保存していたのかもしれない。あるいはミイラの消毒に使っていたのかも……」

その様子を想像したのだろう、沙也香は不快そうに眉をひそめた。

「あなたの考えが当たっているとすると、やはり偽森川は世界新生教の信者ね。真藤を敵視した教祖は、森川聡の戸籍を利用しようと考えた。森川章二に接触し、すでに死亡していた息子の戸籍を貸すよう、指示したのかもしれない」

「そして情報を得るため、偽森川聡を真藤のもとへ送り込んだ。私設秘書として採用されるまで、偽森川はかなり努力したと思います。教団の指示で動いたのなら、陰でいろいろサポートも受けていたでしょうが……」

ここで沙也香は何かを思い出したようだ。

「そういえば、近隣住民が話していたわね。近所の子が転んだとき、偽森川は『悪い菌が入ると体が腐ってしまう』と心配していたんだとか」

たしかにそうだった。鷹野は指先で顎を掻《か》きながらうなずく。

「あれは、腐敗してしまった教団の遺体を思い出していたんでしょうか」

「真藤を殺害したのは、世界新生教で間違いなさそうね」そうつぶやくと、沙也香はコーヒーを飲み干した。「次亜塩素酸ナトリウムのことを証言したのは、小田桐という人だったわよね。もう一度話を聞いてみましょう」

沙也香はバッグを手にして、椅子から立ち上がる。

どうやら、一度立ち止まって情報整理したことが役に立ったようだ。事件の解決に近づくことを祈りながら、鷹野は沙也香のあとを追った。


品川区にある学習塾を、再度訪ねてみた。

小田桐卓也は授業の準備をしているところだったが、時間を確保してくれた。前回と同じ休憩室で、鷹野たちは小田桐と向かい合った。

「その後、何かあったんですか？」

厚めの唇に大きめの鼻。のんびりした雰囲気の男性だが、今、小田桐は不安そうな表情を浮かべている。

どこまで話すべきだろう、と鷹野は考えた。森川が偽者だったという事実は話せない。殺人事件の共犯者だというのも、伝えるべきではないだろう。

「森川さんについて調べていて、少し気になる点があったんです」鷹野は言った。「もしかしたら、と思って小田桐さんを訪ねてきました」

「気になる点、ですか?」

「正直に答えていただきたいんですが、あなたは森川さんから、何かに誘われていませんでしたか」

鷹野は相手の目をじっと見つめた。小田桐はまばたきをしている。

「何かというのは、いったい……」

「たとえばイベントに誘われたとか、特殊な商品を勧められたとか」

一瞬、小田桐の表情が変化したのを、鷹野は見逃さなかった。戸惑いの中、尖《とが》った感情がかすかに現れたような気がする。やはり何かあるのだ。ここで詳しく聞いておかなければ、大事な情報が抜け落ちてしまうおそれがある。

「よく思い出してください。私たちが捜査をしているのは、森川さんを救うためでもあるんです。あなたも森川さんの友人なら、ぜひ捜査に協力してください」

その言葉は効いたようだった。小田桐はためらう様子を見せながらも、質問に応じてくれた。

「かなり親しくなってからですが、森川さんは、僕を先輩に紹介したいと言ったんです。何かの集まりがあって、森川さんたちは勉強会をしていたらしいんですね。一緒に活動したら人生に目標ができるし、生活が楽しくなるということでした。でも詳しく聞いてみると、ちょっと変な話だったもので……」

「何か怪しい集まりだったんでしょうか」

答えにくそうな顔をしていたが、やがて小田桐は「ええ」と言った。

「あれはなんというか……ネズミ講のような感じが

したんです」

「ネズミ講？」沙也香が眉をひそめる。

「先輩たちから商品を仕入れて、別の人に売るらしいんですね。その商品にはすごく価値があるし、買った人はみんな満足しているから、やってみて損はない、と森川さんは言っていました」

たしかに、それだけ聞けばネズミ講のように思われる。だがその実態は、宗教への勧誘だったのではないだろうか。最終的には世界新生教に貢献するため、金を差し出す形になるのではないか。

「僕はこんな性格なので、よく他人に舐められてしまうんです」真剣な表情になって、小田桐は言った。「でも心の中では怒っているんですよ。いいことはいい、悪いことは悪いと言えなければ、社会人失格です。特に僕は、子供たち相手の仕事をしていますから」

「ええ、よくわかります」同意したあと、鷹野は尋ねた。「それで、森川さんの申し出に、あなたはどう答えたんですか？」

「悪いけどそれは無理だと断りました。僕としてはかなり勇気を出したんですよ。じつはうちの父親が昔、詐欺師に騙されたもので……」

「そうだったんですか」

同情するように鷹野はうなずく。ひとしきり詐欺事件の話をしたあと、小田桐はふと口をつぐんだ。

それから、しんみりした調子で彼は言った。

「森川さんは焦っていたのかもしれませんね」

「……え？」

「ネズミ講のグループが警察に摘発されるんじゃないかと、心配していたんじゃないでしょうか。だから急いで仲間を増やすため、僕に声をかけてきたのかもしれない。あの……もしかして今日は、その捜査じゃありませんか？」

真顔になって小田桐は問いかけてくる。鷹野は胸の前で、小さく手を振った。

「いいえ、そういうわけじゃないんです。詳しくはお話しできないんですが……」

「僕はよく、お人好《ひとよ》しだって言われるんですよ。森川さんは、騙しやすそうだから僕に近づいたんじゃないですかね。そうだとしたら、すごく気分が悪いです。森川さんを問いただしたくなってきました」

小田桐は鼻息を荒くしているようだ。これはまずいと感じて、鷹野は相手を宥めた。

「お気持ちはわかりますが、森川さんに連絡をとるのはやめてください。今は情報を集めている段階なんです。森川さん自身には知られたくないんですよ」

するど、小田桐は鷹野を正面からじっと見つめた。

「やっぱり森川さんは何かやったんですね。……ひどい話です。詐欺師なんて、ひとり残らず全部捕まえてくださいよ。そうでないと、正直者が馬鹿を見ます」

腕組みをしながら、小田桐は過去の出来事を思い返しているようだ。

丁寧に礼を述べてから、鷹野と沙也香は学習塾を辞した。

歩きながら、沙也香が小声で話しかけてきた。

「公安の監視対象になるような宗教団体は、やり方がエグいのよ。いかにして信者と金を集めるかが最大の問題。それを効率的にやろうとすると、ヒエラルキーを作るのが一番という結論になる。組織に貢献した人は評価され、だんだん階級が上がっていくわ。そうなれば自信がつくし、いい思いもできる」

「どこも似たような部分がありますよね。たとえば我々の組織だって……」

「あなた、それ本気で言ってるの?」

沙也香は咎めるような目でこちらを見た。空咳をして鷹野は視線を逸らす。

「いえ……。失礼しました」

「口は災《わざわ》いのもとよ。佐久間班長が何のために私とあなたを組ませたか、よく考えたほうがいい。推理するのは得意なんでしょう？」

「アドバイス、どうもありがとうございます」

背筋を伸ばして鷹野は言った。

駅に向かっていると、沙也香の携帯が鳴りだした。彼女は液晶画面を確認して、すぐに通話ボタンを押す。

「氷室です。……はい、すぐ動けます。……そうですね。そろそろ鷹野にも見せておいたほうがよいかと。……了解しました」

沙也香は電話を切ると、鷹野のほうを向いた。

「佐久間班長ですか？」

「ええ。もう猶予《ゆうよ》がなくなってきた。こちらから世界新生教に仕掛けることになったわ」

「仕掛ける、というと？」

「ついてくればわかる」

詳しい説明をしないまま、沙也香は踵を返した。なぜだか彼女は不機嫌そうな顔で歩いていく。鷹野は黙って彼女に従うしかなかった。


午後五時、沙也香と鷹野は江戸川区《えどがわ》のショッピングセンターに到着した。

大手スーパーがキーテナントとなり、同じ敷地内にはレストラン街や専門店街なども設けられている。屋上に広い駐車場があったが、平日夕方のこの時間、自転車で買い物にやってきた主婦も多いようだ。

南側の出入り口の外に、遊具のある公園が併設されていた。近隣住民にとっては憩いの場になっているらしく、親子連れが何組か遊んでいるのが見えた。

沙也香は迷わず公園に入っていく。植え込みの近くにあるベンチに腰掛け、鷹野の顔を見上げた。

「あなたも座って」

「こんなところで、いったい何を？」

「いいから、そこへ座っておとなしくしていなさい。保険の営業マンが、契約がとれずに困っている、といった感じで」

彼女はバッグから何かの資料を取り出し、鷹野のほうに差し出した。見ると、本当に生命保険のパンフレットだ。これには驚かされた。

鷹野は彼女の隣に腰掛ける。休憩しているふりをしながら、辺りに目を配ることだけは忘れなかった。

夕暮れが迫ってきて、ブランコや滑《すべ》り台の影が長く伸びている。ベビーカーを押した若い女性が、携帯電話で誰かと話していた。ポニーテールの女の子が、母親と追いかけっこをしている。小学校低学年と見える子供たちが、滑り台に上っていく。

五分ほどすると、別の親子連れが公園にやってきた。幼稚園児ぐらいの男の子と、ピンクのカーディガンを着たおとなしい感じの母親、そして黒いジャンパーを着た父親だ。母親が子供をブランコで遊ばせ始めた。大きく動くブランコに乗り、男の子はきゃあきゃあ言いながら笑っている。

妻子を残して、ジャンパーの男性はこちらに歩いてきた。

身長百七十五センチぐらいで痩せ型。目つきが鋭く、精悍《せいかん》な雰囲気がある。それとなく辺りの様子をうかがう所作は、一般市民のものではなさそうだ。

彼は隣のベンチに腰掛け、足を組んだ。沙也香との間には一メートルほどの距離がある。

「お久しぶりです。俺を呼ぶとは珍しいですね」

沙也香のほうをちらりと見て、男性は尋ねてきた。沙也香は小さくうなずく。

「昨日連絡したとおりよ。あなたの力が必要なの」

「本来、宗教関係は、氷室さんとは別のチームが担当していますよね」

「うちの『会社』にもいろいろあるのよ。こういうときのために、あなたと関係を作っておいた。今こそ私の役に立ってくれない？」

「正直、怖いと思っています。守るべきものができてしまうとね」

男性は三十メートルほど先に目をやった。そこには母親と男の子がいる。何が可笑《おか》しいのか、先ほどから男の子はずっと笑い続けている。

「でもね」と男性は言った。「俺が一番困っていたとき、手を差し伸べてくれたのは氷室さんだけでした。それからも何かにつけ、俺を助けてくれた。その恩は忘れていません」

「やってくれるのね？」

「当然ですよ」

男性はこちらを向いて、にやりと笑った。白い歯が印象的だった。

沙也香はその男性を鷹野に紹介した。

「北条《ほうじょう》毅彦《たけひこ》くんよ。彼は世界新生教の信者であり、私のエスでもある」

捜査対象の組織に所属しながら、警察に情報を流してくれる協力者。それをエスと呼んでいる。その組織のメンバーを口説き落とすケースもあるし、外部にいたエスを組織に潜入させることもある。

訊いてみると、北条は前者だとわかった。

「もともと私は宗教団体の担当ではなかったけれど、北条くんが暴力団員に狙われているのを知って、手を打ってあげたのよ。それ以来、彼とは長いつきあいになる。たまに会って食事をして、援助をしてあげているわ。私たちはそういう関係」

「受けた恩は忘れませんよ」北条は言った。「氷室さんのことは、親戚の伯母さんみたいに思ってる」

「伯母さんはないでしょう。姉と言いなさい」

沙也香に睨まれて、北条はまた白い歯を見せた。

「だって氷室さん、今三十九でしょう？　俺はまだ三十だもん」

「歳の話はいいのよ」沙也香も微笑を浮かべた。

ふたりのやりとりを聞いて、鷹野は少し驚いていた。普段冷たいイメージしかない沙也香が、年下の男性と笑い合っているのだ。仕事中の彼女からはまったく想像できない姿だった。

ここで鷹野は思い出した。森川章二から世界新生教の話を聞いたとき、沙也香はギルバド神を知っていた。あれは北条からの情報だったのかもしれない。

ひとしきり笑ったあと、沙也香は表情を引き締めて北条に言った。

「あなたの教団が、政治家の真藤健吾を殺害した疑いがあるの。裏を取りたいのよ」

「真藤？　誰ですか、それ」

「知らないかしら。赤坂で殺された与党の大物」

「あ……。そういえばテレビでやってたな」

北条はニュースを知っていたようだ。彼の反応を見ながら、沙也香は続けた。

「教団内で真藤の殺害計画があったかどうか、探ってみて。それから今後の動きも知りたい。教団は次のテロを考えている可能性があるの」

「それを阻止したいってことですね」

「ええ。被害者を出すわけにはいかないのよ」

なるほど、と言って北条はひとりうなずいている。

「何かわかったら連絡を……」沙也香はベンチから立ち上がった。「大地《だいち》くんは、あと二週間で誕生日だったわよね。梓《あずさ》さんにも何か買ってあげて」

彼女はバッグから厚い封筒を取り出した。受け取って、北条は軽く頭を下げる。

「家内にまで気をつかってもらって、いつもすみません」

「いいのよ。頼りにしているわ」

鷹野も立ち上がって、沙也香のエスに目礼をした。

北条は妻子のほうへ戻っていく。ブランコのそばにいる妻が、こちらに会釈をした。沙也香もにこやかに会釈を返す。

だがこちらを向いたとき、沙也香はもう普段の表情に戻っていた。冷たい目で鷹野を見ながら、彼女は言った。

「あなたにも、いずれ必要になるわ。自分の思いどおりに動いてくれる協力者がね」

「奥さんは知っているんですか？」

「いいえ、梓さんは何も知らない。北条が教団の信者だということも、警察のエスだということもね。私のことは保険のセールスレディだと思っているはず」

北条は妻に何か話しかけたあと、子供を抱き上げた。男の子は上機嫌だ。

沙也香と北条の間には固い絆《きずな》があるのだろう。仕事上の協力関係だけではなく、深い信頼関係と言ってもいいものだ。

だが、と鷹野は思う。

——絆というのは、もとは動物を繋いでおく綱なんだ。

ふたりの関係はひどく危ういものだ。沙也香は対等な立場のように振る舞っているが、実際には一方的な主従関係ではないだろうか。

「行くわよ。急いで」沙也香は公園の出口へ向かった。

鷹野はもう一度、北条たちのほうに目をやった。父親に抱き上げられた男の子が、こちらに手を振っているのが見えた。

小さく手を振り返してから、鷹野は足早に歩きだした。

4

北条は早速、世界新生教の内部で情報収集を始めたようだ。

昨夜一度、そして今朝になってもう一度、沙也香のもとへ連絡があったという。

「まだ、これといった情報はないようね」

分室でパソコンを操作しながら沙也香は言った。鷹野は資料を机に置いて、彼女のほうを向く。

「北条さんは信者になって、長いんですか？」

「八年ほどになるかしら。私のエスになってからは五年ぐらいね」

森川章二たちは群馬県前橋市にある支部に出入りしていた。しかし北条は、東京都練馬区にある世界新生教の本部に所属しているという。

「彼はもう中堅どころの階級になっているから、ある程度の情報集めはできるはずよ」

「テロ情報についてはどうです？」

「少し難しいかもしれない。殺人やテロの計画は、本部でも最重要機密でしょう。教祖と、その周辺にいる幹部しか知らないんじゃないかしら」

「じゃあ、北条さんはどうするつもりなんでしょうか」

「過去、彼は教団のために積極的に動いてきた。いざというとき、私に情報提供するためよ。その功績をうまく使ってほしいと思っているんだけど……」

沙也香は表情を曇らせた。経験豊富な沙也香であっても、こればかりはどうしようもない。エスからの連絡を待つしかないのだろう。


鷹野は腕時計を見た。ミーティングが始まる午後二時まで、まだ少し時間がある。

メモ帳を開いて、沙也香に相談してみた。

「ひとつ気になることがあります。世界新生教と古代エジプト神話の関係なんですが……」

「また何か思いついたの？」

やれやれ、といった口調に聞こえるが、彼女はいくらか興味を示したようだ。キーボードを打つ手を止めて、沙也香は体をこちらに向けた。

「いいわ。話してみて」

「世界新生教は遺体の蘇生信仰を持っていますよね。公安部の資料を調べてみたんですが、教団は古代エジプト神話を意識しているように思うんです。彼らは信仰対象であるギルバド神に供物《くもつ》を捧《ささ》げ、遺体をさすって毎日祈る。生前の徳の積み方によって、ギルバド神は死者を一定期間ののち復活させる、とされています。死後まもなく復活するケースもあるし、ミイラ化してから再生する可能性もある、という話です」

「でも教団は、エジプトのミイラ作りのようなことはしていないはずよ。森川の息子の遺体は、内臓を抜き取られてはいなかった」

「ええ、そこまではしていません。ですが教団の蘇生信仰は、古代エジプト神話の復活信仰と似ています。遺体の保存によっていつか死者が蘇る、というわけですから」

「たしかに、森川の息子はミイラ化していたけれど……」

「それに加えて、赤坂事件の現場にはヒエログリフが残されていました。心臓や羽根の載った天秤もあった」

「あれは古代エジプト神話を模したものでしょうね」

「そうです」鷹野はうなずいた。「その赤坂事件には、世界新生教が関与した疑いがある。教団の信者が犯人だとすれば、古代エジプト神話を模したのも納得できるような気がします」

「世界新生教と古代エジプト神話は、近い関係にあるというの？」

指先で机を軽く叩きながら、沙也香は考え込んでいる。

鷹野はしばらくその様子を見ていたが、やがて携帯電話を取り出した。

「専門家に訊いてみましょう」

以前名刺をもらったから、電話番号はわかっている。鷹野は東祥大学の塚本准教授に架電した。

「はい、東祥大学塚本研究室です」

若い男性の声が聞こえた。先日部屋にいた大学院生だろう。

「警視庁の鷹野といいますが、塚本先生はいらっしゃいますか」

「ええと……今ちょっと別の部屋にいるんですが、見てきますね。お待ちください」

しばらく保留メロディーが流れたあと、塚本の声が聞こえてきた。

「お待たせしました。塚本です」

鷹野は塚本の容姿を思い出した。長く伸びた癖っ毛と、細長い顔。少年のような好奇心を持っている人だ。

「警視庁の鷹野です。先日はどうもありがとうございました」

「いいえ、お役に立てたかどうか……」

「急な電話で申し訳ないんですが、またお知恵を拝借したいと思いまして」

「何か進展がありましたか?」

「じつはですね……」

鷹野は先ほど沙也香と話し合った内容を、塚本に説明していった。なるほど、と相づちを打ちながら塚本は聞いている。

「先生からご覧になってどうでしょう。教団のギルバド神は、古代エジプト神話の神々と関係ありそうでしょうか」

「ちょっと考えにくいですね」塚本は落ち着いた声で答えた。「古代エジプトでは王の復活のためにミイラが作られました。でも……世界新生教ですか、その教団では内臓を取り出すとかミイラを作るとか、そういう行為を推奨しているわけではなさそうです」

「遺体を保存するという行為は、同じなのでは?」

「日本の気候では普通、遺体を放置すると腐敗して、白骨化してしまいます。群馬県の現場では、運よくミイラ化したという感じでしょうか」

たしかに、と鷹野は思った。過去に死体遺棄事件はいくつも経験しているが、ミイラ化した事案は少ない。たまたまミイラ化したケースには、周囲の環境が大きく関わっていた。

「遺体をさすったり、もしかしたらホルマリンや何かで処置をしていた可能性もあるんですが……」

「多少の影響はあったかもしれませんが、やはり偶然の要素が大きいんじゃないでしょうか。本気でミイラを作ろうと思ったら、きちんと内臓を抜いて、乾燥した場所で保存しなければいけません。……教団は、信者にそういう方法を教えていないんですよね？」

「そこまで指導したという話は聞いていません」

「教団の教えは、信仰する神の性質と密接に関わっているはずです。ギルバド神と古代エジプトの神々を同列に論じるのは、やはり難しいと思います」

世界新生教が古代エジプト神話を下敷きにしていたのなら、赤坂の現場状況も読み解きやすくなる、と鷹野は考えていた。だが今の塚本の話を聞くと、そう簡単にはいかないらしい。

「それぞれの神の間に関係があるんじゃないかと思ったんですが、早計だったようですね。……塚本先生、助かりました。別の方向から考え直してみます」

「何かあれば、また電話をください。私にできることなら協力しますので」

よろしくお願いします、と言って鷹野は電話を切った。

隣にいた沙也香が、怪訝そうな顔をしていた。

「予想が外れたみたいね」

「単純な話ではないようです。ただ、まったく無関係だとは思えないんですよ。赤坂事件を考えるにあたって、神という存在は無視できないような気がします」

何か関係があるのではないだろうか。だが現時点では、しっかりした筋読みはできていない。まだ手がかりが足りないのだ、と鷹野は思った。

会議室に佐久間班の六人が集合した。

捜査はすでに一週間続いているが、メンバーたちの表情に疲れや落胆は感じられない。もともと彼らは地道な活動に慣れている。すぐに成果が出ないのも、承知の上なのかもしれない。

手元の資料を見ながら、佐久間が言った。

「偽森川聡が、世界新生教の本部に出入りしていた事実が判明した。ただ、毎日というわけではない。真藤の懐に入り込んでいた男だから、敵対する教団に関与していることは隠したかったんだろう」

偽森川は世界新生教から送り込まれたスパイだった。だとすれば教団との関係は、絶対に真藤に知られてはならなかったはずだ。

「真藤が死んだあと、偽森川は公設秘書たちとともに残務処理をしている。忙しいように見えるが、今までとは違う動きをするかもしれない。赤坂事件の成功を受けて、教団は次の計画を実行する可能性がある。……能見、おまえは偽森川の行確を続けろ」

「わかりました」

能見は真剣な表情で答える。佐久間は資料のページをめくった。

「郡司と日本国民解放軍には、ここ数日、目立った動きがない。世界新生教にマル爆を売ったので、次のブツを製造するのに忙しいはずだ。従って、新しい取引があるとしてもしばらく先になるだろう。……アジトには小型カメラを仕掛けてあるから、映像と音声は記録できる。国枝さんはアジトの監視を一旦中止して、練馬に拠点を設置してくれ」

「世界新生教の本部を見張るわけですな」

指示の内容を予想していたらしく、国枝は大きくうなずいた。

佐久間は溝口のほうを向いた。

「おまえは世界新生教の信者を洗え。もし政界、財界などに信者がいたら、すぐに報告しろ。弱みを握ってエスに仕立てられるかもしれない」

「脅せば使えますよね。情報源は多ければ多いほど、僕らに有利です」

事も無げに溝口は言った。普段は人なつっこい顔をしているのに、言動は完全に公安部員のものだ。以前彼が「だんだん感覚が麻痺して」くる、と話していたのを、鷹野は思い出した。

「俺は世界新生教の金の動きを探る」佐久間はメモ

帳を開いた。「氷室はエスを使って、内部から情報を取れ。偽森川の関係者からの聞き込みも続けろ。鷹野はそのサポートだ」

「わかりました」

そう返事をしたものの、鷹野の心中は複雑だった。

公安部は単独行動の多い部署だと聞いている。そんな中、自分だけはいつも沙也香のあとをついていけと指示される。いまだに佐久間は、鷹野が刑事部と繋がっていると思っているのだろうか。あるいは、鷹野はまだ公安部員として一人前ではない、と考えているのか。

——あいつの気持ちがよくわかるな。

刑事部時代の相棒・如月を思い出して、鷹野はひとつ息をついた。

会議室を出て、鷹野は自分の机に戻った。コンビニで買っておいたトマトジュースを取り出し、パックにストローを刺して飲み始める。

捜査資料を確認しているうち、赤坂事件の現場写真が出てきた。

真っ赤な血だまりの中、真藤健吾が仰向けに倒れている。胸や腹に刃物で切り裂いた痕があり、臓器が取り出されたことがわかる。写真を見ているだけでも、血のにおいが漂ってきそうだ。

隣の席にやってきた沙也香が、鷹野を見て眉をひそめた。

「あなた、平気なの？」

「……え？」鷹野はまばたきをした。「今さら何です？ 俺は刑事でしたから、こういう現場はけっこう見てきましたけど」

「そうじゃなくて、そのジュース」

「ああ……野菜が不足しがちですからね」

「私も遺体は見慣れているわ。だけど、そんな写真を見ながらトマトジュースを飲もうとは思わない。あなたは趣味が悪い」

「気分を害しましたか？ 飲まないほうがいいでし

ょうか」

「勝手にしなさい」

沙也香は廃棄書類を持って、シュレッダーのある一角へ歩いていった。

明らかに彼女は不機嫌そうな顔をしていた。沙也香の性格ならトマトジュースなど気にも留めないと思っていたから、この反応は意外だった。

「僕も前に言われたんですよ」

向かい側の机から、溝口が話しかけてきた。不思議に思って鷹野は尋ねる。

「トマトジュースの件か？」

「僕のときはトマトケチャップでした。冷蔵庫に入れてあるんですけど、コンビニで買ったオムライスにケチャップをたっぷりかけていたら、品がないからやめろって言われて……」

「あれはねえ、溝口くんもよくないよ」口元に笑いを浮かべながら、国枝が言った。「あんなにケチャップをかけなくてもいいのにさ。オムライスが溺《おぼ》れそうだった」

「いいじゃないですか。トマトケチャップ、好きなんですから」

「だけど、殺しが起こった日だっただろう？　ひどい現場を見てきたあと、君はあれを食べたんだからね。私もちょっと気になったよ」

「そうなんですか？　だったら止めてくれればいいのに……」

「いや、私は見守るのが趣味だからさ。よけいなことに首を突っ込んで、波風を立てたくないんだ。氷室主任に叱られるのも嫌だし」

ふふっと国枝は笑った。事なかれ主義というべきか、それとも割り切って考えるタイプというべきだろうか。

溝口は釈然としないらしく、ひとり首をかしげている。

「納得いかないなあ。鷹野さんはどう思います？　同じトマト好きとして」

「トマトケチャップは甘いから、あまり好きじゃないんだ」

「え？　ひどいな。裏切られた気分です」

そんなことを言って、溝口は不満そうな顔をする。国枝が笑いをこらえているのが見えた。

そこへ能見の声が飛んだ。

「おい溝口、おまえ、喋ってないで仕事しろ。鷹野もそうだぞ」

「すみません」

鷹野は能見のほうへ軽く頭を下げる。それから正面に視線を戻した。溝口は首をすくめて、鷹野に目配せをしていた。

ややあって、沙也香が席に戻ってきた。椅子に腰掛け、彼女は腕時計を確認する。

「そろそろ出かけるわよ、鷹野くん」

「聞き込みですね。行きましょう」

トマトジュースを飲み干し、鷹野はごみ箱にパックを投げ込んだ。


分室を出て、沙也香とともに地下鉄の駅に向かう。その途中、ふと思い出して尋ねてみた。

「国枝さんはどういう人なんです？　ちょっと曲者っぽく見えますが」

沙也香の表情が曇った。おや、と鷹野は思った。何か事情があるのだろうか。

やがて、意を決したという様子で沙也香は言った。

「みんな知っていることだから話してしまうけど、国枝さんの奥さんは失踪《しっそう》しているのよ。事件に巻き込まれて……」

え、と言ったまま鷹野は黙り込んでしまった。いきなり空気が重くなった。

「公安の仕事をしていて、誰かに自宅を知られてしまったらしいの。国枝さんの留守中、家の中が荒らされていた。奥さんは連れ去られたようで、どんなに捜しても見つからなかった……」

だから今、彼はひとり暮らしをしているのだ。

「きつい話ですね」鷹野は低い声で唸った。

「国枝さん、だるま琉金を飼っているでしょう。監視システムまで入れてね。変だと思わない？」

「ええ、変わった人だな、とは思いましたが」

「奥さんがいるころに設置しておけば、事件は防げたんじゃないか。……そう思っているみたいなの。今さらそんなことをしても仕方がない、というのは本人もわかっているはず。だって、監視しているのはペットなんだものね。だけど、そうせずにはいられないんじゃないかしら」

食えない狸だと思っていたあの国枝に、そんな過去があったとは驚いた。仕事のせいで妻を連れ去られたのに、彼は警察を辞めなかったのだ。公安部員の使命感からか、それとも個人的な意志によるものか、鷹野にはわからない。

歩道のアスファルトに目を落としながら、鷹野たちは歩いていく。

沙也香はなおも何か考えているようだったが、じきにこちらを向いた。

「この際だから、あなたのこともはっきりさせたい」沙也香は足を止めた。「佐久間班長から聞いたわ。あなた、自分から公安に異動したいと言ったそうね」

「そのとおりですが……」

「何か目的があるの？」

いきなりそんなふうに訊かれるとは思わなかった。

事実を話すべきか、それとも伏せておいたほうがいいのか。しばらく迷ったが、沙也香には伝えておこうと考えた。

「ある事件を調べたいんです」鷹野は言った。「心の中にずっと引っかかっている出来事があって……。それを調べるには、公安部に来るのが一番だと判断したんです」

沙也香は黙ったまま、鷹野から目を逸らした。かすかに眉をひそめたあと、彼女は再び顔を上げた。

いつもと同じ、冷たい視線が鷹野に向けられた。

「もう気づいているかもしれないけど、公安の仕事なんて、ろくなものじゃないわよ。私たちは警察の中でも、汚い仕事を一手に引き受けているんだから」

彼女の声は落ち着いていた。だがその言葉には、自虐的な雰囲気がある。自分たちは裏方だから、表には絶対出られない。誰にも誇れる仕事ではない。そう考えているようだ。

相手の真剣な目を見ているうち、鷹野の心に奇妙な思いが生じた。これは沙也香の本心なのだろうか、という疑念が浮かんだのだ。無理をして自分を追い込んでいるのではないか。自分を強く見せようとしているのではないか、という気がした。

「氷室さん、何かあったんですか?」

鷹野が尋ねると、沙也香はさらに眉をひそめた。質問には答えようとしない。

ひとつ咳払いをしてから鷹野は言った。

「公安の仕事が厳しいのはわかっています。でも厳しいからこそ、得られる成果もあるはずです。それに……これは誰かがやらなくちゃいけないことなんでしょう?」

「やめて。あなたみたいな新米に言われたくない」

沙也香はバッグを肩に掛け直すと、背筋を伸ばして鷹野を睨みつけた。

わかりました、とだけ鷹野は答えた。

ぎくしゃくしたまま、その日の捜査は続いた。

——いや、彼女との関係は、もともとこんなものだったよな。

ここ数日で鷹野の気づきや筋読みが当たり、彼女との距離が縮まったように感じていた。だが、沙也香は佐久間の指示を受け、鷹野の見張り役を務めていただけかもしれない。そうだとすれば、同じ班のメンバーであっても、信頼関係など築きようがないだろう。

午後七時四十分。そろそろ分室に戻ろうかというころになって、沙也香の携帯電話が鳴った。彼女は液晶画面を見て、表情を引き締めた。

「もしもし……」硬い声で沙也香は相手に話しかける。「……ええ、いいわ。大丈夫。……そう。やはりね。難しいのはわかるけど、なんとか頑張って」

相手は協力者の北条だろう。沙也香は真剣な口調で話していたが、最後に少し表情をやわらげた。

「成功したら、しっかりお礼をさせてもらうわ。この件が終わったら、奥さんや大地くんと美味《おい》しいものを食べに行くといい。……え？　ああ、わかったわ。もう切る」

通話を終えると、沙也香は小さくため息をついた。

「どうかしたんですか？」

鷹野は彼女に問いかけた。返事をしてもらえないかと思ったが、そこは仕事と割り切っているのだろう。沙也香はこちらを向いた。

「北条からの連絡よ。教団の幹部たちは慎重になっていて、なかなか情報がつかめないらしい。……誰かの足音が聞こえたと言うから、慌てて電話を切ったの」

信者が近づいてきたのだろうか。それとも教団の外で電話していて、知らない人間が通りかかったのか。事情は不明だが、北条が神経を尖らせているのはよくわかる。エスにとって、周りはいつも敵だらけなのだ。

「うまくいくといいですね。北条さんには奥さんも子供もいるんだから」

鷹野がそう言うと、沙也香の表情が変わった。眉間に皺を寄せ、いつになくきつい調子で彼女は言った。

「あなたは甘い。情で動くと、自分の命を落とすことになるわよ」

「しかし北条さんは氷室さんの協力者でしょう？」

「ええ、彼は協力者よ。……ただの協力者でしかない。それ以上のものではないんだから」

　それはあまりに冷たい言葉ではないか、と鷹野は思った。刑事部とは違い、公安部では人を使った捜査が中心になるようだ。だとしたら自分の代わりに動いてくれる協力者を、何よりも大事にすべきではないのか。

「氷室さん……」

　鷹野は沙也香に話しかけようとした。だが彼女はその声を無視した。

「分室に戻るわよ」

　沙也香は駅に向かって歩きだす。その背中には、他者を拒絶するような厳しい空気がまとわりついていた。

第四章　爆破計画

1

　今年の桜の見頃も、そろそろ終わりだろう。

　風に吹かれて、道路のあちこちに花びらが舞い散っている。スーツを着た鷹野の肩にも、ひらりと花びらが落ちてきた。

　四月十三日、午前八時十分。鷹野は桜田門にある公安五課の分室に入っていった。

「おはようございます」

　声をかけると、先に出勤していた沙也香と溝口がこちらを向いた。

「ああ、鷹野さん。早いですね」

　溝口はキーボードを叩く手を止め、屈託のない笑顔を見せた。鷹野から見て、彼はこの部署で一番話しやすい人物だ。三十二歳だそうだが、少年のように見える顔つきのせいで、もっと歳が離れているように感じられる。

　鷹野が自分の席に着くと、隣にいた沙也香が口を開いた。

「おはよう。これから忙しくなるから、しっかり頼むわ」

「え？　あ、はい……」

　意外に感じて、鷹野は沙也香の顔をうかがった。すでに彼女は手元の資料に目を落としている。

　沙也香がそんなふうに声をかけてきたのは初めてだ。いったいどういうことだろう。

　もしかしたら彼女は、北条毅彦に関する話を気にしているのか。昨日、沙也香は自分の協力者についてかなり厳しい言葉を口にした。あの件を、言い過ぎたと反省しているのだろうか。

いや、それはないかもしれない、と思った。沙也香の性格なら、たとえ後悔したとしても他人には隠すのではないか。

それにしても、彼女がなぜあそこまで冷徹な態度をとるのかは、気になるところだった。沙也香は公安部に来る前から、今のような性格だったのだろうか。それともこの部署に来てから、そうなったのか。

何かを取りに行くらしく、沙也香は奥の部屋に入っていった。その隙に鷹野は、向かい側の机にいる溝口に話しかけた。

「氷室さんは前からあんなふうなのかな」

「そうですよ。僕がここへ来た五年前から、何も変わっていませんね」

ふうん、とうなずいたあと、鷹野はまた尋ねた。

「溝口はエスを使っているのか？」

「もちろんです。自分ひとりじゃ情報収集にも限度がありますから、エスを『運営』しないとね。……刑事部ではどうだったんですか？」

「ネタ元は何人かいたが、組織に潜入させるようなことはしなかったな」

「公安の場合は、エスを抱え込んで面倒を見ますからね。飯《めし》をご馳走《ちそう》したり、生活費を与えたり、いろんな相談に乗ったり。そうやってつきあいを深めていくんです」

「かなり親密な関係になるわけか」

「エスと運営者の間には、信頼関係が必要ですからね」

鷹野は考え込む。前に佐久間班長は、公安部と刑事部の間に信頼関係などない、と言い放った。同じ警察官であっても、公安部員はほかの部署を信用しないのだろう。その一方で、公安部員と協力者の間には信頼関係が必要だ、と溝口は言う。

――しかし氷室さんはどうなんだ？

やはり昨日の彼女の態度が気になる。その点を、溝口はどう捉《とら》えているのだろう。

「氷室さんには北条という協力者がいるよな」

「名前は聞いていますけど、基本的に、ほかの人がどんなエスを運営しているか、僕らは知らないんです。知る必要もありませんし」

言われてみれば、そうかもしれない。公安部では単独行動が多い。従って公安部員とエスは、一対一の関係だと思われる。捜査員はそれぞれ異なる目的を持って、必要な協力者を獲得しているのだ。

「溝口は自分の運営する協力者を大事にしているんだろう？」

「当然ですよ。それが仕事ですから」

「しかし協力者は敵地に潜入するスパイでもある。危ない橋を渡ることもあるよな」

鷹野の言葉を聞いて、溝口は何か考え込む表情になった。パーマのかかった髪をいじっていたが、やがて神妙な顔で言った。

「……まあ、仕方ないですよね。彼らだって仕事として引き受けているんです。危険は覚悟の上でしょう」

溝口は鷹野にうなずきかけてから、パソコンの画面に目を戻した。

彼にはまだ何点か訊きたかったのだが、沙也香が戻ってきたので、それ以上話はできなかった。諦めて、鷹野は資料に目を落とした。

その後、能見と佐久間が分室にやってきた。国枝は世界新生教の本部を監視しているところだという。

会議室でミーティングが行われるかと思ったが、今朝はそうならなかった。

佐久間が沙也香のそばにやってきて、あらたな指示を出したのだ。

「偽森川聡が、溜池山王《ためいけさんのう》駅近くにオフィスを持っていることがわかった。『川島《かわしま》プランニング』という会社だ。潜入して情報をつかんでこい」

オフィスの所在地を伝えると、佐久間は鷹野のほうを向いた。

「鷹野も一緒に行け。それから溝口、今回はおまえの力が必要だろう。手伝ってやれ」

「わかりました」

座ったまま、溝口は姿勢を正して返事をした。

佐久間は続いて、能見に指示を出し始めた。沙也香は机の上を片づけている。

「鷹野くん、溝口くん、すぐに準備をして」

「了解です」

そう答えると、鷹野は鞄を手にして立ち上がった。


溜池山王駅は千代田区にある。

周辺には総理大臣官邸、国会議事堂、各国大使館などがあり、赤坂、六本木とも近いため、普段から警視庁が警戒を強めている駅だった。

溝口が運転する黒いワンボックスカーは、外堀通りからビルの建ち並ぶオフィス街に入っていく。溜池山王駅から少し離れた場所で、車は停止した。

鷹野と沙也香は後部座席から窓の外に目をやった。

この辺りには珍しく、かなり古い五階建ての雑居ビルがある。床面積が狭いから、おそらく各フロアに一社ずつしか入っていないだろう。それも、せいぜい従業員十名ほどの会社ばかりではないか。

溝口には車内で待機してもらい、鷹野と沙也香は車を降りて調査を開始した。

沙也香はこのビルに用事があるという素振りで、正面入り口に向かう。紺色のスーツを着てバッグを肩に掛けた彼女は、どこから見ても立派なビジネスウーマンだ。

彼女を見送ってから、鷹野はビルの周辺を歩いた。正面入り口から西へ進み、目的地を探しているといったふりをして辺りを観察する。大きく迂回《うかい》してビルの裏側にも回ってみた。通用口がひとつ見えるが、そこに防犯カメラはなかった。

十分後、鷹野と沙也香はそれぞれワンボックスカーに戻った。溝口を交えて情報交換を行う。

「オフィスはあのビルの二階だった」沙也香は鷹野に向かって言った。「出入り口は正面玄関と通用口だけ。正面には防犯カメラがあった」

「裏の通用口には見当たりませんでした」

「各フロアに会社がひとつずつ入っていたわ。エレベーターか非常階段で二階に行ける」

溝口はノートパソコンから顔を上げた。

「佐久間班長から追加の情報が来ました。偽森川はオフィスを個人で契約しているそうです。ほかの人間の出入りはないとのこと」

「私設秘書の仕事をする合間に、ここへ来ていたわけね」

「何かと便利だったんだと思いますよ。真藤健吾の情報をまとめたり、資料をコピーしたり、その資料をメールで教団本部へ送ったり……。そういう事務作業に、このオフィスはちょうどよかったんでしょう」

「そうかもしれないな」鷹野はうなずいた。「偽森川の自宅は足立区だから、帰宅してからでは報告が遅くなるだろうし」

「あとは……何かを隠しておくにも適していたんじゃないでしょうか」

「何か、というのは？」

鷹野が首をかしげると、溝口は真面目な顔で答えた。

「最近、奴は高い買い物をしたじゃないですか」

「マル爆か！」

「可能性はありますよね。ここは日本の政治の中心地ですから」

溝口の言うとおりだった。もしこの辺りで二度目の爆破事件が起こったら、政治や社会に与えるインパクトは大きい。死者が出れば警察は厳しく批判されるだろうし、そうでなくても警備態勢の不備を責められるに違いない。

「あのビルにはいつでも出入りできるんでしょう

か」溝口が尋ねた。

「古い建物だからセキュリティシステムはなさそうだわ。雑居ビルなので正面玄関は二十四時間、開いていると思う。……溝口くん、オフィスのドアは解錠できる？」

「この手のビルなら、どうにでもなりますよ」

溝口は自信を持っているようだ。なるほど、と鷹野は納得した。今回、佐久間が溝口を指名したのは、この件があったからだろう。

「おそらくオフィスにはパソコンがあるはずです」溝口は続けた。「そこにどんな情報が入力されているか、誰とメールをやりとりしていたのか、気になりますね」

「奴のパソコンはすぐ操作できるかしら」

沙也香に問われて、彼は渋い表情を浮かべた。

「その場でログインパスワードを割り出すのは難しいですね。調べるならパソコンを持ち帰って、かなり時間をかけないと……」

「わかった。そのときはうちの鑑識担当にやってもらいましょう。パソコンは、いつか偽森川の身柄を確保してから調べるしかない」

「となると、今回は紙の資料を中心にチェックするわけですね」

「あとは、最近の高い買い物とか？」と鷹野。

「そういうことです」溝口はうなずく。

目的は決まった。次の問題は、どのタイミングでオフィスに侵入するかだ。

沙也香はしばらく思案していたが、じきに意を決したという表情になった。

「今から侵入しましょう」

予想外の言葉を聞いて、鷹野はまばたきをした。

「……今からって、こんな白昼にですか？」

「各フロアに会社はひとつずつだから、二階に上がってしまえば人目は気にならない。万一見られたとしても、昼間はいろいろな業者が出入りするから、怪しまれる危険性は低い。まさかこの時間に空き巣が入るなんて、誰も思わないでしょう」

「それにしても大胆ですね。俺はてっきり夜にやるのかと……」

「夜は音が響く。ばれやすくなるのよ」

話だけ聞いていると窃盗団の会話のようだ。まさか公安部に来て、こんな仕事をするとは思ってもみなかった。

「鷹野くん。また住居侵入罪がどうとか、考えているんじゃないでしょうね」

「もう諦めましたよ。郷《ごう》に入《い》っては郷に従え、でしょう?」

「いい心がけだわ」

沙也香は携帯を取り出し、どこかへ架電した。三十秒ほど相手とやりとりしてから電話を切り、こちらを向いた。

「能見さんと話してみた。あの人は今、偽森川を監視しているところよ。奴は今日も、公設秘書たちと残務処理をしている」

当分ここには来ないということだ。だとすれば、たしかに今がチャンスだろう。

溝口はワンボックスカーを近くのコインパーキングに停めた。沙也香と鷹野、溝口は車を降りて、雑居ビルに向かった。

防犯カメラのある正面入り口を避けて、裏の通用口に回った。

カメラに撮影されたからといって、そのデータを警察以外の組織がチェックすることはまずない。だから先ほどの調査で、沙也香は顔を隠さずに正面玄関から入っていったのだ。

とはいえ、リスクは最小限に抑えるべきだろう。鷹野と溝口の顔は記録されないほうがいい、と沙也香は判断したようだった。

三人とも手袋をつけ、通用口のそばに立つ。沙也香がそっとドアを開けた。見える範囲には誰もいない。エレベーターが動いている気配もなかった。

沙也香、溝口、鷹野の順でビルの中に入っていった。

屋内にある非常階段を使って、二階に上がる。階段室のドアを細めに開け、沙也香は廊下の様子をうかがった。誰もいないとわかると、そのまま廊下に出た。溝口、鷹野もそれに従う。

短い廊下の先にエレベーターの扉が見えた。その脇にオフィスの入り口がある。《川島プランニング》というプレートが掛けてあった。

溝口がドアに耳を押し当てた。それからドアハンドルに手をかけたが、施錠されていて開かない。予想したとおりだ。

彼はショルダーバッグの中を探り、いくつか道具を取り出した。床に片膝《かたひざ》をついて、ピッキングを始める。

先日、日本国民解放軍のアジトに侵入したときは、かなり短い時間で解錠できた。だが今回は少し手こずっているようだ。溝口は何度か首をかしげながら作業を続けている。沙也香はすぐそばでそれを見守っている。

息苦しくなりそうな空気の中、鷹野は辺りを見回した。そこで、はっとした。

エレベーターの位置表示ランプが動いている。一階から二階へ上ってくる。

鷹野は沙也香の肩を叩き、エレベーターを指し示した。沙也香の表情が険しくなった。

溝口も気づいたらしい。彼はピッキングツールを鍵穴《かぎあな》から抜こうとした。ところが焦っていて、抜けなくなってしまったようだ。

「階段へ」沙也香がささやいた。

鷹野は非常階段のほうへ走ってドアを開けた。溝口はショルダーバッグをつかみ、ツールをそのままにして走ってくる。彼がドアを通るのを待ってから、鷹野も階段室に駆け込んだ。音がしないよう静かにドアを閉め、耳を澄ます。

このビルは五階建てだ。一階からやってきたケージが二階に止まる確率は四分の一。はたしてどうなるかと、鷹野は固唾《かたず》をのんだ。

電子音が聞こえた。まずいことに、ケージは二階で止まったのだ。

扉の開く音がしたあと、「あ」という男性の声がした。

「あら、どうも」これは沙也香の声だ。

「お荷物なんですけど、川島プランニングさんは……」

どうやら宅配便の配達員がやってきたらしい。

「留守みたいですよ。私も今来たところなんですけど、困っちゃって」

「ああ、お留守でしたか」

「不在票は、一階の郵便受けに入れたらいいんじゃないかしら」

「そうします」

再び扉の開閉音がして、廊下は静かになった。

鷹野はドアをそっと開けて、廊下を覗き見た。それに気づいた沙也香が、待て、という仕草をした。

エレベーターの位置表示ランプが上に向かっていくのがわかった。配達員は、ほかの会社の荷物も持っていたのだろう。

一旦ケージは五階まで上がり、しばらくして下りてきた。二階には止まらず、一階へ向かうようだ。

やがて位置表示ランプは一階で停止した。

沙也香が手招きをしたので、鷹野たちは足早にオフィスの前に戻った。

見ると、ピッキングツールは鍵穴に挿《さ》さったままになっていた。沙也香はそれを隠してドアの前に立ち、配達員と話をしたらしい。もしこれを見られたら、厄介なことになっていただろう。

「急いで」

沙也香が小声で指示した。溝口は作業の続きに取りかかる。

そこから先は邪魔も入らなかった。オフィスのドアが開いたのは、ピッキング作業を再開してから約三分後のことだ。

溝口は道具をしまってオフィスに入っていく。沙也香がそれに続き、最後に鷹野が入ってドアを閉め、施錠した。

窓から外光が射しているため、室内は明るかった。

賃貸マンションでいえば2LDKぐらいの広さだろうか。しかしその部屋はがらんとしていた。壁際にはソファがひとつ。その横には段ボール箱がいくつか積んである。机がふたつあり、一方にはノートパソコンとプリンターが設置されていた。もうひとつの机にはファクシミリ付き電話と資料ファイル、紙の束、メモ用紙などが置いてある。

鷹野たちは部屋の奥に移動し、水回りを確認した。小さな流しとトイレがあったが、どちらも異状はない。収納スペースの中は空だった。

「溝口くんは写真を撮って。鷹野くんは私のサポートを」

「了解」

鷹野は沙也香のそばに行って、彼女の作業を手伝った。

沙也香は机の上の資料ファイルを開いて、内容を確認していく。鷹野はファイルが閉じてしまわないよう、横から手を出して押さえた。沙也香がページをめくるたび、溝口がカメラのシャッターを切る。そうやってすべてを記録していくのだ。

思ったとおり、資料ファイルには真藤健吾の情報が大量に保存されていた。破防法の改正案の詳細。それを成立させるために与党内で行われた調整会議の議事録。さらに真藤が調べさせていた世界新生教の活動報告なども見つかった。

紙の束には、まだまとめ終わっていないらしい真藤の行動記録が残されていた。メモ用紙には、偽森川が教団幹部とやりとりした内容が走り書きされている。

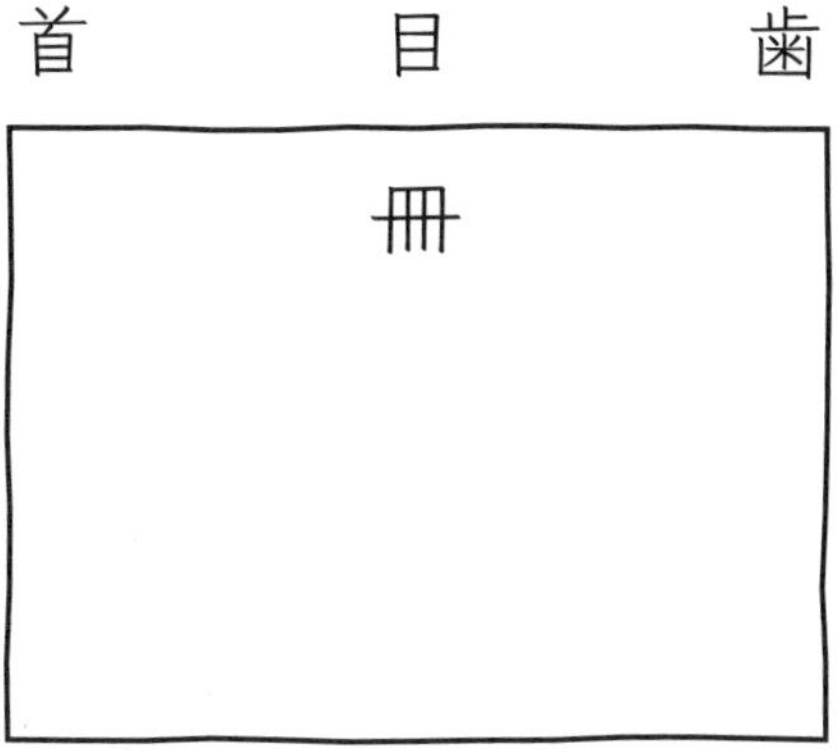

ひとまずそれらを撮影していくのが今の仕事だった。内容のチェックは分室に戻ってからじっくりやればいい。

そう思っていたとき、鷹野は奇妙な資料を発見した。沙也香たちのそばに行って、Ａ４サイズの紙を差し出す。

それは手書きの図だった。長方形がひとつ描かれ、上の辺の内側に「冊」という字に似たマークが記されている。辺を挟んで長方形の外側、つまり長方形の上の部分には《首》《目》《歯》と書かれていた。

いったい何のことだろう。仲間同士ではこれで通じるのだろうか。

紙の上のほうに走り書きがあった。

《★練馬　ＳＳＫ本部より》

練馬のＳＳＫとは何だろう。そう考えているうち、気がついた。

「ＳＳＫは世界新生教のことじゃありませんか？」

「そうか。たしか練馬区に本部があったわね」

鷹野は沙也香と顔を見合わせ、うなずき合った。

溝口がカメラを構え、その紙を撮影した。

さらに資料のチェックを続けた。偽森川がやってくる心配はないが、それ以外にどんな邪魔が入るかわからない。急ぐ必要がある。

作業の途中、おや、と鷹野は思った。資料の中から、クロコダイルの頭のイラストが出てきたのだ。

「日本国民解放軍のアジトにあったものと似ていますね」

先日見たものとは少しタッチが異なるが、上顎と下顎に包帯が巻かれていること、口から血を垂らしているところは共通している。

「葬儀屋……」

と溝口がつぶやいたような気がした。

「何だって?」

鷹野は尋ねたが、溝口は咳払いをして、

「仕事をしてください。早く終わらせないと」

そう言ったきり黙ってしまった。今の言葉は気になったが、深く追及することもできず、鷹野も作業を続けた。

一通り調べ終わるまで五十分ほどかかっただろうか。沙也香は溝口を呼んだ。

「触る前の写真を見せて」

デジカメを操作し、溝口は最初に撮影した写真を表示させた。沙也香はそれを見て、メモ用紙などが元どおりになっているか確認し始める。何枚か紙の位置を微調整して、彼女は納得したようだった。

続いて沙也香は、溝口にあらたな指示を出した。

「念のためパソコンを起動してみて。私たちは机の引き出しや段ボール箱の中を調べる」

「……鷹野さん、このカメラを使ってください」

溝口からデジカメを受け取り、鷹野は沙也香が調べたものを撮影し始めた。

机の引き出しを開けてみる。中に入っていたのは小銭とコンビニのレシート数枚だけだ。

次に沙也香は段ボール箱を調べ始めた。もしかしたら、と鷹野は緊張しながら見守ったが、爆発物が出てくることはなかった。鍋《なべ》やビニールシート、卓上コンロなどしか見つからない。持ってきたはいいが、使わないままだったのかもしれない。

「そっちはどう？」

沙也香は溝口のそばへ戻っていく。

机上のパソコンを操作していた溝口は、こちらを向いて首を横に振った。

「やっぱり駄目です。ログインできません」

「仕方ない。電源を切って」

「小型カメラの設置はどうします？」

沙也香は辺りをぐるりと見回す。室内はがらんとしていて、カメラを仕掛けられるような場所は見当たらない。じきに彼女は言った。

「カメラは諦めるしかないわね。盗聴器だけ仕掛けましょう」

わかりました、とうなずいて溝口はコンセントのそばにしゃがみ込んだ。道具を使って表面のパネルを外し、中に小さな盗聴器を設置する。

沙也香はあらたまった調子で鷹野たちに命じた。

「最終確認をして」

三人でそれぞれ部屋の中をチェックしていく。鷹野たちが侵入した事実に気づかれてはいけない。この部屋の主に、違和感を抱かせてはならないのだ。

確認を終えて鷹野たちは撤収した。

廊下に出て、元どおりドアに施錠する。今回は邪魔も入らず、溝口は二分ほどで作業を終えた。

ワンボックスカーに戻って、ようやく鷹野たちは安堵《あんど》の息をついた。

溝口は周囲に注意を払いつつ、コインパーキングから車を出した。慌てず、落ち着いてアクセルを踏む。じきに雑居ビルは、後方の窓から見えなくなった。

「どうですか氷室さん。上出来じゃありませんか」

ハンドルを操作しながら溝口は言う。作業を終えて、機嫌がよくなっているのがよくわかる。

しかし沙也香は冴《さ》えない表情を浮かべていた。

「喜べないわね。決定的なものは発見できなかった」

「あそこでマル爆なんかが見つかったら困りますよ。持ち出すつもりだったんですか？」

「そんなことはしないけど……。でも、何か成果がほしかった」

沙也香は佐久間にいい報告をしたかったのだろう。毎回上司の期待に応《こた》え、手柄を立てて、彼女は自信をつけてきたはずだ。佐久間に評価されることだけが目標なのではないか、という気がする。

沙也香が黙り込んでしまったので、鷹野は溝口に話しかけた。

「さっきクロコダイルの絵を見て、葬儀屋とか言ったよな」

溝口はルームミラーで沙也香の様子をうかがった。彼女が何も言わないのをたしかめてから、溝口は答えた。

「葬儀屋というのは、過去に暗躍していた正体不明のテロリストです。……いや、殺し屋というべきかな。クロコダイルのマークを好んでいたらしいんです」

「殺し屋とは、ずいぶん漫画っぽい表現じゃないか」

「実際そうだったんですよ。組織や個人から依頼を受けて、計画的な殺しをする。狙われたら最後、ターゲットは間違いなく殺害されます。奴が動けば必ず葬儀が行われるというので、葬儀屋と呼ばれるようになったらしいんです。顔を見た者はいません」

鷹野は刑事部時代の記憶をたどった。だが、そんな犯罪者の話は聞いたことがない。

「俺はまったく知らなかったが……」

「そうでしょうね。刑事部には知らせていなかったはずです」

「この前、解放軍のアジトでクロコダイルの絵を見たときは、教えてくれなかったな」

「すみません。あのときはまだ、誰も鷹野さんを信用していなかったから」

「今は信用してくれるようになったわけか」

「まあ、そういうことです」

溝口はルームミラーを見て、鷹野に笑いかけた。

「その葬儀屋のマークが偽森川のところにもあった。どうしてだろう」

「わかりません。もう何年も前から、葬儀屋は活動をやめているんですよ。今、葬儀屋の話をする者といったら、昔をなつかしむ人間だけでしょう」

「というと？」

「葬儀屋は映画のダークヒーローみたいに思われているんです。一般の人間には知られていませんが、最近、葬儀屋をひそかに信奉する人間が増えているんだとか」

誰かを殺してほしい、という願いを叶《かな》えてくれる葬儀屋。歪んだ欲求を満たしてくれる殺人者を、多くの人が求めているというのだろうか。

「日本国民解放軍や世界新生教も、葬儀屋を知っていたわけか」

「可能性はありますね」

「でも、葬儀屋はもう活動していないんだろう？」

「そのはずです」

溝口はうなずいたあと、口を閉ざしてしまった。

葬儀屋という犯罪者について、鷹野はひとり考えを巡らした。いったい、どんな人物なのだろう。気まぐれに殺しを始め、気まぐれに引退してしまったというのか。それとも——。

ふと隣に目をやると、沙也香が鷹野をじっと見ていた。いつものように冷たい視線だったが、何か別の思いが混じっているようにも思われる。

「どうかしましたか？」と尋ねてみた。

「いいえ、何でもない」

短く答えて、沙也香は窓の外に目を向けてしまった。小さくため息をついたようだ。

分室に戻るまで、彼女は口をつぐんだままだった。

2

携帯のアラームが鳴りだした。

鷹野は慌てて体を起こし、携帯電話を手に取った。液晶画面には午前六時と表示されている。大きなあくびをしたあと、鷹野はベッドから出た。

分室の男性用仮眠室には二段ベッドが用意されている。鷹野が寝ていたのは下の段だ。立ち上がって上の段を覗くと、溝口がいびきをかいていた。

もう少し寝かせてやろうと思い、音を立てないよう注意して仮眠室を出た。

顔を洗って執務スペースに向かう。すでに沙也香がパソコンに向かって作業をしていた。たしか、昨日も遅くまで仕事をしていたはずだ。

「氷室さん、徹夜したんじゃないでしょうね？」

鷹野が尋ねると、沙也香は画面を見つめたまま首を横に振った。

「まさか。私はロボットじゃないわ。二時間ぐらい寝た」

「それだけですか？　あまり無理しないほうが……」

作業が一段落したのだろう。沙也香は画面から目を離し、鷹野のほうを向いた。

「世界新生教はいつテロを起こすかわからない。早く昨日の資料を分析して、計画を食い止めないと」

そう言いながら沙也香は目頭を揉《も》んだ。机の引き出しを開けて、目薬を取り出す。背もたれに体を預け、彼女は両目に薬をさした。何度かまばたきをすると、目薬があふれて頰《ほお》を伝い落ちた。

「すみません、遅くなりました」

仮眠室から溝口がやってきた。パーマのかかった髪に寝癖《ねぐせ》がついている。

「顔ぐらい洗ってきなさい」沙也香が冷ややかな目で溝口を見た。「寝ぼけまなこで仕事をしてほしくないわ」

「すみません……」

溝口は慌てて洗面所に向かった。

鷹野はパソコンを起動させ、作業の続きに取りかかった。洗面所から戻ってきた溝口も、真面目な顔でマウスを操作し始める。

昨日、偽森川のオフィスで撮影した画像データは、分室のサーバーにコピーされていた。今、鷹野たち三人は分担して、それらのデータをチェックしている。書類やメモの画像を拡大し、内容を読み取る。必要な部分は別のファイルにメモし、あとで班のメンバー全員が検索できるようにする。そうやって情報を共有しようという考えだ。

その傍《かたわ》ら、溝口は盗聴器から受信された音声を確認していた。録音されたデータを早回しでチェックしているのだ。偽森川は昨日の夜あのオフィスに入ったが、誰かと電話で話したりはしていないようだった。

鷹野はパソコンで画像データの分析を進めた。世界新生教のメンバーやテロ計画のこと、真藤殺しの記録などがないかと期待したが、出てくるのは真藤の行動記録や、政治家として進めていた案件の情報ばかりだ。

「やはり、重要なデータはパソコンの中でしょうか」

鷹野が話しかけると、沙也香は難しい顔をして唸った。彼女自身も、この作業からは得るものが少ないと感じているのだろう。

「あのオフィスは、あくまで報告のための作業部屋だったというわけね」沙也香は言った。「あそこで真藤の情報を取りまとめて、教団に報告していただけだった。教団から指示を受けて、何か工作していたわけではなかった、か……」

「でも偽森川は赤坂事件に関わっていますよね」溝

口が尋ねてきた。「その指示はあったはずですけど」

「携帯とかパソコンにメールが届いていたんでしょう。私たちが重要機密を手に入れるには、偽森川の身柄を押さえないと」

「まだその段階じゃないってことですか？」

「佐久間班長はそう考えているはずよ」

沙也香は佐久間の机のほうに視線を向けた。今、そこには誰もいない。時刻は午前六時三十五分。佐久間が出勤してくるまでには、まだ間がある。

八時過ぎになって能見がやってきた。

「おはようございます」

と声をかける沙也香や鷹野に対して、「うす」と能見は答えた。彼は上着をキャビネットの上に置いたあと、椅子にどかりと腰を下ろした。

「どうだ氷室。何か見つかったか？」

昨日の夜、沙也香や鷹野の作業を見ていたから、能見も気になっていたようだ。

沙也香はゆっくりと首を振った。

「これといった情報は出てきません。ただ、潜入中に妙な図を見つけたんです」

彼女はパソコンの画面を指差した。能見は椅子から立って、沙也香に近づいてくる。大きな体を前屈みにして、画面を覗き込んだ。

「何だ？」能見は首をかしげた。「素《そ》っ気《け》ない図だな。妙な文字が描かれているが……」

「『首』『目』『歯』、そして『冊』と読めますよね。教団本部からの情報だと思うんですが……」

能見は腕組みをして考え込んでいたが、やがて鷹野のほうを向いた。

「元捜一のエースなら、これが何かわかるんじゃないのか？」

「俺のことですか？」鷹野は眉を動かしてみせた。「残念ながら、まだわかっていません。手がかりが少なすぎます」

「それでも、何か少しぐらい推測できるだろうよ」

「ネット検索してみたんですが、手がかりはありませんでした。推測するなら……大きな長方形は何かの入れ物を表すのかもしれません。たとえば家とかね。そうすると建物の天井部分に『冊』のようなものがあり、屋根の上に『首』と『目』と『歯』があるわけです」

「いったいどんなホラーだよ」能見は顔をしかめる。

沙也香は画面をじっと見つめた。

「長方形だから、家というより倉庫や工場のような場所かもしれない」

「あるいは、この長方形は何かのフィールドを表すのかもしれません。部屋とか陣地とか畑とか、そういうものです。だとするとフィールドの内側に『冊』のようなものがあって、外側に『首』『目』『歯』のようなものがあるんでしょう」

「フィールドか……」

沙也香は何か考える様子で、宙に視線をさまよわせた。

ふん、と能見が鼻を鳴らした。

「まあ予想どおりだな。　刑事部で優秀だったからといって、公安で役に立つとは限らない。佐久間班長は鷹野のことを買い被《かぶ》ってるんじゃないのか？」

「でも能見さん」溝口が机の向こうから言った。「森川聡の遺体を見つけたのは鷹野さんですよ」

「うるせえな。六本木の件は大失態だったじゃねえか」

能見にじろりと睨まれ、溝口は首をすくめた。自分を擁護《ようご》してくれた溝口に、鷹野は目礼をした。溝口は微笑を浮かべてからパソコンの作業に戻った。

佐久間が出勤してきて、八時半からミーティングが行われた。

沙也香は昨夜からの調査状況を報告する。佐久間は黙って聞いていたが、やがて不機嫌そうな表情を見せた。

「三人で侵入したのに、成果なしか」

「申し訳ありません」沙也香は声を落として言った。「あのオフィスは、真藤の情報をまとめる場所だったらしくて……」

「駄目なら次の手を考えろ」

「はい。世界新生教にいるエスから情報を取れるよう努力します」

沙也香がそう答えると、佐久間は眉をひそめた。

「努力するとか頑張るとか、そんな精神論が聞きたいわけじゃない。やれることを確実にやれ。そして成果を挙げろ」

「……わかりました」

珍しく沙也香が叱責されている。この状況下、佐久間にも焦りがあるのだろう。

佐久間はポケットから携帯を取り出し、どこかへ連絡をとった。一分ほどで通話を終えると、彼は再び鷹野たちのほうを向いた。

「世界新生教の本部に動きはない」電話の相手は国枝だったようだ。「このあとの活動内容を伝える。能見は引き続き、偽森川の行動確認。氷室、溝口、鷹野はオフィスのデータチェックを継続。俺は、教団に出入りしていた自然食品の会社を調べる。それから……」

と、ここで沙也香が右手を挙げた。左手には携帯電話を持っている。

「すみません。今、私のエス——北条からメールが来ました」

「何と書いてある?」

「これは……」液晶画面を見て、沙也香は戸惑っているようだ。「文章が途切れています」

「見せてみろ」

沙也香の周りに班のメンバーが集まった。彼女はみなに見えるよう、携帯を机の上に置いた。

《ゲネプロ完　本日マチネ　七色の夢　富士の》

たしかに途中で終わっている。その文章をデジカメで撮影してから、鷹野は首をかしげた。

「普段、北条さんとは暗号でやりとりしているんですか？」

「教団や警察という言葉は出さないようにしていたけれど、暗号というほどじゃなかった。こんなメールは初めてよ」

「何かあったのか……」佐久間が険しい表情になった。「教団の人間に見られても困らないよう、こんな書き方をしたんじゃないのか？」

そうだとすると、北条の身に危険が迫っている可能性がある。

「分析しましょう」

鷹野は席を立ち、ホワイトボードのそばに行った。佐久間や能見は驚いたという顔でこちらを見ている。

マーカーを手に取って、鷹野はメールの内容をホワイトボードに書いた。

「ゲネプロというのは、芝居の最終リハーサルです」

刑事部時代、演劇が好きな如月から聞いた記憶があった。当時の後輩・尾留川も、学生時代は演劇部だったとかで、その言葉を口にしていた。

「そのゲネプロが完、つまり終わったということでしょう。いったい何の準備が終わったのか……」

「もしかして爆破テロか？」

身じろぎをしながら能見が言った。鷹野はうなずいて、

「いきなり北条さんが芝居の話をするわけがない。そう考えると、テロ情報である可能性は高いですね」

「次の文章は何だ？『本日マチネ』っていうのは」

「マチネはやはり舞台・演劇関係の言葉で、昼の公演を意味します。それに対して夜の公演はソワレと呼ばれます」

「リハーサルは終わって、今日の昼に本番か。おい、まずいじゃないか！」

能見は腰を浮かして鷹野を凝視する。「待て」と佐久間が制した。

「鷹野、続けろ」

「次の文章は『七色の夢』です。もしかしたら演劇のタイトルなのでは……」

そこまで鷹野が言ったとき、溝口がノートパソコンから顔を上げた。

「見つかりました。『七色の夢』は子供向けのミュージカルです。人気の演目なので、何年も前から繰り返し上演されています」

ここで沙也香が何か思い出したようだった。

「そういえば、北条は演劇が好きだと話していました。その芝居を見たことがあるのかもしれません」

「演劇好きだから、ゲネプロだのマチネだのと書いてきたのか」能見はうなずいた。「それで溝口、そのミュージカルは今日どこで上演される？」

「いや、それが……今日、公演が行われる予定はありません」

「よく探したのか。東京じゃなく、どこか近県で上演されるんじゃないか？」

「どう検索してもヒットしないんです。劇場はもちろん、地方の公民館でもそんな公演はありません」

能見は溝口から鷹野へと視線を移した。強い焦りを感じていることがよくわかる。

「おい鷹野。何だよ、これは。今日の昼にテロが起こるんじゃないのか？」

「もう少し考えてみましょう。最後の『富士《ふ じ》の』に何かヒントがあるかもしれない」

「富士の……何だ？」能見は考え込む。「富士山《ふじさん》の方向に何かあるんだろうか。都内から見れば、富士山は西のほうだ。西を探せっていうのか？　しかし『七色の夢』との関係がわからない」

「思い出した！」沙也香が声を上げた。「北条は、息子を連れて何かの芝居を見に行ったことがあるはずです。たしかその帰りに……劇場の近くでしょうか、公園で遊んだとも話していました」

「場所はどこだ？」と佐久間。

「すみません、そこまでは……」

沙也香は額に手を当てて、必死に記憶をたどろうとしている。溝口が彼女に尋ねた。

「氷室さん、いつごろ聞きました？」

「去年の春だから、ちょうど一年ぐらい前」

その情報をもとに、溝口はネット検索を行った。しばらくタッチパッドを操作していたが、じきに彼は満面の笑みを浮かべた。

「見つけました！　去年の三月に、目黒《めぐろ》シアターという劇場で『七色の夢』が上演されています。近くには目黒第一公園があります。北条が話していたのは、たぶんここですよ」

佐久間は椅子から立ち上がった。

「確証はない。だが何かあってからでは遅い。……全員、目黒に向かえ。一般市民には知られないよう、極秘でマル爆の捜索を行う。対象となるのは目黒シアターおよび目黒第一公園。国枝さんにも現地で合流してもらおう。爆発物処理班にも連絡しておく。能見、おまえが指揮を執《と》れ」

「了解です」能見はメンバーを見回した。「無線の準備だ。もしブツを見つけたら、すぐ連絡すること。絶対に触るなよ。鷹野、いいな？」

「もちろんです」鷹野は深くうなずいた。

「よし、五分後に出発する」

能見の声を合図に、班のメンバーは慌ただしく動きだした。

3

佐久間班のワンボックスカーは目黒第一公園に到着した。

運転席には溝口、助手席には佐久間班長がいる。後部座席には能見、沙也香、鷹野。そして途中で合流した国枝が座っていた。誰の顔にも緊張の色がある。

公園の東側には目黒シアターの建物が見えた。北側と西側にはオフィスビルやマンションが建ち、南側は住宅街になっている。

「その後、北条との連絡は？」

佐久間が尋ねた。沙也香はちょうど携帯を操作しているところだった。

「何度かメールを送っていますが、返信なしです。電話もかかってきません」

「教団の人間に見られているのかもしれないな」

「はい。我々が警察だと気づかれないよう、注意します」

沙也香は液晶画面をもう一度確認したあと、携帯をしまい込んだ。

すでに、公園の見取り図が全員に配付されている。それを見ながら能見が指示を出した。

「氷室と鷹野は目黒シアターを調べろ。班長と溝口、俺と国枝さんは公園の中を捜索する。何かあれば無線で連絡を」能見は腕時計を見た。「九時四十五分か。鷹野、マチネってのは何時に始まるんだ？」

「十三時から十四時ごろの開演が多いと思います」

「……十三時だとして、残り三時間十五分。その間に、なんとしてもブツを見つけるぞ」

「なかったら、それで終わりですよね？」国枝が尋ねた。

「しかし、その確認が難しい」能見は唸った。「見つからないのか、もともとなかったのか判断がつきません」

「となると、ずっと捜し続けることになりますな」

「不満ですか？」能見は国枝を見つめる。

「とんでもない」国枝は口元を緩めた。「何時間でも、何日でも捜し続けますよ。それが私の仕事ですから」

国枝は佐久間のほうへ視線を向けた。助手席からこちらを振り返って、佐久間は小さくうなずく。

「頼みます、国枝さん」

「ええ、任せてください。佐久間班長の命令とあれば、何でもやります」

鷹野は不思議に思った。佐久間と国枝の間には、何か独特の空気があるようだ。だが深く考えている暇はなかった。

「よし、行くぞ！」

能見の声を合図に、鷹野たちはワンボックスカーから降りた。

鷹野と沙也香は目黒シアターに向かって走った。正面出入り口のガラス戸は施錠されている。裏へ回ると通用口が見つかった。ちょうど、ワイシャツ姿の男性が出てきたところだ。顔写真入りのＩＤカードを胸につけていて、この劇場の係員だとわかった。

「すみません、警視庁の者です」

鷹野は息を切らしながら警察手帳を提示した。係員は驚いているようだ。

「何かあったんですか」

「今日のマチネは何時からです？」

「公演はありません。改装工事が始まるので、昨日から休みなんですよ」

これはいい情報だった。不謹慎な話だが、最悪ここで爆発が起こっても被害者は出ないということだ。

沙也香が一歩前に出て、口を開いた。

「じつは、この辺りに爆発物が仕掛けられた可能性があるんです」

「えっ。爆発物？」係員は目を大きく見開いた。

「うちの劇場にですか？」

「ここだという確証はありませんが、万一の事態を考えて、中を調べさせていただきたいんです」

「ちょっと待ってください。上の者に訊いてみますから」

係員は携帯電話を取り出し、上司に連絡をとった。二分後に施設課長だという男性がやってきて、鷹野たちの話を聞いてくれた。

「驚きました……」課長は戸惑う表情を見せた。

「なんでうちが狙われたんだろう。とにかく、中を調べていただけますか。私が案内しますので」

「お願いします」

課長のあとについて、鷹野と沙也香は足早に歩きだした。

目黒シアターは定員約五百席の劇場だという。白手袋を嵌め、最初に客席をチェックさせてもらった。鷹野はステージ側から、沙也香はホールの後部から、一列ずつ椅子を確認していく。念入りに調べたが、不審物は見つからなかった。ステージに上がって舞台袖も見せてもらったが、そこにも問題はない。

続いて付帯施設を確認した。出演者用の楽屋。壁一面に大きな鏡が張られた稽古場《けいこば》。観客用、出演者用のトイレ。軽食を出す喫茶コーナー。関連商品を扱う売店。さらに機材置き場、事務室、電気系統を管理する場所。そして建物の外周まで調べてみた。

だが、どこにも異状はなかった。鷹野たちは日本国民解放軍が作った爆発物の形状を知っている。あれが仕掛けられているのなら、間違いなく目につくはずだ。

課長は不安そうな顔で話しかけてきた。

「何もなさそうですけど……」

鷹野は沙也香のほうを向いて、どうしますか、と目で尋ねた。沙也香も迷っているようだ。

咳払いをしてから、彼女は施設課長に言った。

「一通り確認しましたが、問題はないようです。私たちは別の場所を調べます。もし何か気づいたことがあったら連絡をいただけますか」

彼女は携帯の番号メモを差し出した。課長は神妙な顔でそれを受け取る。

「ご協力ありがとうございました」

沙也香は踵を返して通用口に向かった。鷹野も足早に彼女のあとを追った。

目黒シアターの外に出ると、沙也香はすぐに無線を使った。

「こちら氷室です。能見さん、目黒シアターには異状ありません」

鷹野のイヤホンにも彼女の声が聞こえた。ややあって能見から返事があった。

〈わかった。氷室組も公園に来てくれ。北側を調べてほしい。そこはまだ手つかずで残っている〉

了解、と襟元のマイクに答えてから、沙也香はこちらを向いた。

「聞いたとおりよ。私たちは公園の北側を捜索する」

「急ぎましょう」

鷹野と沙也香は、目黒第一公園に向かって走りだした。


午前十一時十五分。鷹野たちは東側にある出入り口から公園に入った。

地図によると、公園の中央部分には大きな池があるようだ。それを一周する形で遊歩道が造られている。

遊歩道を進んで、鷹野と沙也香は公園の北エリアに向かった。池の周囲には築山《つきやま》や各種の遊具、屋根のついた休憩所などが見える。あちこちに立木や茂みがあり、ツルを這《は》わせた棚などもあった。

爆発物が隠されているとしたら、人目につかない場所だろう。まず、休憩所を確認してみた。壁のない東屋《あずまや》風で、造り付けのベンチがいくつかある。

鷹野たちはベンチの下を調べていった。

仕事の途中らしいスーツ姿の男性が、何事かという顔で尋ねてきた。

「あの……どうかしたんですか？」

「いえ、失礼しました」そのまま立ち去ろうとしたが、鷹野はふと足を止めた。「このへんで不審なものを見かけませんでしたか」

「不審なものって何です？」

まさか爆発物だとは言えない。ためらってから、こう続けた。

「たとえば箱とか、紙袋とか、金属製の容器とか、そういったものです」

「いや、見ていませんけど……」

「ありがとうございました」

頭を下げて、鷹野たちは休憩所を出た。

園内には親子連れの姿が見られた。平日の午前中なので、人数はそれほど多くない。だが万一ここで爆発が起こったら、何人かは巻き添えになるおそれがあった。過去、鷹野は爆発物が使われた事件を何度か経験している。サイズは小さかったとしても、内部に釘やネジ、鉄球などが仕込んであれば殺傷力は大きなものとなる。

沙也香も親子連れが気になっているようだった。

「いっそ、公園から避難してもらうというのはどうです？」

鷹野が提案すると、沙也香は少し考えてから、

「そうしたいところだけど、騒ぎが大きくなっては困る。犯人はまだ近くにいるかもしれないんだから」

たしかに彼女の言うとおりだった。犯人は自分の犯行現場を気にするものだ。仕掛けた爆発物をどこかで見張っているかもしれない。あるいは、今まさに爆発物を仕掛けている最中だとも考えられる。

人知れず、静かに捜索作業を進めなくてはならなかった。しかもこの明るい時間帯に、一般市民のすぐそばで、だ。非常に難しい任務だといえる。

鷹野たちは遊具を調べたあと、公園を取り囲む立木や植え込みを調べることにした。遊歩道の外側にあるから、立ち入る者はほとんどいない。人目につかない草木の陰に、何かが隠されている可能性は高いだろう。

しかし、捜索はかなり厄介な作業だった。想像以上に植え込みは広く、場所によっては多くの植物が生い茂っている。沙也香はパンプスで、鷹野はビジネスシューズで踏み込んだが、草の葉や枝を掻き分

けるのは容易ではなかった。

四十分ほど植え込みを調べて回ったが、爆発物は見つからなかった。

作業の途中だが、一旦鷹野と沙也香は植え込みから出た。中腰になっていたから、背中や腰が痛む。

「見つかりませんね。もしかして、ここじゃないんでしょうか……」

「そう考えると不安になってくる。能見さんたちはどうしているのかしら」

沙也香はマイクに向かって呼びかけた。

「こちら氷室です。まだ発見できていませんが、能見さん、いかがですか？」

数秒後、イヤホンから返事が聞こえた。

〈能見だ。何も見つかっていない。植え込みはまだ三分の一ほど残っている。このまま作業を続ける〉

〈こちら佐久間。我々もまだ発見できず。諦めずに捜索を続けろ〉

どの組も苦戦しているようだ。


沙也香の表情にも困惑の色がうかがえた。この状況下で、どう行動するのが最善かと思い悩んでいるのだろう。

鷹野はデジカメをポケットから取り出した。ボタンを押してから液晶画面を見つめる。

「もう一度、情報を見直してみませんか」

「え？　この緊急時に、いったい何を……」

かまわず、鷹野は液晶画面を沙也香のほうに向けた。そこには、北条から送られてきたメッセージが映されていた。

「最後の『富士の』が気になっているんです」鷹野は言った。「途中で文章が切れているのはなぜか、と、考えているんですが……」

「それ、今考えなくてはいけないこと？」

「もちろんです。我々は北条さんからの情報でここを調べているんです。メッセージを最後まで読み解かなくては、大事な手がかりを見落としてしまうかもしれない」

軽く息をついてから、沙也香はうなずいた。

「どうぞ、話を続けて」

鷹野は再び、液晶画面を自分のほうに向けた。

「文章が途切れているから、『富士の』は不完全な文言だと言えます。普通に考えれば『富士の頂』とか『富士の裾野《すその》』とか、そういう言葉になりそうですよね。ほかに何かありますか？」

「たとえば『富士宮《ふじのみや》』という地名もあるけれど……」

「富士宮ですか。出てくるかな」鷹野は携帯を操作し、メール作成画面を開いた。「『ふじ』と入力してみますよ。……俺の携帯だとカタカナ交じりで『フジノ林業』と出ました。ああ、前にそういう聞き込み先の名前を、同僚に伝えたからですね。それを携帯が覚えていたわけだ」

沙也香は右手を前に出して、鷹野の話を遮った。

「時間がないのよ。手短にお願い」

「わかりました。……携帯には予測変換機能がありますよね。北条さんは何か別の言葉を書こうとしたが、予測変換されて『富士の』となったのかもしれない。昔、『富士の五合目』と書いたことがあった、とかでね。本当は修正したかったけれど、余裕がなくてそのまま送ってしまったんじゃないかと思います」

「そうね。それは考えられる」

「だとすると、北条さんが本当に書きたかったのは何か。『ふじ』と入力すると、候補にはいろいろ出てきます。その中で気になるものというと……」

鷹野はあらためて携帯の画面に目を向ける。候補の文字を見て、はっとした。

「そうか。こういう字が出るわけだ」

沙也香は鷹野に近づき、携帯を覗き込んできた。そこには《藤《ふじ》》《藤野》《藤の》《不治の》《不時の》などの言葉が並んでいた。

「植物の『藤』を表したかった、とは考えられませんか？　そしてもうひとつ。森川が借りていた部屋で見つかった紙に、『冊』の字のような記号が描かれていました。あれと似たものが、この公園にはあります」

その話を聞いて、沙也香も気づいたようだ。

「もしかして、あれのこと？」

彼女は三十メートルほど先にあるものを指差した。

淡い紫色の花が、カーテンのように垂れ下がっていて美しい。パイプを組み合わせて作った棚に、多くのツルが這わせてあった。

藤棚だ。

「『冊』という字は、花の咲いた藤棚を表していたんじゃないでしょうか」

「でも藤棚はさっき調べたでしょう。異状は見つからなかった」

たしかに、と鷹野は思う。藤棚自体に問題はなかった。だが、あの場所はどうだろうか。

「紙に書かれていた長方形は、目黒第一公園を表しているんだと思います。だから北側に藤棚が描かれている。では、長方形の外側にある漢字は何でしょう」

「……公園の外にあるもの？」

鷹野と沙也香は、揃って敷地の外に目をやった。

藤棚の北側、柵《さく》の向こうには茶色いビルがある。

「まさか、あれのこと？」沙也香は首をかしげた。

「その右側を見てください」鷹野は指差した。「歯科クリニックがあります。そして左側には首都高が確認できる」

「『歯』と『首』……。そうか、そういうことだったのね」

「あのビルが何なのか、調べてみましょう」

鷹野は公園の出入り口に向かって走りだした。沙也香も全力でついてくる。

茶色いビルは六階建ての大きなものだった。

エントランスでフロア案内図を見ると、《イザワ目黒ビル》と書かれている。これが「目」の正体ではないだろうか。このビルには全部で二十社ほどのオフィスが入っているようだった。中で働いている人は何百名にものぼるはずだ。

警備室を覗くと、制服姿の警備員がいた。六十代ぐらいで、髪に白いものが交じっている。彼はどこかに電話をかけていたが、鷹野たちを見て軽く会釈をした。やがて警備員は通話を終えて、こちらにやってきた。

「警視庁の者です」鷹野は受付の小窓から警察手帳を呈示した。「この辺りに爆発物が仕掛けられたという情報が入りました。不審なものを見ませんでしたか」

いきなり何だ、と驚かれるのではないかと思っていた。ところが警備員は、別の意味で驚いたようだ。まばたきをしてから、彼は鷹野に問いかけてきた。

「今、警察に相談していたところなんですが……」

「どういうことです？」

「通用口の外に段ボール箱が置かれていたんです。今朝見たときはなかったんですよ」

沙也香が身を乗り出してきた。

「見せてもらえますか？」

「あ……はい、こちらです」

警備員は部屋から出て、鷹野たちを案内してくれた。通用口を抜けると、そこは建物の裏側だった。非常階段の近くに、ぽつんと段ボール箱が置かれている。宅配便で使われるような小型の箱だった。

――郡司が偽森川に渡した箱だ！

鷹野は沙也香に目配せをする。

段ボール箱はテープで密閉されていた。鷹野は慎重にテープを剝がし、段ボール箱の上部を開いた。

やはりそうだ。中に入っていたのは、日本国民解放軍の郡司たちが作った爆発物だった。上面に数字が表示され、カウントダウンが行われている。残り時間は五十一分だ。

腕時計を確認してみた。現在の時刻は十二時九分。起爆予定時刻は午後一時だろう。

「やはりマチネでしたね」

鷹野が言うと、沙也香は険しい顔をこちらに向けた。

「その人を向こうへ連れていって」

うなずいて、鷹野は警備員とともに通用口へ向かった。彼を建物の中へ戻したあと、ドアのそばに立って耳を澄ます。

「……こちら氷室です」沙也香の声が聞こえた。「マル爆を発見しました。公園の北にある『イザワ目黒ビル』、外観は茶色、六階建てのオフィスビルです。裏手の通用口のそばでブツを発見。指示願います」

鷹野はイヤホンに神経を集中させる。

〈こちら佐久間。全員でそこに向かう。爆発物処理班に出動を要請する。氷室組はそのまま待機しろ〉

「了解」

通信を終えて、沙也香はひとつ息をつく。だが、今も表情は硬いままだ。

三分後に佐久間と溝口が、四分後に能見と国枝がやってきた。彼らは沙也香から説明を受け、段ボール箱に近づいていった。

「間違いありません」箱を確認して能見が言った。「郡司が作っていたものですよ」

「破壊力はどれぐらいでしょうね」鷹野は尋ねた。

「まさかビルが倒壊するようなことはないと思いますが……」

「すぐに中の人間を避難させますか?」沙也香がビルを見上げる。

「でも、下手に状況を伝えたらパニックになるかも」と溝口。

浮き足立つメンバーを前に、佐久間班長が重々しく口を開いた。

「うろたえるな。赤坂のブツと同じなら、爆発物処理班が必ず対応できる。失敗はないはずだ。彼らを信じろ」

その一言で、沙也香も溝口も落ち着きを取り戻したようだった。

国枝はみなに向かって、うなずきかけた。

「班長のおっしゃるとおりです。我々が慌ててはいけません」的確に作業を進めましょう。

わかりました、と沙也香は答える。

ふと見ると、佐久間が国枝に目礼をしていた。意外だな、と鷹野は思った。上司である佐久間が、部下の国枝に敬意を表したように見えたからだ。国枝のほうが年上だからだろうか。

ノートパソコンを使っていた溝口が、顔を上げて報告した。

「このビルが狙われた理由がわかりました。真藤健吾と関係の深い企業が、一階に入っているんです。そこへダメージを与えるつもりだったんでしょう」

真藤はすでに死亡している。それでもなお、関係する組織に爆破攻撃を仕掛けるということか。

世界新生教の執念を見たような気がした。


三十分後、公安部の機動捜査隊と爆発物処理班が到着した。

ビル内の人間には知らせずに、彼らは爆発物の処理を始めた。警備員から連絡を受け、ビルの管理会社から社員がやってきたが、佐久間は詳しい説明をしなかった。ここは警察に任せてほしい、と彼は繰り返した。結局、管理会社の社員は事情を知らされないまま、遠くから見守るしかなかったようだ。

一方、近隣のビルの窓から、会社員たちが作業の様子を見下ろしていた。これぱかりは、やめてくれとは言えない。ブルーシートで現物を隠して、処理班は作業を進めた。

十二時五十分、爆発物の処理は無事完了した。

近隣のビルに目をやると、あちこちの窓から大勢の人たちがこちらを見ている。鷹野は沙也香に話しかけた。

「何があったのか、みんな気になるようですね」

「仕方ないでしょうね。私がその立場なら、やっぱり窓から外を見ただろうと思う」

「とにかく、怪我人が出なくてよかったですよ」

周囲の人たちは、警察が何か作業していた事実には気づいている。しかし、爆発物を処理していたとは思わなかったはずだ。

「鷹野さん」国枝が声をかけてきた。「このビルに気づいたのは、あなただそうですね。鷹野さんのおかげで何事もなく済みました。礼を言わせてください」

「いえ、俺は何も……」

国枝は公安機動捜査隊の作業を見ながら、ぽつりと言った。

「これが我々のあり方なんですよ」

「……え?」

「警察の中でも、公安の仕事は一番目に見えにくいものです。スパイのように情報を集めて、ときには汚い仕事もする。誰にも感謝されたりはしません。でも、私たちの仕事によって社会の平穏が保《たも》たれていると思えば、まんざらでもないでしょう」

沙也香も同じような話をしていた。自分たちは汚い仕事を一手に引き受けている、と半ば自虐的な発言をしていたのだ。だが結論の部分は違っていた。沙也香は『公安の仕事なんて、ろくなものじゃない』と言ったが、国枝はこの仕事に満足し、誇りを持っているのではないだろうか。

「俺にも、事件を未然に防ぐことの重要性がわかったような気がします」

「それはよかった。鷹野さんとはうまくやっていけそうですな」

「あらためて、よろしくお願いします」

鷹野は深く頭を下げた。

沙也香は機動捜査隊のリーダーと何か相談していたが、じきにこちらへ戻ってきた。鷹野は小声で彼女に問いかけた。

「教団がこの場所を選んだのは、なぜだったんでしょう。真藤健吾と関係していた会社は、ほかにもたくさんあったはずですが……」

「北条に関わりがあるのかもしれない。幹部ではないけれど、彼はけっこう実力を持つ信者なの。私たちが気づくよう、北条がこの場所を選定した可能性がある」

「以前、氷室さんに話した劇場や、公園のそばを選んだわけですか」

　ええ、と沙也香はうなずいた。

「ほかにも、池のある公園について話したのを思い出した。私は子供のころ何度か、親戚の家がある奥多摩に行ったの。近くに大きな湖があってね。そんなことを北条と話した記憶がある」

　沙也香はなつかしそうな表情を浮かべた。珍しいな、と思って鷹野が見ていると、沙也香は視線に気づいたようだ。咳払いをしたあと、彼女は言った。

「現場の後始末をするから、手伝って」

　わかりました、と鷹野は答えた。

　鷹野たちはブルーシートのほうへ近づいていった。佐久間をはじめ、班のメンバーたちは忙しく立ち働いている。いつものようにてきぱき行動していたが、誰の顔にも安堵の気配があるのを、鷹野は感じ取っていた。

4

　目黒第一公園から戻ると、溝口は公安機動捜査隊とともに爆発物の分析を始めた。

　爆破事件の阻止は、佐久間班にとって大きな意味を持つ出来事だった。起爆する前の爆発物は重要な証拠となる。具体的に言えば、各パーツに付着した指紋が重要なのだ。ほとんどは拭き取られていたが、内部に組み込まれた細かい部品にいくつか指紋が残されていた。これは大きな手がかりとなるはずだ。

　溝口が分析をしている間に、佐久間は別の指示を出した。

「郡司俊郎に協力している金子光照、池田勝巳。このふたりの指紋を採取しろ」

指示を受けて、能見と国枝はアジトを監視する拠点に向かった。

佐久間は自分の部屋にこもって、このあとの計画を見直すという。鷹野と沙也香は、世界新生教の信者リストをチェックしていった。

午後十時、沙也香が小声で話しかけてきた。

「少しつきあってくれない？」

「かまいませんが、こんな時間にいったい何です？」

「私を護衛するのよ。何かあってからでは遅いでしょう？」

護衛というからには、ただの聞き込みではないのだろう。どこかへ潜入するのか。それとも誰かに会って情報を取るのか。気になったが、それ以上、彼女は話してくれなかった。


沙也香と鷹野は分室を出て、タクシーに乗り込んだ。この時刻、渋滞などはないから車での移動は速い。十分ほどで日本橋《にほんばし》に到着した。

車を降り、オフィスビルの建ち並ぶ道を歩いていく。昼間は多くの会社員が行き交う通りだが、今はほとんどひとけがなかった。ビルを見上げても明かりはまばらで、残業している者は少ないようだ。

沙也香は慣れた様子で足早に進んでいく。すでに閉店しているコーヒーショップの角を曲がり、細い道に入った。この辺りまで来ると、四階建てぐらいの雑居ビルが目立つ。建物を取り壊した跡に造られた、小さなコインパーキングなどもある。

沙也香は内科クリニックと法律事務所の間の、狭い路地に入っていった。その奥の軒下に誰かが立っている。鷹野は暗がりの中、目を凝らした。

沙也香の協力者、北条毅彦だった。

彼はこの暗い場所にじっと身を潜め、沙也香がやってくるのを待っていたらしい。前回会ったときには目つきが鋭く、精悍な人物という印象があった。ところが今の北条からは、そんな雰囲気はまったく感じられない。顔を強張らせ、ひどく緊張しているようだった。

「ごめんなさい」沙也香は小声で話しかけた。「かなり待った？」

「ええ、十五分ぐらいね……」

声がかすれたのに気づいて、北条は軽く咳をした。それから、あらためて沙也香を見つめた。

「氷室さん、助けてくれ。まずいことになった」

「詳しく聞かせてくれる？」

「今日、目黒のビルに仕掛けた爆弾は不発だった。ただの不発ならまだよかったが、警察が処理をしただろう。それが問題になった。誰かが警察に垂れ込んだに違いないってね。それで、教団の中でスパイ捜しが始まったんだ」

「爆発物を見つけた以上、そのまま放っておくわけにはいかなかった。起爆していたら、どれほどの被害が出たかわからなかったし……」

「警察側の事情はいいんですよ。問題は俺のことだ。このままだと俺は、教団の奴らに殺されるかもしれない」

北条の目は真剣だった。どうにか声を抑えているが、気持ちが高ぶって仕方がないという様子だ。

「いくつか方法があるわ」沙也香は落ち着いた声で言った。「ひとつ。このまま教団に戻って、何も知らない顔をし続ける」

「それができないから相談してるんじゃないか！」

思わず声が大きくなってしまったようだ。北条は慌てて周囲を見回したあと、唾《つば》を呑み込んでから小声で続けた。

「情報をつかむため、俺はかなり危ない橋を渡ったんだ。教団幹部の部屋に忍び込んだり、事務所の中を調べ回ったり……。メールを送るときも必死だった。見つかりそうだったから、中途半端な形になってしまったけど、俺のおかげで警察は爆弾を処理できたんだろう？」

「あのあと返事をしなかったのはなぜ？」

「周りからチェックされて、連絡ができなかった。夜になって、やっとメールが送れたんだよ」

それで沙也香は、こんな時刻に外出したわけだ。鷹野を連れてきたのは、メールが罠《わな》かもしれないと疑ったからだろう。

「教団には戻れないというのね？」

「監視の目を盗んで、本部を出たんだ。今ごろ教団は俺を捜しているはずだよ。急に外出したから、俺はスパイだと白状したようなものなんだ」

「わかるわ。だけど、できればあなたには教団に戻ってほしい。まだ入手してもらいたい情報がたくさんあるの」

「もう勘弁してくれ。のこのこ戻っていったら本当に殺される。そのあとどうなるかわかるだろう？俺の死体は教団本部で保存されるんだ。いつか蘇る日のために。……くそ、冗談じゃない！」

北条は唇を震わせていた。もともと彼は世界新生教の信者だったはずだ。だが沙也香のスパイとして働くうち、教団の教えを疑うようになったのかもしれない。

「だったら、ふたつ目の選択肢。まとまった金をあげるから、ほとぼりが冷めるまで、どこか遠くで暮らすというのは？」

「俺には妻も子供もいるんだぞ。連れて行けると思うか？」

「ひとりで逃げるのは無理かしら」

「妻子を人質にとられるかもしれない。いや、俺の代わりに殺されるかも……」

沙也香は小さくため息をついた。それを見て、北条は不快感を抱いたようだ。

「今すぐ教団をつぶしてくださいよ。爆破事件の容疑がかかっていれば、ガサ入れだって何だってできるでしょう」

「それはあなたが判断することじゃないわ」

「じゃあ、どうしろって言うんです？」

北条は沙也香の肩に手をかけようとする。鷹野は一歩前に出て、それを遮った。

眉間に皺を寄せて、彼は鷹野を睨みつけてきた。

「だったら、覚悟を決めるしかないわね」沙也香は言った。「北条くん、自首しなさい」

すう、と息を吸い込む音がした。北条は目を大きく見開き、信じられないという顔で沙也香を見つめる。

「氷室さん、本気で言ってるのか？」

「ええ、もちろん」

「……あんた、何があっても俺を逮捕することはないって、前に約束したよな？」

「私が逮捕することはない、と言ったの。あなたが自首するなら話は別」

「待ってくれ。そんな馬鹿な話があるか！」

辺りに目を走らせてから、沙也香は北条に視線を戻した。

「あなた、追われているんでしょう？　早く自首しないと教団に捕まるわよ」

「何なんだよ。俺を騙したのか？　今までずっと信じてきたのに……」

「日本橋駅の近くに中央警察署がある。行きなさい」

そう言うと、沙也香は踵を返した。暗がりから路地へ、路地から表の通りへと向かう。

「なんとかしてくれよ。助けてくれ。助けて……ください」

弱々しい声が聞こえてくる。だが沙也香は振り返らなかった。無言のまま、彼女は靴音を響かせて歩いていく。

これが公安の仕事なのか。そう考えながら、鷹野は沙也香のあとを追った。

爆破未遂から三日後——。
準備を整えた佐久間班は、サポートチームの協力を得て世界新生教の家宅捜索を行った。

　練馬区にある教団本部は騒然となった。大声を出して威嚇《いかく》する者、捜査員につかみかかる者、地面に寝転がって抗議する者などが続出した。公務執行妨害で何人かを逮捕しながら、公安部員たちはガサ入れを始めた。

　中に入ると、中高年の信者たちが悲鳴を上げた。

「おとなしくしろ！」

　能見が信者たちを一喝《いっかつ》した。彼は令状をみなに見せた。

「警視庁公安部だ。全員その場から動くな。ものに触ってはいけない。責任者はどこだ？」

「先生は今、祈禱《きとう》の最中です」信者のひとりが言った。「邪魔をしてはいけません」

「そういう状況じゃないんだ。どいてもらおう」

「駄目です。やめてください」

　能見と国枝、溝口が鉄製のドアを押し開ける。佐久間、沙也香、鷹野もあとに続いて、部屋に踏み込んだ。

　エアコンの強い冷気が感じられた。室内には香のにおいが充満している。その中に、かすかな腐臭が混じっていた。

　――あのときと同じだ。

　鷹野は思い出していた。森川章二の家で嗅いだものとそっくりだった。リフォームされ、外界から遮断された暗い部屋。その中に森川聡の遺体が眠っていたのだ。

　部屋の中を見回して、鷹野ははっとした。床に敷かれた何枚かのブルーシート。その上に、浴衣《ゆかた》のようなものを着せられた人たちが横たわっていた。

　四人……いや、五人いる。

　全員がミイラ化していた。長期間エアコンで冷気を当て、乾燥させ続けたに違いない。

　絶命してからの期間はまちまちだろう。古いものはすっかり干からびてしまっている。髪の長いものはおそらく女性の遺体だ。中にはごく小柄な遺体もあり、子供ではないかと思われた。

それらの遺体の向こうに祭壇があった。法衣《ほうえ》を着た男がこちらに背を向け、唸るような声で祈禱をしている。

「阿矢地明星さんですね？」沙也香が硬い声で尋ねた。「警視庁公安部です」

祈禱の声が止まった。阿矢地はゆっくりと振り返る。仙人のような長いひげを生《は》やした、顔色の悪い人物だった。

「騒々しい。何事であるか」

芝居がかった口調で教祖は言った。信者たちの前で、彼はいつもこんなふうに振る舞っているのだろうか。

「この遺体は何ですか。説明を求めます」

「いずれも我が世界新生教の信者である。その者たちは死んでいるが、滅んではいない。それは仮の姿だ。時が満ちれば蘇るであろう」

能見が身じろぎをした。だが、彼が口を開く前に沙也香が話を続けた。

「勝手に遺体を保存すれば死体損壊・遺棄罪に問われます。過去に摘発を受けているのだから、あなたも理解しているはずです」

すると、阿矢地は不敵な笑みを浮かべた。

「いずれ蘇る者を埋葬したら、それこそ殺人ではないのか？」

「そんな話は通用しません」

沙也香が目配せをすると、能見が一歩前に出た。彼は令状を呈示する。

「家宅捜索を行う。そのあと、遺体についてもじっくり聞かせてもらうからな」

能見の合図で、捜査員たちは一斉に捜索を始めた。段ボール箱を組み立て、各種の資料やノート、メモ類、パソコンなどを押収していく。

「先生……」

幹部らしい男たちが阿矢地のそばにやってきた。不安げな彼らを見回し、阿矢地は首を横に振っている。最初は抵抗しようとしていた幹部たちも、もはや為《な》すすべがないと諦めたようだった。

「そこの女」捜索を続ける沙也香に向かって、阿矢地が言った。「おまえには、不幸を呼ぶ相があるな」

「あいにく、私は占いを信じないの」

「なるほど。しかしいつまで強がっていられるかな。おまえに関わった者は例外なく、みな不幸になる。中には死ぬ者もおるだろう。……いや待て。すでに何人か殺しているのではないか？」

馬鹿馬鹿《ばかばか》しい、と鷹野は思った。捜索を受けた腹いせに、そんなことを言うのだろう。

だが沙也香のほうを向いて、鷹野ははっとした。彼女の顔が強張っているように見えたからだ。

「じきにそんな口は利けなくなるわ」沙也香は言った。

ふん、と阿矢地は鼻を鳴らす。彼は悪意のこもった目で沙也香を見つめた。

「なんとまあ、業の深い女よ」

阿矢地は声を上げて笑いだした。

そんな声はまるで聞こえないという様子で、沙也香は作業に戻っていった。


家宅捜索のあと、教祖と教団幹部五名が逮捕された。

それから二日間、練馬署で取調べが行われている。サポートチームが担当してくれている間に、鷹野たちは裏付け捜査を進めた。

捜査の合間に取調べの様子を聞いたのだが、思ったより難航しているようだった。あれだけの遺体を隠していたのだから、言い逃れはできないはずだ。ところが事前に示し合わせていたのか、教祖も幹部も全員黙秘を続けているらしい。取調べには時間がかかりそうだという話だった。

一方、能見は真藤の秘書・森川聡を逮捕して、取調べを始めた。彼が森川自身でないのはすでにわかっている。それを取調室で指摘すると、さすがに青くなったそうだ。しかしその後は偽森川も黙り込んでしまった。能見が圧力をかけても、一向に口を割らないという。

分室に戻ってきた能見は、渋い表情で佐久間に尋ねた。

「どうしますか。もっと締め上げましょうか」

「教団のスパイごときが、ずいぶんと舐めた真似をしてくれるな」佐久間は不機嫌そうな顔をしている。「まあ、奴が喋らなくても教団幹部を崩していけばいい。偽森川が真藤殺しに関わっているのは間違いないんだからな」

そんな会話を聞きながら、鷹野はひとり腑に落ちない思いを抱いていた。

「結局、あの天秤は何だったんでしょうか」

鷹野がつぶやくと、能見は露骨に不快そうな表情を浮かべた。

「おまえ、まだそんなことを言ってるのかよ」

「何か、宗教上の意味があったんじゃないですか？」溝口がこちらを向いた。「幹部の取調べを続ければ、いずれ解明されますよ」

「その前に阿矢地が喋ってくれれば助かるんですけどね」国枝は腕組みをした。「取調べを担当しているチームには頑張ってもらわないと」

同僚たちは現場の遺留品について、推理を働かせようとは思わないらしかった。鷹野にはそれが納得できない。

「犯人はあれだけの死体損壊をしていったんです。何か意味があるのでは……」

「なあ鷹野」能見が眉をひそめながら言った。「あれこれ考えるのもけっこうだが、今俺たちの前には、逮捕された連中が何人もいるんだぜ。まずは、そいつらを調べるべきだろう。教祖や幹部を捕らえたんだから、世界新生教はまもなく壊滅する。そうなれば、俺たち公安部の目的は果たせるってわけだ」

「しかし実行犯が捕まっていません」

「いずれ幹部の誰かが吐くさ。それから捕まえるんだよ」

能見はあくまで教団つぶしを目的としているようだ。監視対象だった組織を、佐久間班が摘発した。公安部としては大きな成果を挙げたと言うべきだろう。だが、それでも割り切れない思いがある。

「俺はどうしても、実行犯のことが気になるんです」

頭に浮かんでくるのはクロコダイルのマークだ。あれが犯人を指し示しているような気がしてならない。

「鷹野くん、優先順位の問題よ」横から沙也香が言った。「実行犯を捜して、当てもなく聞き込みをするより、幹部たちを調べたほうが効率的でしょう」

沙也香に諭され、鷹野は考え込んだ。たしかに今の段階ではそうすべきかもしれない、という気がした。もしかしたら自分は、刑事部のやり方にこだわりすぎているのだろうか。


ミーティングのあと、佐久間はみなを見回して言った。

「教団への家宅捜索のとき、おまえたちには徹夜をしてもらった。あまり無理をすると作業効率が落ちるだろう。今日は早めに切り上げて、明日からまた全力を尽くしてくれ」

鷹野は軽い驚きを感じた。普段厳しい佐久間の口から、そんな言葉が出るとは思わなかったのだ。

「じゃあ、すみません。早めに引き揚げます。先延ばしにしていた用事があるもんで」

資料を手にして能見が言った。それを聞いて溝口もうなずく。

「僕もそうなんです」

自分の机に戻ると、ふたりはそれぞれ書類を片づけ、分室を出ていった。

鷹野はパソコンに向かって、もう少し資料をまとめることにした。沙也香もそうするだろうと思っていたが、彼女はじきに椅子から立ち上がった。

「国枝さん、お先に失礼します」そう言ったあと、沙也香は鷹野のほうを向いた。「あなたも、たまには早く帰ったら？　こんな機会、滅多にないんだから」

「わかりました。きりのいいところで帰ります」

「ええ、そうして」

会釈をして、沙也香は廊下に出ていった。

鷹野は作業に取りかかった。佐久間は自室にこもっている。今、この部屋にいるのは鷹野と国枝だけだった。国枝は眉間に皺を寄せて、パソコンの画面を睨んでいる。何か難しい文書でも読んでいるのだろうか。

そのうち国枝は、うーん、と大きく伸びをした。

「歳はとりたくないもんですなあ。資料がなかなか頭に入ってこない」

独り言のようにつぶやいて、彼は缶コーヒーを飲み始めた。

少し雑談できそうな雰囲気だ。鷹野はそっと話しかけてみた。

「たまにはこういう日もあるんですね。みんな今日は早く帰って、自宅で休養ですか」

缶を机に置いてから、国枝はこちらに視線を向けた。

「いやいや、能見さんも溝口くんも、自分のエスに会いに行ったんだと思います。情報を吸い上げてから飯をご馳走してやったり、活動費を渡したりね」

「そうなんですか？」

「最近ずっと捜査で忙しかったでしょう。時間ができて、やっと協力者たちに接触できるというわけです。能見さんなんかは、一晩で三、四人に会うんじゃないかな」

「一晩で？　だとすると、休養どころじゃありませんね」

「まあ、あの人は誰かと飲むのが好きなので、いいガス抜きになるかもしれません」

ここで鷹野は沙也香の顔を思い出した。彼女が早く帰った理由も同じなのだろうか。

鷹野は隣の机をじっと見つめた。国枝はそれに気づいたようだ。

「ああ、氷室主任はちょっと違うでしょうね」

「エスに会うんじゃないんですか？」

「北条の妻子に会いに行ったんでしょう」

鷹野ははっとした。

北条毅彦は、沙也香に諭された日の深夜に自首した、と聞いている。一時は反発したものの、ほかに教団から逃《のが》れる手はないと考えたのだろう。彼は世界新生教が爆破未遂に関与したことを伝え、自分もそれを手伝ったと供述した。今は教団幹部たちとは別に、取調べを受けているはずだ。

「北条が逮捕されたから、奥さんには充分な生活費を与えないとね」と国枝。

「エスの家族まで面倒を見るんですか？」

「氷室さんは北条に危険が及ばないよう、自首を勧めたんですよ。爆破未遂のあと教祖たちを逮捕するまで、何日か時間が必要でした。その間に報復を受けてはまずいから、留置場に入れたんです。奥さんと子供のほうは、目立たないようにサポートチームが警護しています。じきに解体されるから、教団内部はがたがたでしょう。今後は奥さんや子供も安心できるはずです」

納得はしたが、あれは本当にベストの方法だったのだろうか。

鷹野は公園で見た妻子を思い出した。北条梓は今日、沙也香から話を聞いて、どんなふうに感じるのだろう。北条が警察の手伝いをしていた事実を、彼女は知らない。いきなり事情を聞かされて、呆然とするのではないか。

「奥さんは氷室さんを恨むでしょうね」鷹野はつぶやいた。

「仕方ありません。私たちはひどい人間なんですよ。まずは、それを理解するところから始めないと」

エスひとりで済む話ではなかったのだ。その周りには家族や親戚、友人、知人がいる。エスにも生活があり、仕事がある。それらを一瞬にして奪い去ってしまったのが、今回の一件だ。

これが協力者を運営するということなのか。鷹野はひとり考え込む。

国枝は引き出しからノートを出して、何か書き込んでいた。しばらく彼の様子をうかがってから、思い切って鷹野は尋ねてみた。

「氷室主任から聞きました。奥さんの事件について……」

黙ったまま国枝は顔を上げる。困ったな、という表情だったが、じきに口元を緩めた。

「……まあ、あまり気をつかわないでください」

「そんな事件があったのに、公安の仕事を続けているんですね。俺には真似できそうにありません」

「真似する必要はないですよ。鷹野さんには鷹野さんのやり方があるでしょう」

「とはいえ、この部署にいるのなら、俺も変わらなくちゃいけないと思うんです」

「前に言っていたじゃありませんか。あなたが変わると同時に、周りを変えていけばいい。私や佐久間班長みたいな古い人間のことは、気にせずにね」

「いや、そういうわけには……」

「班長がなぜあなたを受け入れたか、考えてみるといいですよ。ほかの班のリーダーたちなら、断っていた可能性が高いですからね」

ふふっと笑って、国枝は缶コーヒーを一口飲んだ。

午後九時過ぎ、鷹野は自宅近くの蕎麦屋《そば》に入った。

前から気になっていたのだが、わざわざ立ち寄ろうとはしなかった店だ。だが今日は、入ってみようと思い立った。

古い造りの店だった。カウンター席が五つにテーブルがふたつ。奥に小上がりがあるらしい。壁にはメニューが貼られ、天井近くにテレビが設置されている。カラーボックスに置かれた漫画本は、どれもよれよれだ。まるで数十年前の世界に迷い込んでしまったようだった。

仕事が一段落したこともあって、少し贅沢《ぜいたく》をしようという気になった。天ざるを頼み、駅で買った新聞を開く。

社会面を見ると、つい殺人や強盗傷害事件の記事を探してしまう。刑事部時代の癖がまだ抜けない。公安部の仕事は新聞などにはまず載らない。公安の仕事は一番目に見えにくいものだ、と国枝が話していた。沙也香も、汚い仕事を一手に引き受けるのが公安だと言っていた。そういう部署なのだ。

天ざるを食べ終わり、鷹野はレジに向かった。

「ごちそうさまでした。エビがとても旨《うま》かったですよ」

鷹野が話しかけると、人のよさそうな店主は笑顔を見せた。

「ありがとうございます。お客さん、初めての方ですか？」

「ええ、前から気になっていたんですがね。今日は時間があったものだから」

「ぜひまた寄ってください。お待ちしています」

釣りを受け取り、鷹野は軽く頭を下げて外に出た。店主は最後まで笑顔で見送ってくれた。

今の店主にとっては、この商売を毎日続けるのが当たり前のことなのだろう。そこに日常があり、平穏がある。鷹野たち公安部員は、彼らの生活を守るために働いている。感謝などされなくても、みなが安心して暮らせればそれでいい。

住宅街を歩いていると、携帯電話が振動した。

液晶画面には佐久間班長の名前が表示されている。何だろう、と思って鷹野は通話ボタンを押した。

「はい、鷹野です」

「殺人事件だ」低い声で佐久間は言った。「被害者の心臓が抉り出されて、現場に残されている」

一瞬、相手の言うことが理解できなかった。だが数秒後、鷹野は目を大きく見開いた。それは、あの事件の再来ではないのか。

「もしかして、天秤も？」

「ああ。天秤は釣り合っていた」

やはりそうだ。赤坂事件が再現されている。第二の事件が起こってしまったのだ。

鷹野の脳裏に、事件現場の様子が甦った。血だまりの中、仰向けに倒れている男性。その体のあちこちに血が付着している。奇妙に凹《へこ》んだ腹部。中にあるはずの臓器はほとんど抉り出され、持ち去られているのだ。そんな中、ただひとつ残されたのは心臓だった。それは天秤の一方に載せられ、赤黒くぬらぬらと光っている——。

「どこですか？　現場を教えてください」

場所を確認して携帯をポケットに戻す。

表情を引き締め、鷹野は駅に向かって走りだした。

第五章　葬儀屋

1

　ＪＲで中野《なかの》駅へ移動した。

　南口に出て、鷹野は腕時計を確認する。四月十九日、午後十時十五分。

　駅前は会社員や学生たちで混《こ》み合っている。すでに一杯やって、これから二軒目に行こうという人が多いようだ。何が可笑しいのか、げらげら笑っている男性がいる。携帯で誰かと話し込んでいる女性もいる。

　彼らの間を縫って、鷹野はタクシー乗り場へ急いだ。

　目的の住宅街までは車で七分ほどかかった。タクシーを降りて、辺りを確認する。

　現場はすぐにわかった。数台の警察車両が停まっていて、少し離れた場所に野次馬が集まっている。彼らは不安げな顔をして、何かささやき交わしていた。

　警察官たちが出入りしているのは築四、五十年と思われる二階家だ。どの窓も雨戸で閉ざされていて、庭先にはごみが散らばっている。表札を取り去った跡があるため、住人のいなくなった廃屋だと想像できた。

「鷹野さん、こっちです」

　電柱のそばで国枝が手を振っていた。一緒にいるのは佐久間班長と溝口だ。鷹野は急ぎ足で近づいていった。

「すみません、遅くなりました」

「なぜ詫びる？　時間の指定などしなかったはずだ」

佐久間は鷹野を叱責しなかった。だが表情を見れば、普段以上に不機嫌なのがよくわかる。

「同じ手口だそうですね。赤坂事件と同一人物の仕業でしょうか」

鷹野が話しかけると、佐久間は眉をひそめてこちらを向いた。

「考えるのは、現場を見てからだ」

そう突き放したものの、佐久間もわかっているはずだった。手口が酷似しているとなれば、同じ人間の犯行と考えるしかない。現場の状況はマスコミに流れていないのだから、模倣犯が出るとは考えられないのだ。

ふと見ると、玄関の前に見知った人物がいた。十一係の早瀬泰之係長だ。

彼は鷹野に気づいて、小さく右手を上げた。鷹野は目礼を返す。

と、そこへ、うしろから女性の声が聞こえた。

「申し訳ありません。移動に時間がかかってしまって」

振り返ると沙也香が立っていた。北条の妻子に金を渡してきたのだろうか。

もしかしたら彼女は、梓から責められていたのではないか、と鷹野は思った。だとしたら佐久間からの緊急連絡は、沙也香にとってありがたいものだったに違いない。急ぎの仕事だという理由で、話を切り上げることができたはずだからだ。

やがて能見も現場にやってきた。

六人が揃ったところで、国枝が話しだした。

「現在わかっている情報をお伝えします。本日午後九時十分ごろ、この廃屋で男性の遺体が見つかりました。第一発見者は住所不定の男で、ここへ盗みに入ったようです。ところが遺体を見つけてしまい、悲鳴を上げて逃げ出した。通行人や近隣住民が騒ぎに気づいて集まり、警察に通報したというわけです」

「被害者は？」

「明慶《めいけい》大学医学部の教授・笠原繁信《かさはらしげのぶ》、六十歳です。長年、病理学などの研究をしてきたようですね。……そこから先は溝口くん、頼みます」

はい、と答えて溝口は携帯電話の画面を見つめた。

「笠原繁信は大学内で評価が高く、次期総長の有力候補でした。ただ、学生に対してはかなり厳しい立場をとっていて、自治活動に圧力をかけるような言動があったそうです。一部の学生は強く反発して、『笠原を糾弾《きゅうだん》する！』といったビラが撒かれたことが数回。あとは、自宅の自転車に放火される事件がありました」

「学生の自治活動を押さえ込もうとするとは、今どき珍しいな」

佐久間が首をかしげる。それを受けて、沙也香が口を開いた。

「以前から、明慶大学には左翼のセクトが出入りしていたはずです。その関係ではないかと」

「そうなんです」溝口がうなずいた。「本件は左翼団体の犯行かもしれません」

「あとは、殺しの手口ですよね」能見が言った。「赤坂事件とよく似ているのなら、同じ奴の犯行だということになります」

刑事部の鑑識作業が行われる間、佐久間班のメンバーは待機を続けた。

佐久間は腕組みをして、事件現場の民家を見つめている。面パトの回転灯のせいで、その横顔は赤く染まって見えた。第二の犯行を許してしまったことを悔いているのか。それとも自分たちを愚弄するような犯人の行動に、強い憤りを感じているのか。

険しい表情の中で、佐久間の頬がぴくりと動いた。

四十分ほど経ったころ、早瀬係長がこちらへやってきた。

佐久間から鷹野、その他のメンバーへと目をやったあと、早瀬は佐久間に視線を戻した。

「うちの鑑識作業は終わりました。現場をご覧になりますか？」

「もちろんです」佐久間は重々しい口調で言った。「我々はそのために、ここへ来たんですから」

「説明しましょうか。それとも、赤坂のときのように秘密主義ですか？」

「秘密主義ではありません。気が散らないようにしたいだけです」

「わかりました。こっちです」

早瀬は踵を返して民家の玄関に向かった。鷹野たちは白手袋を嵌めて、あとを追った。

想像していたとおり、屋内はかなり荒れた状態だった。あちこちに紙ごみやレジ袋、古新聞などが落ちている。ゴム手袋やぼろきれ、飲料の残ったペットボトルなどもあった。

廊下を十メートルほど進んだところで、早瀬は振り返った。

「ここが現場です。腹を刺されて死亡、そのあとは……例のとおりです」

「では、あとは我々だけで」

佐久間は早瀬をちらりと見たあと、ドアを抜けて室内に入った。メンバーたちもそれに続く。最後になった鷹野は、早瀬に会釈をした。

「どう見ても同一人物の犯行だ」早瀬はささやいた。「だが天秤の意味がわからない。うちの特捜も苦戦している」

「よく観察してみます」

そう答えて鷹野は部屋に入っていく。早瀬はしばらく佇んでいたが、やがて玄関のほうへ去っていった。

現場は台所だった。刑事部の鑑識課が照明器具を設置したのだろう、室内には青白いライトが灯されている。

テーブルは西側の壁に寄せられていた。部屋の中央に血だまりが出来ている。その中に、スーツ姿の男性が倒れていた。

明慶大学の教授・笠原繁信だ。

白髪の多い頭。皺の刻まれた額。その下にあるのは太い眉と、開かれた両目だった。どこかを睨んでいるというのではない。自分の身に起こった出来事を理解できていないような、何かを不思議に感じているような、ぼんやりした表情を浮かべていた。

胸と腹には切り裂かれた痕がある。そこから大量の血が流れ出したのだ。

——やはり同じ手口だ。我々は第二の被害者を出してしまった。

鷹野は唇を噛んだ。これまで事件現場の異様さを指摘し、何らかのメッセージがあるのではないか、と班のメンバーたちに伝えていた。だがその意味がつかめないまま、二件目の発生を許してしまったのだ。今までの努力はいったい何だったのか、という悔しさがある。

「準備をしろ」

佐久間の一言でメンバーたちは動きだした。赤坂のときと同様、溝口が取り出したシートを、みなで窓に貼っていく。外から見られないようにしてから、あらためて鷹野たちは遺体を観察した。

「殺害したあとに損壊していますね」能見が報告した。「傷の具合も前回とよく似ています。おそらく同じ形状の刃物で、同じように切開したんでしょう。そして臓物を引きずり出した」

カメラのフラッシュが光った。鷹野が遺体を撮影したのだ。

能見は一瞬不快そうな表情を見せたが、何も言わなかった。そのまま遺体を調べ続ける。

「ほかに目立った外傷はありません。それから……」

能見は室内を見回した。立ち上がって、ごみ箱や流し台の中を確認する。

「取り出された臓器はほとんど持ち去られたようです」

「残されているのはこれだけですね」

国枝が指差しているのは天秤だった。一方には心臓が載せられている。ほんの数時間前まで、被害者の体内にあったものだろう。その事実が、鷹野には何か奇妙なことのように感じられた。血液を体中に巡らせるための重要な臓器。それが量り売りでもするかのように、天秤の皿に載せられているのだ。

もう一方の皿には、見覚えのある羽根が載っていた。普通なら心臓のほうが重いはずだが、前回同様に細工されているらしく、天秤はきれいに釣り合っている。

「そして、最後にこれですね」

沙也香が床に置かれていたものを指し示した。ヒエログリフが刻まれたプラスチック製の板だ。

何から何まで赤坂の事件とそっくりだ。鷹野はそれらの品を手早く撮影していった。

「あった……」鷹野はつぶやいた。「例の印です」

切開された傷のそば、下腹部に小さな枢のような血痕が残されていた。前回と同じ道具が使われたのだろう。

佐久間が遺体のベルトを調べ始めた。バックルを開いたが、不審なスペースはない。

「そうでしたね」国枝が横から、佐久間の手元を覗き込んだ。「真藤のときは、ここに何かが入っていた可能性がありました」

「ネットの様子はどうだ」

佐久間に訊かれて、溝口はノートパソコンから顔を上げた。

「事件があったらしい、という書き込みは見られます。でも、本件の犯行をほのめかすような投稿はないですね」

「明慶大学のSNSは調べたか」

「はい、そちらにも不審な書き込みはありません」

しばらく考えたあと、佐久間は再び溝口のほうを向いた。

「真藤健吾と笠原繁信の間に、何か関係は？」

「今調べているんですが、これといった情報は出てこなくて……」

「真藤は六十四歳、笠原は六十歳か。出身地や出身大学はどうなんだ？」

「出身地も大学も違います。今のところ、接点は見つかりません」

「どこかで繋がっていそうだがな」

佐久間はそうつぶやいて、黙り込んでしまった。

静まりかえった部屋の中で、鷹野は言った。

「今回もひどく猟奇的な手口です。心臓、天秤、ヒエログリフ。犯人はなぜ、こんなに手間のかかる細工をしたんでしょうか」

「なあ鷹野、いちいちブツのことを考えたがるのは、元刑事の習性なのか？」

能見がとげとげしい目でこちらを見ている。

「これだけ手の込んだことをするからには、何か理由があるはずです。それは犯行の動機と繋がっていると思います」

「組織的な犯行なら、動機を想像したって意味はないぞ。犯人は上からの命令で動くんだからな」

「だとしたら、よけい気になりませんか。こんなふうに時間のかかる損壊をすれば、人に見つかるリスクが高くなる。組織は犯人に無理難題を押しつけて、失敗させたかったんでしょうか？　そんなはずはありませんよね。私はこの現場に矛盾を感じるんです。矛盾こそ事件解決の重要なヒントなんです」

「またそれか。つきあってられねえな」

能見はわざとらしく舌打ちをした。国枝と溝口は、どうしたものかという顔で様子を見ている。

ここで佐久間が口を開いた。

「鷹野。我々にはもっと現実的な読みが必要だ」

「現実的な？」鷹野は首をかしげる。

「赤坂事件とこの中野事件では、現場に共通点が多い。これを見れば、同一人物の犯行であることは明らかだ。……その犯人は赤坂事件で爆発物を使った。爆発物は日本国民解放軍から入手したものだろう。そして解放軍は一般の人間とは取引をしない。となれば、犯人はどこかの組織に所属する人物だ」

「すると、どうなります？」

「組織によるテロ事件という線で、我々は捜査を続ける。そういうことだ」

　鷹野は相手を押しとどめるような仕草をした。

「待ってください。今、赤坂事件は世界新生教の犯行だという見方で取調べをしていますよね。この中野事件も教団の仕業なんですか？」

「ああ、そうかもしれない。あるいは、どこかの左翼団体の仕業かもしれない」

「その左翼団体はどこにあるんですか」

「これから見つけるんだ。臭《くさ》いところを調べていって、犯人を炙《あぶ》り出す」

　驚いて、鷹野は首を左右に振った。

「なぜそうなるんです？　現場にはこれだけヒントが残されているじゃないですか。そこから犯人を特定すべきなのでは……」

「いいか鷹野」佐久間は苛立った表情で言った。「公安部の仕事は、反社会的な組織をつぶすことだ。今回の殺人事件は、そのためのきっかけに過ぎない」

　手段と目的が逆だ、と鷹野は思った。赤坂事件、中野事件の現場には不可解な謎がある。それを解明する努力はせず、疑わしい組織を調べて犯人捜しをするというのか。シナリオありきで進んだら、最悪、犯人をでっち上げることになるのではないか。

「私は賛成できません」

「おまえの意見は聞いていない」佐久間は厳しい口調で言い放った。「我々はあくまで、本件をテロ事件として扱う。十一係の早瀬とも、その方向で調整中だ」

「早瀬係長と？」

「刑事部は殺人事件の背景を探る。俺たちはテロ組織の調査を進める。そういう役割分担になっている」

佐久間はそれだけ言うと、みなに撤収を命じた。班のメンバーたちはすぐに作業を始める。

彼らの様子を見ながら、鷹野は割り切れない思いを感じていた。

2

世界新生教の幹部たちを逮捕して、事件は解決に向かうだろうと思っていた。

だがその考えは甘かったようだ。第二の殺人事件が発生して、佐久間班は再び捜査に全力を尽くすことになった。

事件の翌朝、分室でミーティングが行われた。

「昨夜のうちにいくつか情報が入った」佐久間は部下たちを見回しながら言った。「笠原繁信を敵視している組織がある。学生たちともパイプを持っている左翼団体・民族共闘戦線だ。この団体をマークする。担当は俺と能見だ」

わかりました、と能見は力強く答える。佐久間は続けた。

「国枝さんは溝口と一緒に、学生たちの動きを探ってください。明慶大学だけでなく、関係の深いほかの大学も調べてほしい。過去に不審な出来事がなかったか、気になる」

国枝はうなずいて、メモ帳に何か書き込んだ。

「それから氷室と鷹野」佐久間はこちらを向いた。「おまえたちは真藤健吾と笠原繁信の関係を探れ。何か繋がりがあるはずだ」

「了解です」

はっきりした声で沙也香は答えた。

すぐに捜査が始まった。鷹野は沙也香とともに分室を出て、地下鉄の駅へ向かう。

「正直な話、こんな状況になるとは予想していなかった」沙也香が言った。「もし次の事件が起こるとしたら、例の爆発物を使ったテロだと思っていたから」

日本国民解放軍の残党・郡司たちは捜査一課がすでに逮捕している。まだ自供は得られていないようだが、彼らが複数の爆発物を販売していたのは事実だ。沙也香はそれらがテロに使われると思っていたわけだ。

「ところが、実際には殺しが起こった。今回爆発物は使われていない。前の事件との関係をどう考えたらいいか、わからなくなった」

「ええ、爆発物が使われなかった点だけは、前回と手口が違っています。それ以外はよく似ていましたね。心臓も、天秤も、ヒエログリフも」

鷹野がそう答えると、沙也香はちらりとこちらを見た。

「あなた、言いたいことがあるんじゃないの？」

「……何です？」

「鷹野くんは最初から、現場の遺留品に注目していた。犯人はメッセージを残したんだと主張していた。でも佐久間班長は聞き入れなかった」

「それが班長の考えなら従うしかないんでしょう？国枝さんがそう言っていましたよ」

沙也香は軽くため息をついてから、話を続けた。

「この事件は、今まで私たちが扱ってきたものとは違う。公安のやり方だけでは通用しない気がする」

「長く捜査を続けてきたのなら、過去にこういう不可解な事件もあったのでは？」

「そうね、あったかもしれない。でも、私たちはいつも組織の犯行だと考えて、犯人を推定してきた。結果的にそれで犯人は捕まったし、組織を弱体化させることもできた。ところが今回、私たちは気づいてしまった。みんな、あなたのせいよ」

足を止めて、沙也香は鷹野の顔を見上げた。鷹野はその視線を正面から受け止める。

「俺が何かしましたか？」

「知らなければ、そのままでいられたの。見込み捜査でも何でもやって、犯人を検挙すればよかった。私たちはそれで達成感が得られたんだから。でもあなたと会って迷いが生じた。……自分たちのやり方が間違っていたとは思いたくない。だけど鷹野くんの意見を聞くと、別の角度からも調べたほうがいいんじゃないかと思えてくる」

「刑事部では当たり前のことだったんですがね」

「佐久間班長も能見さんも、刑事部を軽視している。国を守るためには自分たちの捜査方法が一番だと信じてきたはず。私もそういうふうに育てられてきた。だから今、戸惑っているの。……はっきり言うわね。あなたのやり方のほうが合理的で、かつ、誠意があると私は感じている」

沙也香の口から、誠意などという言葉が出るとは思わなかった。それが彼女の本意なら、もう少し歩み寄ることができるかもしれない。

「捜査を続けましょう」鷹野は言った。「筋読みをして、証拠を集めて、犯人を特定するんです。結果として組織が摘発できるのなら、何も問題ないはずです」

「そうね。このまま、あの犯人にやられっぱなしというわけにはいかない」

厳しい表情を見せて、沙也香は言った。

鷹野と沙也香は東祥大学に向かった。

昨日、事件現場であらたなヒエログリフが発見されている。その内容を知るためだ。

塚本寿志准教授の部屋を訪ねるのは二回目だった。講義の準備があるようだが、塚本は時間をとってくれた。鷹野と沙也香は応接セットに案内された。

先日会った大学院生の男性が、お茶を淹れてきてくれた。

「どうもありがとうございます」沙也香は愛想《あいそ》よく会釈をする。

「捜査は進んでいるんですか?」気がかりだという顔で、彼は尋ねてきた。「新聞やテレビには出ていないようですけど、塚本先生も僕もすごく心配しているんです」

「津村《つむら》くんも、この事件には興味があるようなんですよ」塚本が言った。「ああ、もちろん守秘義務のことは、彼にもよく言ってあります」

「早く解決できるよう、全力を尽くしますので……」

「ええ、頑張ってください」

頭を下げて、院生の津村は隣の部屋に戻っていった。

鷹野はあらためて塚本に頭を下げた。

「お忙しいところ、お邪魔してしまって申し訳ありません」

「いえ、あの事件が気になっていましたから」

塚本はテーブルの上に一枚の紙を置いた。そこにはヒエログリフの写真が印刷されている。

「メールで送っていただいたものです。前回とは一部内容が違っていました」

「何と書いてあったんですか？」

これです、と言って塚本は別の紙を差し出した。

《この石板は私の心臓の一部だ　私は悪魔だ》

文面を読んでから、鷹野は顔を上げた。

「前半は変わっていませんよね」

「ええ、後半だけ違っています。前回は『私には悪魔の血が流れている』でした」

「『悪魔の血が流れている』と『悪魔だ』……。意味はほとんど同じですね」

「ところが、深読みすると少し違いが見えてきます」塚本は紙を指差した。「『悪魔の血が流れている』だと、親が犯罪者だったというふうに読めます」

「ああ、たしかに……」鷹野はうなずいた。「ですが、今回は自分が悪魔だと明言している。犯人が殺人の罪の告白をしているんでしょうか」

「そう思ってよさそうです」

犯人の意図について鷹野が考え込んでいると、沙也香が口を開いた。

「ひとつ教えてください。先生は犯人像について、どうお考えですか」

予想外の発言だった。沙也香が一般市民を相手に、そんな質問をするとは思ってもみなかった。

「そうですね」塚本は首をひねって考え込む。「前にも話したと思いますが、犯人は古代エジプト文明に詳しい人物でしょう。趣味で調べたか、あるいは大学などで本格的に勉強したのか……。もしかしたら、その知識をひけらかしたいのかもしれません」

「自己顕示欲で？」

「いや、自己顕示欲というか……趣味が高じると、やたらと自慢したがる人がいますよね。犯人は、この仕掛けが理解できる人を見つけたいんじゃないでしょうか」

「そういうものですかね」

「私だってそうですよ。たまたま古代エジプト文明に詳しい人と出会ったら、時間を忘れて話し込んでしまうと思います。好きなものが一緒なら、親しみを感じますよね」

沙也香はじっと考え込んでいる。

一通り質問を終えると、鷹野たちは塚本に礼を述べた。

ソファから立って研究室のドアに向かう。その途中、目の端に何かが映った。何なのかはっきりわかったわけではない。だが、鷹野は小さな引っかかりを感じた。

書棚のそばの壁にさまざまな写真が掛かっていた。図版やヒエログリフの記録写真。エジプト訪問時の風景写真。それらに交じって、奇妙なものが撮影されていた。

クロコダイルの頭のイラストだ。上下の顎には包帯が巻かれ、口から血を流しているように見える。

鷹野は慌てて振り返った。

「この写真、どうしたんですか？」

え、と言って塚本は写真を覗き込んだ。しばらく考えていたが、思い出せない様子で彼は首をかしげた。

「津村くんが貼ったのかな……。ちょっとお待ちください」

塚本は隣室から大学院生を呼んできた。壁の写真について質問する。

「ああ、それですか」津村は言った。「先月、先生の講演会がありましたよね。あのとき、受付に差し入れの紙袋が置いてあったんです。お菓子と一緒に、このイラストが入っていました。アメミトみたいだな、と思って写真を撮ったんですよ」

「誰が置いていったかわかりませんか？」

勢い込んで鷹野は尋ねた。津村は少し戸惑っているようだ。

「すみません、直接受け取ったわけじゃないので……。講演会のお客さんだというのは間違いありませんけど」

鷹野はあらためて、撮影されたイラストを見つめた。これを置いていったのは葬儀屋ではないのか。奴は古代エジプト文明に興味を持っていた。だから一般の客に交じって、塚本の講演を聴きに来たのではないか。

鷹野が黙り込んでしまったので、塚本は怪訝そうな顔をしていた。

「どうかしましたか？」

「……ああ、すみません。ありがとうございました。とても参考になりました」

そう言って鷹野はドアを開け、廊下に出た。

学生たちが行き交うキャンパスを歩きながら、鷹野は沙也香に話しかけた。

「氷室さんは葬儀屋を知っていますよね？」

「ええ」沙也香は短く答える。

「奴は塚本先生の講演を聴きに来た可能性があります。何かのこだわりで、事件現場に『死者の書』のシーンを再現したんじゃないでしょうか。……もし葬儀屋が赤坂事件、中野事件の犯人なら、話はかなり複雑になります。奴は殺し屋ですよね。つまり個人による殺人事件ではあるが、背後には依頼主がいると考えられるわけです」

「個人の怨恨などが動機ではない、ということね」

そのとおり、と鷹野はうなずいた。

「だとするとかなり厄介な話になってきます。ある意味、これは組織的な犯行だと言えるのかもしれない。……佐久間班長たちの見込みが正しかった可能性が出てきます」

「もしかしたら、あなたの読みが外れてしまう？」

「そうですね。俺のやり方は通用しないかもしれません。まさかこんなところで立ち往生するとは……。いや、立ち往生どころじゃないな。一からすべてやり直しになるんだろうか」

鷹野は軽くため息をついた。それを見て、沙也香はこう尋ねてきた。

「葬儀屋の犯行だとすると、天秤やヒエログリフはただの飾りだったということ？」

「……そうかもしれません。でもブツの選び方や作り方には、犯人の特徴が出るでしょう。遺留品だけは、まだ考え続ける価値がありそうです」

犯人は古代エジプト文明に詳しい者だろう。その知識をひけらかしたいのではないか、と塚本は言った。もしそうなら、犯人は人間的な感情を優先して、遺留品を用意したと考えられる。そこに手がかりが見つかるのではないだろうか。

そのとき、沙也香が何かに気づいてバッグの中を探った。携帯電話を取り出し、彼女は耳に当てる。

「お疲れさまです。……はい、今終わったところです。……中野の件ですか？　わかりました。すぐに戻ります」

電話を切って彼女はこちらを向いた。いつも以上に真剣な表情だ。

「中野の現場付近の防犯カメラに、誰か写っていたらしい。分室でミーティングよ」

緊急の呼び出しということは、何か重大な発見があったのだろう。もしかしたら防犯カメラの映像が、犯人特定の手がかりになるかもしれない。

鷹野は沙也香とともに、キャンパスの正門へと急いだ。

3

急遽《きゅうきょ》呼び戻された班のメンバーたちが、会議室に集まっていた。

能見は難しい顔をして資料を読んでいる。溝口はプロジェクターをノートパソコンに接続し、設定調整を行っている。国枝は携帯電話を手にして、関係先にメールを打っているようだった。

鷹野と沙也香が席に着くと、佐久間はすぐに口を開いた。

「現場の廃屋付近の民家に、防犯カメラが設置されていた。データを確認したところ、不審な人物が撮影されているのがわかった。おそらく犯人だ。一般の民家だったため、カメラがあるとは気づかなかったんだろう。俺たちにとっては、願ってもない幸運だった」

赤坂のレストランや、真藤の遺体が発見された廃ビル付近では、不審者の映像は見つからなかった。犯人はそれだけ慎重だったわけだが、今回は油断したようだ。

溝口がパソコンを操作すると、プロジェクターが起動した。会議室のスクリーンに、防犯カメラの映像が投影された。

右のほうから誰かがやってきて、左へ消えていった。濃い色の帽子に、黒い上衣を着ている。だが距離が遠いため、それ以上のことはわからない。

「よく見えないな」佐久間が眉をひそめた。「もう少しなんとかならないか」

「このあと奴が戻ってきます」

溝口は映像を早送りした。しばらくののち、彼は映像を通常のスピードに戻した。

左のほうから人影が戻ってきた。「ここです」と言って、溝口は映像を止める。

だぶっとした作業服風のズボンに黒いウインドブレーカー。緑色の帽子をかぶり、サングラスをかけた上、マスクまでつけている。年齢も性別もわからない。

「おい溝口……」能見が舌打ちをした。「これじゃ何の手がかりにもならないぞ」

「拡大してみます」

彼は指先を素早く動かし、画像をズームアップした。少し粗い画像になってしまうが、溝口はウインドブレーカーの背中を中心に、さらに拡大していく。

「マークが付いているんですが、みなさん見えますか？」

溝口が先輩たちに尋ねた。鷹野は目を凝らしてスクリーンを見つめる。

ぎょろりとした目、尖った歯の並んだ口。上下の顎には包帯が巻かれ、口の端からは血のようなものが垂れている。

やはりそうだったか、という思いがあった。鷹野は言った。

「これはクロコダイルの頭ですね」

それを聞いて、能見が身を乗り出した。しばらくスクリーンを凝視してから、彼は深くうなずく。

「たしかにそうだな」

「クロコダイルというと……」国枝がいつになく真剣な顔でつぶやいた。「奴ですか」

腕組みをしていた佐久間が、眉をひそめて言った。

「この中で葬儀屋を知らない者はいるか？」

佐久間はメンバーたちに質問した。手を挙げたのは鷹野ひとりだけだ。

「少しだけ話を聞きました」鷹野は溝口のほうをちらりと見た。「九年ほど前まで活動していた殺し屋ですよね。誰も正体を知らないとか」

「金と条件さえ合えば、葬儀屋はどんな組織からの仕事も引き受けていた。右翼も左翼も関係ない。宗教が絡んでも問題ない。いろいろなやり方をしたが、好んで使ったのはナイフだ。腹や喉《のど》を切って事件現場を血まみれにした」

頭の中に、ふたつの事件現場が甦った。赤坂の廃ビルでは真藤健吾が、中野の廃屋では笠原繁信が殺害されている。いずれも腹を刺されて死亡していた。そのあと犯人は、普通では考えられないような残虐な死体損壊を行った。

鷹野は硬い表情で、佐久間に問いかけた。

「葬儀屋が猟奇殺人者だと、みんな知っていたんですか?」

もしそうだとしたら、なぜ彼らは鷹野が呈《てい》したいくつもの疑問を、すべて無視してきたのか。

「そうまでして、刑事部出身の私を排除したかったんですか?」

「奴が猟奇殺人者だという情報はなかった」佐久間は無表情な顔で答えた。「腹や喉を刺して殺すのは奴の常套《じょうとう》手段だ。しかし内臓を取り出すなどという凶行は例がなかった」

「しかし日本国民解放軍のアジトや、世界新生教の偽森川が借りていたオフィスで、クロコダイルの頭のマークが見つかっていました。たわむれに描いたものでしょうが、奴らが葬儀屋と深く関わっていたことは間違いありません。新生教が葬儀屋に仕事を依頼し、葬儀屋からの紹介で解放軍が爆発物を用意した。そういう推測ができていたはずです。班長は葬儀屋が怪しいと睨んでいたわけですよね?」

追及する口調で鷹野は尋ねる。どうにも納得がいかなかった。

「鷹野くん、それは違う」沙也香が口を挟んだ。「疑わしいと思っても、葬儀屋の犯行とは断定できなかったのよ。あの死体損壊のせいで、私たちは判断に迷った。仮に葬儀屋の犯行だとすれば、死体損壊の理由を考えなくてはならないから」

「それに、葬儀屋は活動を停止していました」国枝が言った。「奴はもう九年も仕事をしていません。引退したか、海外にでも行ったか、そうでなければ死んだと考えるのが普通でしょう」

沙也香や国枝の言うことはよくわかる。だが、自分ひとりが蚊帳《かや》の外に置かれていたように思えて、釈然としなかった。

「九年前のテロ未遂事件を最後に、葬儀屋の活動は見られなくなった」佐久間は腕組みをした。「その後、俺と能見と氷室で、葬儀屋の痕跡を追ってきた。しかし、いまだに奴の情報はつかめていない」

「そのテロ未遂というのは何なんです？」

「マスコミには流れずに済んだが、厚生労働省の官僚宅に爆発物が仕掛けられた。それも三人の家に、同時にな」

三ヵ所同時となると、実行されれば国民にかなりのショックを与えていただろう。それを真似る犯行が出てこないとも限らない。

「九年前の事件は、葬儀屋の犯行だと断定できたんですか？」

「左翼組織の幹部が吐いたからな」佐久間はうなずいた。「かなりの金を払って依頼したそうだ」

「そのとき、葬儀屋の顔は？」

「誰も見ていない。奴らはダークウェブを使って葬儀屋に仕事を依頼した。その後の連絡はメールだ。音声通話は一度もなし」

「相手の顔も知らずに、高い金を払うなんてことがあるんでしょうか」

「あるんだよ。それが連中のやり方だ。互いに顔を知らなければ、一方が警察に捕まっても相手に迷惑はかからない、というわけだ」

鷹野は唸った。刑事部時代にも慎重な犯罪者を何人も見てきたが、それに勝《まさ》る連中がいるらしい。こういう部分が、組織犯罪の捜査を難しくしているのかもしれない。

「一応、見ておきますか？　これは、鷹野さんにはアクセスできないようになっていた資料です」

　溝口がパソコンを操作した。スクリーンに古い報告書が表示される。今から九年前の五月一日、三件のテロ未遂事件が起こっていた。それぞれの家に爆発物が仕掛けられ、同じ時刻に起爆するようタイマー設定されていたという。

「その爆発物は葬儀屋が好んで使っていたものでした。ブツの設置方法にも特徴があるんです」

　報告書に目を通しながら、鷹野は何か引っかかるものを感じた。九年前の五月一日。場所は世田谷区経堂、葛飾《かつしか》区立石《たていし》、板橋区常盤台だ。

　はっとした。常盤台といえば、九年前に相棒だった沢木政弘が殺害された場所だ。しかも、彼が刺されたのは九年前の四月二十八日だった。

　――沢木の事件の三日後、同じ常盤台でテロ未遂が起きたのか？

　単なる偶然だろうか。しかし、沢木の事件現場の近くで公安部が活動していた、という情報を鷹野はつかんでいる。

　黙り込んだまま、鷹野はスクリーンをじっと睨んでいた。


　紙パックのトマトジュースを飲みながら、鷹野は物思いに沈んでいた。

　今から九年前、鷹野は刑事部で沢木政弘とコンビを組んでいた。殺人事件などの特捜本部に入ると、普通は捜査一課と所轄の刑事が組んで捜査に当たる。しかし当時、まだ仕事に慣れていなかった沢木を指導するため、鷹野が面倒を見ていたのだ。

　刑事としては未熟だったが、沢木は前向きに捜査に取り組んでいた。育ちがいいと言うべきか、少しのんびりした性格だった。だがそこが気に入られて、聞き込みでも思わぬ情報をつかむことがあった。

　普通、刑事といえば眼光鋭く相手を睨む者がほとんどだったから、彼のような人物は目立ったのだろう。早瀬係長にも可愛《かわい》がられていたようだ。

「先輩、先輩」と沢木は鷹野を慕《した》ってきた。

「おまえ、学生じゃないんだから先輩はよせ」

と鷹野が言うと、

「いや、だって鷹野さんは僕の先輩じゃないですか」

などと笑いながら、彼は答えたものだ。

鷹野は体育会系ではないから、先輩と後輩の絆にはあまり関心がない。だが沢木と話していると、こんな関係も悪くはないという気分になった。今思えば、あれほど人好きのする刑事はほかにいなかった。

ところが、その沢木が刺されてしまったのだ。

腹部を押さえ、血だらけになりながら、彼は鷹野にすがりついてきた。

「先輩、助けてください、先輩……」

あのときの沢木の顔が、今でも忘れられなかった。傷口を塞ごうとしても、あとからあとから血が溢《あふ》れてきて、どうしようもなかった。救急車がやってくるまでの間、鷹野は沢木を必死に励《はげ》ました。

「大丈夫だ。俺がついているから」と言い続けた。

しかし、沢木は死んでしまった。

あのとき職務質問などさせなければ、と鷹野は何度も後悔した。経験のためだと思って職質を命じたのだが、鷹野自身がやっていれば事件は起こらなかっただろう。

鷹野は目を閉じて、記憶をたどった。

犯人の身長は沢木とほぼ同じで、百七十五センチほどだったはずだ。緑色のスタジアムジャンパーに黒っぽいズボン、黒いスニーカーという恰好だったように思う。濃いレンズの眼鏡をかけていて、顔ははっきり見えなかった。

公安部のどこかにあの男の資料があるのではないか、と思っていた。だがこれまで鷹野がデータベースにアクセスしてみても、そんな記述はひとつも見つからなかったのだ。

「大丈夫ですか？」

声をかけられ、鷹野は目を見開いた。向かい側の机から、溝口が心配そうな顔でこちらを見ている。

「ああ、すまない……」

隣に沙也香がいないのは幸いだった。鷹野は椅子に座り直して、背筋を伸ばした。

「疲れているんじゃないですか？」と溝口。

「……昔のことを思い出していたんだ」

「昔っていうと、十一係にいたころですよね」

「いや……うん、そうだな」

曖昧な返事をして、鷹野は何度かうなずく。殉職した相棒の話だとは言いにくい。

「僕、庁内の情報を集めたんですけど、刑事部時代、鷹野さんは本当にすごかったみたいですね。検挙率が抜群に高かったそうで」

溝口は真面目な顔をして言った。いつものように軽口を叩こうというつもりはないらしい。

鷹野は小さく咳払いをした。

「俺ひとりの手柄というわけじゃない。刑事部はチームプレーを重視するからな。そのおかげだ」

「十一係だけがすごかった理由は何なんです？」

「ほかと違うところといえば……そうだな、毎日打ち合わせをしていた。食事をしながら、事件の筋読みをするんだ」

「ああ、前にも言ってましたね。打ち合わせで、そんなに成果が出るものなんですか」

「実際、成果を挙げていたわけだからな。やり方は間違っていなかったと思う」

「なるほど……」

溝口は感心した様子でうなずいている。

そういえば、と鷹野は思った。この部署に来てから、やっていないことがあった。

ノートを取り出して机の上に開く。ペンを持ち、今回の事件について疑問点などをまとめていった。

■赤坂事件
（1）被害者・真藤健吾を殺害したのは誰か。★何らかの組織から依頼を受けた葬儀屋？
（2）真藤が殺害された理由は何か。★法案準備で世界新生教から恨みを買った？
（3）真藤の遺体が損壊されたのはなぜか。多くの臓器が持ち去られた理由は何か。
（4）心臓と羽根が天秤にかけられていたのはなぜか。釣り合っていたのはなぜか。★何らかのメッセージ？
（5）小さな柩のような血痕は、どんな道具で付けられたのか。
（6）犯人は真藤のベルトのバックルから何か持ち去ったのか。
（7）日本国民解放軍の郡司俊郎は、偽森川聡に爆発物を売っただけなのか。★取調べ中。殺人事件には無関係？
（8）真藤の秘書・偽森川聡が背乗りした理由は何か。★世界新生教に真藤の情報を流すためだと思われる。
（9）世界新生教が爆破計画を立てたのはなぜか。★真藤に関係する企業を爆破することで、真藤周辺の人物を脅すため？

■中野事件
（1）被害者・笠原繁信を殺害したのは誰か。★何らかの組織から依頼を受けた葬儀屋？
（2）笠原が殺害された理由は何か。★学生への締め付けが厳しかったため、民族共闘戦線から恨みを買った？
（3）笠原の遺体が損壊されたのはなぜか。多くの臓器が持ち去られた理由は何か。
（4）心臓と羽根が天秤にかけられていたのはなぜか。釣り合っていたのはなぜか。★何らかのメッセージ？
（5）小さな柩のような血痕は、どんな道具で付けられたのか。
（6）民族共闘戦線は今後また事件を起こすのか。

興味を持ったらしく、溝口は机を回ってこちらにやってきた。

「これをどうするんですか？」

「事件が起きたら、早い段階からまとめておくんだ。そして、毎日の打ち合わせで項目を書き足していく。何度も見直せば新しい発見があるし、考え方を変えるきっかけにもなる」

「もっと細かく書き出したほうがいいような気もしますけど……」

「細かくしすぎると一覧できなくなるからな。ひとめで全体を見渡せるぐらいがちょうどいいんだ」

「そうなんですか」

溝口は指先でノートの文章をなぞっている。十一係のメンバーたちもそうしていたことを、鷹野は思い出した。

「ノートに項目をまとめながら資料を見直したり、あとはこうしてカメラの画像をチェックしたりする」

ポケットからデジカメを出して、鷹野は電源を入れた。ボタンを操作して、過去に撮影した画像を順番に表示させていく。

「鷹野さん、写真をたくさん撮ってましたもんね。たしかに、写真があれば現場の状況を想起しやすくなります」

ふたりで話をしていると、スチールラックのほうから能見の声が聞こえた。

「そんな写真が役に立つのかねえ」能見は資料ファイルを片手に鷹野を見ていた。「刑事部が得意なのは『現場百遍』ってやつだろ？　手抜きをせずに、何度でも現場を見てこいよ」

「いや、それをしなくていいように、鷹野さんは写真を撮ってるわけで……」

溝口が言うと、能見は舌打ちをした。

「俺は鷹野と話してるんだよ。おまえは黙ってろ」

「はあ、すいません」

不満げな顔をして溝口は首をすくめる。能見は大股でこちらへやってきて、空いていた沙也香の椅子に腰掛けた。

「どうせ撮影するなら、日を変えて何度か撮るべきだろう。手抜きをするなってのは、そういう意味だ」

「……え？」

意外なことを言われて、鷹野は何度かまばたきをした。

「おまえだって経験があるよな？」能見は椅子の上で足を組んだ。「情報収集するときは、同じ人間に何度でも話を聞く。タイミングを変えれば、向こうが何か思い出す可能性があるからだ」

「能見さん、聞き込みの経験があるんですか？」

鷹野が訊くと、能見は鼻を鳴らした。

「当たり前だろうが。今は公安だから、そういうやり方はほとんどしないけどな」

「じつはこの前、現場に行ってみたんです」

鷹野はカメラのボタンを押していく。やがて雨の夜に撮影した写真が表示された。

「六本木のクラブのときはご迷惑をかけました。……あのあと、ひとりで赤坂のレストランと、殺害・死体遺棄現場の廃ビルに行ったんですよ。たしかに能見さんの言うとおり、日を変えていくのはアリですね」

「なんだ、もう行ってたのか。せっかくいいアドバイスをしようと思ったのに」

能見は腕組みをして、背もたれに体を預ける。

表示を切り替えながら、鷹野はそれぞれの撮影状況を思い出していった。

「こうして見ているうちに何か気がつかないかと、期待しているわけですが……」

「ふん。簡単に答えが出るんなら苦労しねえよ」

「まあ、そうですよね」

鷹野は苦笑いを浮かべる。だが次の瞬間、おや、と思った。

「この写真……」

「雨がひどいですね」溝口が横から覗き込んできた。「車が写ってますけど」

「たしか、廃ビルの近くを徐行していた車だ」

ボタンの操作で一枚ずつ写真を先へ送っていく。何枚目かで、車は街灯のそばに差し掛かっていた。明かりの下、車体にペイントされた会社の名が浮かび上がっている。ズームしてみると、どうにか文字が読み取れた。

「『加治原《かじはら》建設』と書いてありますね」

溝口の言葉を聞いて、能見が眉をひそめた。真顔になってこちらを見ている。

「その会社、俺が情報収集に行ったぞ」

「どういうことです？　たまたま通りかかった車なのに……」

「加治原建設ってのは、あの廃ビルの解体工事を請け負っている会社だよ。現場の管理状況がどうなっていたか、俺は訊きに行った。あそこで殺人事件があったと聞いて、ぎょっとしてたぞ」

「それはまあ、驚くでしょうが……」鷹野は首をかしげた。「なぜその会社の車が、あんなところにいたんだろう」

「これから工事をするビルだからじゃないか？」

「でも、まだ作業は始まっていないんですよね……」

クラブでミスをした夜、鷹野はひとりになりたくて赤坂の現場を訪れた。かなり雨や風が強かったのを覚えている。そんな夜にわざわざ車を出して、廃ビルまで来る必要があったのだろうか。

鷹野が考え込んでいると、沙也香が自分の机に戻ってきた。

「能見さん、そこ、私の席です」

「ああ、すまん」慌てて能見は立ち上がる。

「みんなして、いったい何の相談をしていたんですか?」

「鷹野が妙なことに気づいてな。赤坂の廃ビル近くに、建設会社の車がいたんだと」

見せて、と沙也香が言うので、鷹野はカメラの液晶画面を彼女のほうに向けた。

「これ、事件当夜の写真?」

「違います。事件の三日後ですね。ほら、郡司を尾行してクラブに行った日です」

「そうか、あのときも雨だったわね。……事件の夜も、かなり強い雨が降っていた。私たちが到着したときには、ほとんどやんでいたけれど」

そのとき、鷹野の脳裏に何かがひらめいた。廃ビル、夜、雨と風、建設会社の車――。

これは、もしかしたら大きな発見に繋がるのではないか。

「ちょっと待ってください。何かヒントが得られるかもしれません」

鷹野は能見から加治原建設の電話番号を聞き出した。ポケットから携帯電話を取り出し、加治原建設の本社に架電する。

「こちら警視庁の鷹野といいます。ちょっと教えていただきたいんですが……」

手短に事情を話すと、電話は担当部署に転送された。そこであらためて、疑問点を質問してみる。相手はその件に詳しい社員だったから、すぐに話は通じた。

思ったとおりだった。あの車は偶然あそこにいたわけではなかったのだ。

「これからお邪魔したいんですが、よろしいですか。……ありがとうございます。助かります!」

鷹野は電話を切ると、班のメンバーたちを見回した。みな、不思議そうな表情を浮かべている。

「重大な手がかりが手に入りそうです。加治原建設の本社に行ってきます」

鷹野は椅子から立ち上がった。それを見て、沙也香が慌てた様子で言った。

「待って。私も行く」

「急いでください」

鷹野はドアのそばで沙也香を待った。彼女の準備が終わったところで、素早く廊下に出る。

鷹野と沙也香は階段を駆け下りていった。


加治原建設の本社は西新宿にあった。

先に連絡してあったため、鷹野たちは待たされることなく応接室に通された。

現れたのは、高そうなスーツを着た総務部長だ。彼に警察手帳を呈示したあと、鷹野は早速本題に入った。

「これは四月八日の夜、赤坂にある廃ビルの近くで撮影した写真です」

鷹野はプリントアウトした写真を机に置いた。

「加治原建設さんの名前がペイントされていますが、御社の車に間違いありませんか?」

部長は写真に目を落とす。しばらく細部をチェックしていたが、やがて顔を上げた。

「おっしゃるとおり、うちの社有車ですね」

「先ほど電話でうかがったんですが、あらためて確認させてください。あの風雨の強い夜、なぜこの車はあそこにいたんでしょうか」

写真を机に戻してから部長は言った。

「雨や風の強い日や、地震のあったときなどの決まりです。弊社で扱う建設中のビルや、解体予定のビルを、社員が巡回するようにしています」

「状況を確認するわけですね?」

「ええ。強い風に煽られてシートが飛ばされたり、最悪、足場が崩れたりするかもしれません。そうならないよう、現地まで行って確認するわけです」

ニュースで見た記憶があった。台風のときなど、建設中のビルの足場が崩れて、大騒ぎになることがあるのだ。

「この写真は四月八日のものですが、その三日前、四月五日にもかなりの風雨がありました。そのとき巡回は？」

部長は手元の資料に目をやった。

「その日も巡回していますね。一番雨が強かった八時十五分ごろです」

よし、当たりだ、と鷹野は思った。

自分があの車を撮ったのは四月八日だけだった。だが風雨によって出動したのなら、同じように悪天候だった五日にも廃ビルに向かったのではないか。そう予想していたのだ。

「社有車にはドライブレコーダーが付いていますか？」

「もちろんです。何かあったときの証拠になりますから」

「データを見せていただけませんか」鷹野は勢い込んで言った。「五日の夜、廃ビルで事件が起きたのはご存じですよね。何か写っていないか確認したいんです」

総務部長は面食らった様子だったが、すぐにうなずいた。

「わかりました。パソコンを用意させますのでお待ちください」

「助かります」

十分ほどのち、部長は若手社員を連れて応接室に戻ってきた。社員の手にはノートパソコンがある。

総務部長は彼を鷹野たちに紹介した。

「五日の夜、あのビルを巡回した者です」

若手社員は緊張した表情で、鷹野たちに頭を下げた。

「近くのレストランで爆破事件があったことには気づいていましたか？」

鷹野が尋ねると、社員は首を横に振った。

「なんだか人が集まっているな、とは思ったんですが、仕事を優先しまして……。これがドライブレコーダーのデータです。車がビルに近づくところから再生します」

彼はパソコンを操作した。鷹野と沙也香は立ち上がって、画面の見やすい場所へ移動した。

フロントガラスの上部に設置された、車載カメラからの映像だ。

雨が降っていて視界がよくない。車は廃ビルの前に差し掛かってスピードを落とした。カメラには写っていないが、社員は運転席からビルの様子を観察しているのだろう。

そのうち、ヘッドライトの中に人影が浮かび上がった。

前方の左側、廃ビルから出てきたようだ。左手に黒いバッグを持っている。車の接近に気づいて、その人物はこちらに背を向けた。足早に歩いて、暗がりに消えていく。

「これだ！」鷹野は声を上げた。「もう一度見せてください」

社員は映像を戻し、先ほどのシーンをあらためて見せてくれた。姿が一番はっきりしたところで、彼は映像をストップさせる。

「巡回に行ったとき、この人物に気づいていましたか？」

鷹野が問うと、社員は申し訳なさそうな顔をして首を振った。

「すみません。このときは、ビルの上のほうに気を取られていたもので……」

「映像を拡大できるでしょうか」

「やってみます」

社員が何回かタッチパッドを操作すると、その人物の姿が大きくなった。

若い男性だ。帽子をかぶっていたが、ライトに照らされて顔がくっきりと写っている。その容貌には見覚えがあった。

――まさか、ここであの男を見つけるとは……。

まったく予想外のことだった。

沙也香も男の正体に気づいたようだ。彼女は目を大きく見開いて、こちらを向いた。

鷹野は沙也香にうなずきかける。

「これは重大な手がかりです」

四月五日、激しい風雨の夜、あの男が廃ビルから出てきたのだ。彼が事件に関わっている可能性は非常に高い。

凄惨な事件現場が頭に浮かんでくる。血まみれになった真藤や笠原の遺体。抉り出された赤黒い心臓。腹からはみ出た臓器の断片。鼻の奥に、血のにおいが甦ってくるような気がする。

奴が犯人だとしたら、その裏にはいったいどんな事情があったのか。

今まで集めてきた情報をもとに、鷹野は推理を組み立て始めた。

4

暗がりで腕時計を確認する。午後十時三十分を過ぎたところだ。

鷹野は自販機の陰に佇み、前方の建物をじっと見つめている。先ほどまでは正面玄関から何人も外に出てきたが、今は誰も出入りしていない。辺りはしんと静まりかえっている。

監視を続けるうち、建物の中で動きがあった。窓際に男性の姿が見えたのだ。彼は外をちらりと確認したあと、カーテンを閉めた。じきに部屋の明かりが消えた。

いよいよだ。鷹野は背筋を伸ばし、呼吸を整えた。

二分ほどのち、男性が玄関から出てきた。一日の仕事を終え、家に帰ってゆっくり風呂に入るつもりか。それとも帰宅途中、どこかで一杯やっていくのか。

いずれにせよ、彼は気づいていないだろう。今この瞬間、自分が警察にマークされているなど、考えてもいないはずだ。

男性はバッグを肩に掛けると、駅に向かって歩きだした。

自販機の陰から出て、鷹野は彼のほうへ近づいていく。進路を塞ぐようにして、男性の前に立った。

「お疲れさまです。ちょっとお時間、よろしいですか」

いきなり行く手を塞がれたので、男性は驚いている。だが相手が鷹野だと気づいて、少し警戒を解いたようだった。

「びっくりしました。鷹野さんですか」

「事件について、お話ししたいことがあるんです」

「こんな時間にですか？」男性は腕時計に目をやった。「今日は疲れているんです。明日じゃ駄目でしょうか」

「申し訳ありませんが、今でないとまずいんです。犯人がどこかへ逃げてしまう可能性がありますから」

それを聞いて、男性はわずかに首をかしげた。

「犯人？　いったい何の話ですか」

「そこから説明しなければいけませんね。四月五日、赤坂の廃ビルで政治家の真藤健吾さんが殺害されました。遺体からは心臓、肺、胃、小腸、大腸の一部が取り出されていた。心臓は羽根とともに天秤に載せられていました。……そして昨日、四月十九日。明慶大学教授の笠原繁信さんが殺害されました。遺体は真藤さんと同じように損壊されていた。手口から、ふたつの事件は同一人物の犯行だと思われます」

鷹野はここで言葉を切った。それを待っていたように、男性は口を開く。

「すみません、状況がよくわからないんですが……。たしかに赤坂や中野で事件があったと、ニュースで報道されていました。でも、私と何の関係があるんです？」

男性の表情には戸惑いの色がある。突然こんな話をされて困っている、という雰囲気だ。

相手を宥めるように、鷹野は胸の前で小さく手を振った。

「順番にご説明しますので聞いてください。……真藤さんには公設秘書のほかに私設秘書がいました。それが森川聡さんです。しかし森川さんは、宗教団体の世界新生教から送り込まれたスパイでした。彼は真藤さんの仕事を手伝いながら、いろいろな情報を教団に流していた。その情報をもとに、教団は真藤さんの殺害を計画したんです。殺害の実行役は森川さんではなく、別の人間が選ばれました。

　赤坂のレストランで爆発が起こったとき、パニックの中で森川さんは真藤さんとはぐれてしまった。……という話になっていますが、これは森川さんの嘘だったと思われます。真藤さんを通用口へ連れて行き、犯人に引き渡すところまでが、森川さんの役目だったんです」

　男性は眉をひそめた。何か言いたそうな顔をしているが、どう切り出していいかわからない、という様子だ。

「犯人は真藤さんを廃ビルに連れていって痛めつけました」鷹野は続けた。「しかし、そこでトラブルが生じたのではないかと思います。……犯人は遺体から臓器を取り出したのですが、問題はその目的です。臓器を持ち去るためだったとしたら、心臓だけ天秤に置いていくのは不自然だと言えます。その矛盾を説明するとしたらこうでしょう。犯人はもともと、天秤に載せるために心臓だけ抉《えぐ》るつもりだった。しかし何か事情があって、ほかの臓器も持ち去る必要が生じた。……これは推測ですが、殺害される前、真藤さんは犯人の隙を見て、何かを呑み込んでしまったんじゃないでしょうか」

「……呑み込んだ？」

「それを吐き出させることができなかったので、犯人は乱暴な手段をとった。胃を丸ごと取り出すという方法です。その場で胃の中を調べる時間はなかったため、どこかへ持ち去った。ほかの臓器——肺、小腸、大腸などはダミーだと思います。胃だけ持っていくと目的に気づかれるだろうから、ほかの臓器も一緒に持ち去ったわけです」

　鷹野は相手の様子をうかがった。男性は顔を強張らせて、鷹野に尋ねてきた。

「いったい……何を呑み込んだというんです？」

「今はわかりません。しかしそう考える根拠があります。真藤さんのベルトのバックルには小さなスペースがあったんですよ。そこに隠していた何かを、咄嗟に呑み込んだんじゃないでしょうか。

　中野の事件では、被害者のバックルにものを入れるスペースはありませんでした。だから笠原さんは何かを隠し持ってはいなかったし、呑み込んだりもしなかったと思います。しかし犯人は赤坂の事件と同じように遺体を損壊して、捜査を混乱させようとしたんでしょう」

　実際、鷹野はかなり翻弄《ほんろう》された。あの死体損壊には猟奇的なメッセージが込められている、と推測していたのだ。

「真藤さんと笠原さんの間にどんな関係があったかは、まだわかっていません。心臓と羽根が天秤にかけられていた理由も不明です。しかし捜査の結果、我々は犯人だと思われる人物を特定しました」

「というと……」

「赤坂の事件のときは風雨が強かった。それで建設会社の車が、廃ビルの様子を確認しに行ったんです。車のドライブレコーダーに不審な男の姿が記録されていました。それを見て我々は驚きました。写っていたのはあなただったんですよ、小田桐卓也さん」

　鷹野は表情を引き締め、厳しい視線を相手に向けた。

　調べによって歳は三十八だとわかっている。唇が厚く、鼻の左側にほくろがあって一見、人のよさそうな男性だ。職業は学習塾の講師。先ほど今日の仕事を終え、塾の建物を出てきたところだった。

「いや……僕には何のことか、さっぱりわかりません」

小田桐はゆっくりと首を横に振った。だが鷹野は追及の手を緩めない。

「なぜあんな風雨の強い夜、赤坂にいたんですか？　あなたは廃ビルで何をしていたんです？」

「何って、僕は別に……」

「あなたはレストランで真藤さんを捕らえて、廃ビルに連れていった。痛めつけたあと殺害し、遺体を損壊した。そうですね？」

小田桐は口の中で何かぶつぶつ言い始めた。だが、声が小さくてよく聞こえない。鷹野が聞き耳を立てようとしたとき、突然、小田桐は走りだした。

「逃がすか！」

鷹野はアスファルトを蹴って、あとを追った。

奇声を発しながら小田桐は疾走する。大通りのほうへ向かうようだ。

彼の行く手に人影が現れた。シルエットから女性だとわかる。

「ああああっ！　どけ、どきやがれ！」

小田桐は速度を緩めず突進していく。怒鳴られた相手は、暗がりの中で素早く身構えた。

次の瞬間、小田桐の体が宙に浮いた。鷹野は息を呑む。

硬い路面に、小田桐は背中から落ちた。受け身を取らなかったため、もろに衝撃を食らって動けなくなったようだ。

倒れている小田桐に、女性が近づいていく。手錠を取り出し、彼の両手にかけた。

「氷室さん、大丈夫ですか」

走っていって鷹野は声をかけた。沙也香の息はまったく乱れていない。突っ込んできた小田桐の勢いを利用して、投げ技をかけたのだろう。

「私のほうは問題ない」沙也香は言った。「それより鷹野くん、逃がすとは不手際だったわね」

「そっちに氷室さんがいるとわかっていたからですよ。それに、向こうには能見さんが待機していたし」

鷹野はうしろを振り返る。街灯の明かりの中を、能見が近づいてくるのが見えた。

左手の路地からは溝口がやってくる。

「さすがだな、氷室」能見が言った。「久しぶりに見事な技を見せてもらった」

「車に連行しますよ」

溝口が小田桐を立ち上がらせる。まだダメージがあるのだろう、小田桐はふらついていた。ちくしょう、と彼は吐き捨てるように言った。

ワンボックスカーの後部座席で、鷹野と沙也香は被疑者と向かい合った。小田桐の両側には能見と溝口がいる。もはや抵抗は無駄だと、小田桐も悟ったようだった。

「小田桐卓也。おまえが殺人事件の犯人だと認めるな?」

鷹野が厳しい調子で尋ねると、小田桐は口元に笑みを浮かべた。

「あんた、相当しつこい性格だろう。そうでなきゃ、俺が犯人だなんて考えつくはずがない」

「正直に答えろ。おまえは持ち去った遺体の胃から、ブツを取り出した。それは何だったんだ」

「俺は死体損壊なんかしていない」

「ふざけるな!」能見が怒鳴った。「ネタは上がってるんだぞ!」

能見さん、と沙也香が声をかけた。落ち着いて、と彼女は手振りで示している。

鷹野はあらためて小田桐に質問した。

「真藤さんが呑み込んだものを吐かせようとしたが、駄目だったんだろう?」

「ああ、そのとおりだ」小田桐はうなずいた。「ブツを吐かせるのは諦めて、俺は真藤を殺した。そのあとビルから逃げ出した。そうするように命令されたからだ」

「命令……。教団からか?」

「違う。葬儀屋だよ」

はっとして、鷹野は沙也香のほうを向いた。彼女は眉をひそめている。能見も溝口も、怪訝そうな顔をしていた。

　鷹野は考えを巡らした。この男が葬儀屋ではなかったのか。世界新生教から依頼を受け、真藤健吾と笠原繁信を殺害。何らかのブツを手に入れるため、真藤の遺体を激しく損壊した——。それが真相ではなかったのか。

「葬儀屋とはどういう関係だ？」

「雇われたんだよ。あの人からの命令で俺は動いた。真藤という政治家を殺せば、二百万くれるという話だった。前金で五十万振り込まれていたんだ」

「計画を立てたのは葬儀屋で、おまえは実行犯ということか？」

「そうだよ。……前から、この世界はおかしいと思っていたんだ。なんで俺みたいに真面目な人間が、働いても働いても貧乏なのか。これじゃ結婚できないし、家だって持てない。そんなの変だろう？　自分が悪いわけじゃないはずだ。俺はネットで調べ始めた。そのうちダークウェブで葬儀屋の存在を知ったんだ。見つけるのにかなり苦労したけどな」

　小田桐は過去をなつかしむような目をしている。

　溝口は鷹野のほうに顔を向けた。

「ダークウェブは、通常のブラウザでは閲覧できないサイトです。みんな匿名でアクセスするので、犯罪の温床になっています。クレジットカードの情報や麻薬取引、その他の犯罪に関わる情報……そういったもので溢れています」

「葬儀屋の思想を知って、俺は痺《しび》れた」小田桐は続けた。「あの人の考えを知れば知るほど、社会の欺《ぎ》瞞《まん》がわかってくるんだ。やっぱり、おかしいのは俺じゃなかった。世間のほうが間違ってるんだよ。くそったれの政治家や官僚、俺たちから搾取《さくしゅ》しやがる財界の人間や富裕層。絶対に許せない。あいつらは全員、地獄に落ちればいいんだ。俺を目覚めさせてくれた葬儀屋には、心から感謝しているよ」

　小田桐の口調は熱くなる一方だ。いつの間にか彼の瞳《ひとみ》が潤《うる》んでいることに、鷹野は気づいた。

「どうやって葬儀屋と連絡をとった？」

「あの人はダークウェブで仕事仲間を募集していた。そこで交渉がまとまったあとは、メールで指示をもらった。あの人、俺が悩んでいるときは本当に真剣な対応をしてくれるんだよ。面識はないけど、世界のどこかに必ずいる親友。……いや、違うな。俺を理解し、導いてくれる師匠みたいな存在だ。本当にすごい人だよ。連絡を取り合ううち、あの人は俺を認めてくれた。仲間になった証として、クロコダイルのマークを使うよう勧めてくれた。あのワニの頭、いいだろう？　最高だよな」

彼の目を見ているうち、これは宗教のようなものではないか、と思えてきた。世界新生教などとは別の、組織という実体を持たない宗教団体。それがダークウェブ上にあり、犯罪を通じて仲間同士が繋がっているのかもしれない。きわめて危険な存在だ。

「おまえは本当に、メールの命令だけで人を殺したのか？　そんなことが簡単にできたのか？」

あまりにも現実離れした話だった。何の恨みもない相手を、葬儀屋からの命令ひとつで殺害したというのか。金目当てというのは理解できなくもない。しかし素人が、いきなりそこまでできるものだろうか。

「闇《やみ》の超克《ちょうこく》だよ」小田桐は自信に満ちた表情を見せた。「限界を決めてしまうのは自分なんだ。できないと思うからできない。……跳び箱を跳ぶときを思い出してみなよ。低いうちは何も気にせずクリアできるだろう。ところがある高さになると恐怖心が生じて、急に跳べなくなってしまう。葬儀屋はそれを克服する方法を教えてくれた。正義とか倫理とか規範とか、そんなものは捨てればいい。自由な力で超克すれば、恐怖なんて消し去れる。葬儀屋のおかげで俺は何でもできるようになった。それに、殺す相手は政治家だったからな。俺たちの税金で生きているくせに、国民を馬鹿にしやがるクソ野郎。主権者である俺が鉄槌《てっつい》を下すんだ。ためらう理由なんて、どこにもない」

小田桐は宙に視線をさまよわせている。サイトやメールで葬儀屋の言葉に触れるうち、すっかり洗脳されてしまったように見える。

「遺体を損壊したのは葬儀屋か？」

「だろうな。真藤を殺したあと葬儀屋に報告のメールを送ると、じきに返信があった。すぐにビルから出ろ、あとはなんとかする、という内容だった。俺はそのとおりにした」

「中野の事件はどうだ。殺害したのは、やはりおまえだな？」

「ああ。葬儀屋の命令を受けて廃屋で待っていると、笠原がやってきた。大学の教授だっけ？　あいつも権威主義の固まりだろう。威張って、俺たち一般市民を見下す奴だ。いたぶったあとで殺してやった。笠原は何も呑み込んだりしなかったから、そう報告したんだ。すぐ引き揚げるように、と葬儀屋から連絡があった」

赤坂のときも中野のときも、殺害は小田桐の仕業だった。だがそのあとの死体損壊は、葬儀屋自身が行ったわけだ。

――だとすると、ベルトのバックルの中身は、葬儀屋が持っているのか。

真藤が隠し持っていたものが何なのか、気になるところだった。それを奪うのも葬儀屋の目的だったのか。あるいは、たまたま見つけて奪い去っただけなのか。

「結局、葬儀屋は何者だったの？」沙也香が口を開いた。「その人物について、何か気づかなかった？」

小田桐は沙也香のほうに視線を向けた。しばらく考えてから彼は答えた。

「さあな。メールでやりとりしただけだから、詳しいことは何も知らない。ただ、葬儀屋は俺にとって、とても大事な存在だった。赤坂の事件ではよくやってくれたと、すごく褒めてくれたよ。俺は嬉しかった。本当に嬉しかったんだ……」

鷹野たちの前で、小田桐は遠くを見るような目になった。彼は今も、葬儀屋を信奉しているのだろう。実際に会う機会はなくても、ネットを通じて思想に触れることができたのだ。具体的な姿など必要なかったのかもしれない。

——小田桐にとって葬儀屋は、形を持たない神のようなものなのか?

普段、鷹野はその手の話には興味を持たないし、畏怖《いふ》を感じたりもしない。だが葬儀屋の話を聞いた今、言いようのない不安が胸に広がっていた。

不満を持つ人間を見つけ、心の隙間に忍び込んでいく。金を与え、相手を自由にコントロールする。葬儀屋は、いわば遠隔操作で殺人を実行させたのだ。

その圧倒的な影響力を想像して、鷹野は慄然《りつぜん》とした。

5

四月二十一日、佐久間班は小田桐卓也の自宅を捜索した。

手帳やノート、小さなメモに至るまで多数の資料が押収された。あとは、彼が日常的に使っていたパソコンだ。ハードディスクにさまざまな情報が記録されているだろうから、事件の全容解明に役立つはずだった。

ところが、事はそう簡単ではなかった。

翌日、サポートチームによってログインには成功したものの、個々のファイルにまで細かくパスワードが設定されているのがわかった。推測したパスワードを入力すると、何度目かの失敗のあと、そのファイルが削除されてしまったという。外部の人間にパソコンを操作されないためのトラップだろう。無闇に触るのは危ないので、データの確認は専門部署に任せることになった。いつ結果が出るかはわからないらしい。

鷹野たちは小田桐の取調べを進めた。身柄確保のときに話していたが、彼はダークウェブで葬儀屋の情報を知り、連絡をとったという。小田桐から聞き出した方法で、溝口がネット検索を行った。だが、すでにそのサイトはなくなっていたという。

取調室で鷹野は小田桐に問いかけた。

「本当にその方法で葬儀屋と連絡をとったのか」

「そうだよ、間違いない」小田桐はうなずいた。「もしサイトが見つからないっていうんなら、葬儀屋が削除したんだろうな。あの人は、いつまでも同じサイトを使ったりしない」

葬儀屋は人並み外れて注意深い性格なのだろう。そうでなければ、長年正体を隠し続けるのは難しいはずだ。

現在、溝口がダークウェブを詳しく調べている。あらたに葬儀屋がサイトを開設している可能性があるからだ。しかし、それらしいサイトはなかなか発見できないらしい。

「おまえの携帯電話を調べさせてもらった」鷹野は続けた。「だが葬儀屋との通信記録は見つからなかった。消したのか？」

「命令を理解したら、その都度メールは消せと言われていた。でも、仮にメールが残っていたとしても、葬儀屋にたどり着くのは無理だよ」

小田桐の言うとおりだった。葬儀屋のものとされるメールアドレスを調べてみたが、結局本人の特定には至らなかったのだ。携帯電話自体も、別人の名義で契約されたものだった。

「あの人は決して自分の痕跡を残さないんだ。警察なんかに捕まるわけがない」

「そのわりには、事件現場に妙なものが置かれていた。心臓と羽根を載せた天秤だ。あれはどういう意味なんだ？」

「やったのは葬儀屋だ。意味なんて、俺が知っているわけがない」

「葬儀屋の思想の中に、天秤は出てこなかったのか？」

「自分で調べたらいいじゃないか。何でも教えてもらえると思ったら大間違いだ」

　小田桐は鷹野の顔を見て、にやりと笑った。

　彼と葬儀屋との関わりを聞き出すには、かなり時間がかかりそうだった。


　日が暮れて、辺りはだいぶ暗くなってきた。

　江戸川区にあるショッピングセンターの一角。遊具のある公園で、鷹野と沙也香はベンチに腰掛けている。この時刻、園内に親子連れの姿はない。

　鷹野は西の空を見て、ゆっくりと息を吐いた。こんなふうに座っていると、凄惨な事件が起こったことなど忘れてしまいそうだ。

「うまくなったじゃない」沙也香が小声で言った。

「……え？」

「あなたの演技よ。『契約の取れない保険の営業マン』ね」

「ああ」鷹野は苦笑いを浮かべた。「褒めてもらえて光栄です」

　それには答えず、沙也香は公園の出入り口に目をやった。彼女は静かに立ち上がった。

「来たわ」

　沙也香の視線を追うと、二十メートルほど向こうに母子の姿があった。カーディガンを着た若い母親と、幼稚園児ぐらいの男の子。北条毅彦の家族だ。

　沙也香は数歩進んだあと、こちらを振り返った。

「どうしたの？　あなたも来なさい」

「いいんですか？」

「命令よ。私のそばにいて」

「……わかりました」

　鷹野はベンチから立って、沙也香とともに歩きだした。

　こちらに気づいて北条梓は小さく会釈をした。彼女の表情はひどく硬い。緊張しているのは間違いないが、その中にいくつかの感情が混じっているようだった。不安、不満、怒り、そして太刀打ちできない警察組織への恐れ。

彼女は弱い存在だ。幼《おさな》い子供を抱えているのに、夫を遠い場所へ連れ去られてしまった。その責任は沙也香たち警察官にある。おそらく梓は、一緒にいる鷹野にも脅威と怒りを感じているだろう。

梓の前で沙也香は足を止めた。斜めうしろに立って、鷹野は様子を見守ることにした。

「お呼び立てしてすみません」沙也香は言った。「その後、いかがですか」

「別に変わりはないですよ。……夫がいなくなったこと以外は」

小さな声ではあったが、その言葉ははっきりと鷹野の耳に届いた。梓にしてみれば、かなり勇気のいる発言だったに違いない。それでも言わずにはいられなかった気持ちを想像して、鷹野は心を痛めた。

「申し訳ないと思っています」沙也香は姿勢を正した。「ですが、北条さんの身を守り、梓さんたちに安全な暮らしをしてもらうためには、ああするしかありませんでした。今も梓さんには警護をつけさせていただいています」

梓はうしろを振り返った。公園の外からスーツ姿の男性がこちらを見ている。公安部サポートチームの捜査員だ。

視線を戻して、彼女は咳払いをした。

「それはこの前も聞きましたけど……。あれからネットで調べてみたんです。警察への協力者は、最後には切り捨てられるんですよね？　あなたたちは最初から、夫を見捨てるつもりだったんでしょう？」

「そんなことはありません」沙也香はゆっくりと首を左右に振った。「危険な仕事だったのは事実です。でも正体がばれずに、うまく調査が終わる可能性もあった。私は北条さんが無事に任務を果たせるよう、細心の注意を払っていました」

「だけど、結局はこうなったじゃないですか」

「……それに関してはお詫びします」

沙也香は目を伏せる。納得いかないという表情で、梓は続けた。

「口では何とでも言えますよね。あなたたちは本当に汚い。人を金で釣って、スパイをさせて、挙げ句に放り出してしまう。何かあっても自分たちは安全な場所から眺めているだけで……。それが警察のやることですか」

厳しい言葉だった。

鷹野は沙也香の横顔に目をやった。この場をどう収めるか、彼女は考えを巡らしているようだ。

ややあって、沙也香は言った。

「私たちは一般の警察官とは違います。秘密裏に活動する必要があります」

「目的のためには、犠牲が必要だと言うの？」

「そのとおりです、としか申し上げられません」

「ふざけないで！」

鋭く叫ぶと、梓は沙也香の頬を叩こうとした。

「やめるんだ」

鷹野は素早く梓の右手をつかんだ。だが次の瞬間、その手首の細さを感じてはっとした。暴行未遂とはいえ、この女性を腕力でねじ伏せていいのだろうか。しかも梓のそばには、幼い息子がいるのだ。

戸惑っていると、沙也香が言った。

「放してあげて」

鷹野は腕の力を緩めた。梓は鷹野の手を振り払うと、一歩うしろに下がった。肩を震わせ、彼女はすすり泣きを始めた。

急に大人たちが騒ぎだしたので、子供は驚いたようだ。みるみる顔が歪んでいって、最後には母親と一緒に泣きだした。

「こらえてください」沙也香は梓の肩に手をかけた。「刑期を終えれば、北条さんは必ず戻ってきます。教団はじきに壊滅しますから、あなた方は安全に暮らせます」

沙也香はバッグから厚い封筒を取り出した。

「北条さんが戻ってくるまで、生活費を援助します。これは来月の分です。受け取ってください」

梓は顔を上げ、封筒をじっと見つめた。だが乱暴にそれを払いのけ、顔を背けてしまった。封筒は地面の上に落ちた。

「施しは受けません」

涙を流しながら、それでも彼女は毅然《きぜん》とした態度で言った。もう警察には関わりたくない、という思いが伝わってくる。そんな梓を前に、沙也香は顔を強張らせた。

鷹野は封筒を拾い上げ、あらためて梓のほうに差し出した。

「奥さん、このままでは息子さんがかわいそうです。この子が苦労する姿を見たくはないでしょう。どうか受け取ってください。何か美味しいものを買って、食べさせてあげてください」

「だって、こんな……どこから出てきたのか、わからないようなお金なんて……」

「どこから出てきたかは関係ありません」鷹野ははっきりした口調で言った。「問題は、誰がどう使うかです。あなたには、この子をしっかり育てる義務がある。だったら、この金が必要になるはずです」

梓は迷っているようだ。だが鷹野が手を取って封筒をつかませると、彼女は何度かうなずいた。息子を抱き寄せ、梓は声を上げて泣いた。

黙ったまま、鷹野と沙也香は親子の姿を見つめていた。


暗い道に、明かりがぽつりぽつりと灯っている。

沙也香はひとりで歩いていってしまう。急ぎ足で鷹野はあとを追った。

彼女が今どんな思いを抱いているのか、鷹野にはわからない。しかし無言でいるところを見ると、やはり機嫌がよくないのだろう。

「出過ぎた真似をしたのなら謝ります」鷹野はうし

ろから声をかけた。「しかし、ああでもしなければ金を受け取ってもらえなかったでしょうし……」

沙也香は歩道で足を止めた。ひとりで何かを考えていたが、じきにこちらを向いて鷹野の顔を見上げた。

「あなたには感謝している。……でも、何だろう。すっきりしなくて」

「どういうことです？」

鷹野に問われて、沙也香は言葉を探しているようだ。だが、軽くため息をついて首を振った。

「いいわ。気にしないで」

そのまま彼女はまた歩きだした。少なくとも自分が叱責されるような事態ではなかったと知って、鷹野は胸を撫で下ろす。

協力者の運営は、メンバーひとりひとりに任されているらしい。人によってエスとの接し方は違うはずだ。運営者として高圧的に振る舞う者もいるだろうし、逆に、エスと友人のようにつきあう者もいるのではないか。

どれが正解とは言えない。だがエスに何かあったとき、家族にまで害が及ぶことは覚悟しておく必要がある。今回の件で、鷹野はそれを痛感させられた。

風に乗って、ホームのアナウンスが聞こえてきた。ＪＲ新小岩《しんこいわ》駅はすぐそこだ。

携帯電話を取り出し、鷹野は乗り換え案内のサイトを開いた。新小岩駅の時刻表を検索する。

「この時間だと快速電車のほうが速いですね」

沙也香は鷹野の手元を見てから、思案する表情になった。

「この世界は、いろいろなものが繋がりすぎたのかもしれない」

「……どうしたんですか、急に」

「ネットのせいで、離れた場所にいる者同士が簡単に知り合えるようになった。趣味の話をしているうちはいい。でも攻撃的な意見を共有し合うようになると、考えがどんどん肥大化して、ほかのグループとの対立が深まるようになる」

「エコーチェンバー効果、というやつですね」

「そう。閉ざされた空間でコミュニケーションを続けると、考えや信念が増幅されていく。それが高じると冷静な判断ができなくなって、反対する意見は聞かなくなってしまう。……葬儀屋はもともと、ダークウェブで仲間を募《つの》っていただけかもしれない。でも噂が広がって、奴の考えに同調する者が増えたんでしょうね。その結果、葬儀屋は神格化されていった。活動を休止してからも、ずっと」

「ところが、奴は再び動き始めた」

ええ、と沙也香はうなずく。眉をひそめて彼女は言った。

「ネットを介して信者が増えていく……。それは新しい時代の宗教のようにも思える。祭り上げられているのは、社会の敵だというのに」

「葬儀屋が社会の敵だからこそ、惹《ひ》かれる人がいるんでしょう。閉塞《へいそく》した状況を打開するには、でかいことをしなくてはいけない、と考える人たちがね」

彼らは他人の犯罪を見て、恰好がいいと思うのかもしれない。自分には真似できない、だからこそ憧《あこが》れるのだろう。

「そういう下地があったところにネットが普及したわけね」沙也香は表情を曇らせた。「匿名なら何でも言える。意見の合わない者はすべて敵として、徹底的に攻撃するという風潮。明らかに世の中は過激な方向へ進んでいる」

「実際に会っていなくても、人の心をコントロールしやすい環境が整ってきたのかもしれません。これから先、犯罪の形がどんどん変わっていくような気がします」

小田桐が葬儀屋と知り合った経緯は、まだ完全には解明されていない。彼は葬儀屋の言葉によって、思想や感情をコントロールされていった。最後には、何の恨みもない人間をふたりも殺害してしまったのだ。

　そして被害者の遺体を、葬儀屋が損壊した。被害者たちは腹を裂かれ、内臓を取り出されていた。それはまるで、血まみれの祭壇に捧げられた供物のようだった。

　解かなければならない問題がいくつも残されている。

　真藤健吾が死の間際に呑み込んだものは何だったのか。秘密の品は今、葬儀屋の手に渡っているのか。奴はそれを、どのように使おうとしているのか。

「これ以上、葬儀屋の好きにはさせられない。早く手がかりをつかまないと」

　厳しい表情を見せて、沙也香は言った。

　ええ、そうですね、と鷹野も深くうなずく。

　このまま放っておいたら第三の殺人事件が起こるかもしれない。そんな事態を招かないためにも、捜査に全力を尽くす必要がある。

　葬儀屋は今、どこに潜んでいるのだろう。警察を翻弄し、奴はあざ笑っているのだろうか。

　強い焦りを感じながら、鷹野は敵の姿を想像しようとしていた。

◆企画協力
WOWOW　連続ドラマW「邪神の天秤　公安分析班」制作チーム

本書は書き下ろしです。

この作品はフィクションです。登場する人物、団体は、実在するいかなる個人、団体とも関係ありません。

N.D.C.913　252p　18cm

邪神《じゃしん》の天秤《てんびん》　警視庁公安分析班《けいしちょうこうあんぶんせきはん》

二〇二一年三月三日　第一刷発行

KODANSHA NOVELS

定価はカバーに表示してあります

著者―麻《あさ》見《み》和《かず》史《し》

発行者―渡瀬昌彦

発行所―株式会社講談社

東京都文京区音羽二-一二-二一　郵便番号一一二-八〇〇一

編集〇三-五三九五-三五〇六
販売〇三-五三九五-五八一七
業務〇三-五三九五-三六一五

本文データ制作―講談社デジタル製作

印刷所―豊国印刷株式会社　製本所―株式会社若林製本工場

ISBN978-4-06-522791-6

KODANSHA NOVELS 講談社ノベルス

講談社ノベルス25周年記念復刊！
列車消失 阿井渉介

誰が犯人か。謎が謎を呼ぶ！
まだ殺してやらない 蒼井上鷹

鉄道ミステリ界の新風
東海道新幹線殺人事件 葵 瞬一郎

衝撃のトラベルミステリ
オホーツク流氷殺人事件 葵 瞬一郎

長編ユーモアミステリー
三姉妹探偵団 恋の花咲く三姉妹 赤川次郎

長編ユーモアミステリー
三姉妹探偵団 月もおぼろに三姉妹 赤川次郎

長編ユーモアミステリー
三姉妹探偵団 三姉妹、ふしぎな旅日記 赤川次郎

長編ユーモアミステリー
三姉妹探偵団 三姉妹、清く貧しく美しく 赤川次郎

長編ユーモアミステリー
三姉妹探偵団 三姉妹と忘れじの面影 赤川次郎

長編ユーモアミステリー
三姉妹探偵団 三姉妹、舞踏会への招待 赤川次郎

長編ユーモアミステリー
三姉妹探偵団 三姉妹、さびしい入江の歌 赤川次郎

長編ユーモアミステリー
三姉妹探偵団 三姉妹、恋と罪の峡谷 赤川次郎

長編ミステリー
二重奏（デュオ） 赤川次郎

ユーモアミステリー
狂喜乱舞殺人事件 赤川次郎

ユーモアミステリー
女優志願殺人事件 赤川次郎

ユーモアミステリー
輪廻転生殺人事件 赤川次郎

ユーモアミステリー
百鬼夜行殺人事件 赤川次郎

ユーモアミステリー
偶像崇拝殺人事件 赤川次郎

ユーモアミステリー
人間消失殺人事件 赤川次郎

長編ロマンチックサスペンス
メリー・ウィドウ・ワルツ 赤川次郎

長編ユーモアミステリー
三人姉妹殺人事件 赤川次郎

爽快・痛快ファンタジー
虹のつばさ 赤城 毅《つよし》

女怪盗VS.一高教師！
麝香姫《じゃこうひめ》の恋文 赤城 毅

銀髪の青年古書ハンター現る！
書物狩人《ル・シャスール》 赤城 毅

銀髪の古書ハンターふたたび！
書物迷宮《ル・ラビラント》 赤城 毅

書誌愛好家必読！
書物法廷《ル・トリビュナル》 赤城 毅

シリーズ初めての長編！
書物幻戯《リイリュジオン》 赤城 毅

「書物」シリーズ第5弾！
書物輪舞《ラ・ロンド》 赤城 毅

「書物」シリーズ待望の〝本格長編〟！
書物審問《ランキジシオン》 赤城 毅

「壮大な仕掛け」満載！
書物奏鳴《ラ・ソナト》 赤城 毅